MAURICE RAY

Einander lieben

VERLAG BIBELLESEBUND
WINTERTHUR/WUPPERTAL

Originaltitel: «S'aimer»
Erschienen bei: Edition Ligue pour la lecture de la Bible, Lausanne

Deutsch von Eduard von Okolski

ISBN 3-87982-063-5

3. Auflage 1975
13.-17. Tausend

Umschlag: Marco Avigni
Druck: Victoriadruck AG, Balgach

INHALTSVERZEICHNIS

ZUR EINLEITUNG

Ueber die Liebe reden!

Es gibt doch wohl kein abgedroscheneres Thema!

Wenn es noch möglich wäre, allem, was die Romane erzählen, etwas Neues beizufügen!

Oder wenn ich von dichterischer Beschwingtheit mitgerissen würde! Nicht doch!

Die Romanliteratur bietet mir Zerstreuung, die tausend Variationen, deren sie fähig ist, fesseln mich, aber ich bin nicht Romandichter.

Was die Poesie anbelangt ... Die Musen sind nie bei mir zu Gast gewesen. Geistbeflügelte Worte rühren an mein Innerstes — sofern eine andere als meine Feder sie geformt hat.

Also: hier spricht weder ein Romanschreiber noch ein Dichter.

Kann man noch auf andere Weise von der Liebe reden? Ich will die Liedersänger durchaus nicht vergessen. Jedes Jahrhundert hat sie hervorgebracht. Im unsrigen sind sie Legion. Schallplatten, Radio, Fernsehen geben ihnen tausend Gelegenheiten, sich hören zu lassen. Man kann ihrer müde werden. Weniger wegen ihrer Uebermenge als wegen der allzu häufigen Nichtigkeit sowohl ihrer Texte als auch ihrer Musik. Die guten Liedersänger können einen dauern, denn es gibt solche. Aber ehrlich gesagt, ihre Kunst ist nicht die meine.

— Ja, in welcher Eigenschaft schreiben Sie denn?

— Ganz einfach als Liebender. Das heisst, gemäss dem engern Sinn dieses Wortes, als ein Mann, der seine Frau lieb hat. Ich muss aber genauer auf den Sinn und die Tragweite dieser Absicht eingehen.

Die Lebensweisheit hat uns gelehrt, dass Erfahrungen niemandem etwas nützen, ausser denen, die sie gemacht haben. Und auch diese lassen sich nicht immer von ihnen leiten. Ich werde mich deshalb hüten, hier persönliche Erlebnisse und Umstände auszubreiten. Obwohl die Schamhaftigkeit eine heute wenig gepriesene Tugend ist, werde ich ihr volles Recht wahren und meinen Gedanken nicht erlauben, den Weg der Selbstbekenntnisse zu betreten.

Immerhin habe ich meinen Stand als Gatte nicht zu verheimlichen.

Er soll meinen Worten ein gewisses Gewicht verleihen. Nicht ohne Grund bleibt man oft skeptisch gegenüber grossen Erziehungstheorien von Leuten, die selber keine Kinder gehabt haben. Ebenso könnte man nur mit leichtem Missbehagen Kenntnis nehmen von einem durch einen Ledigen verfassten Buch über die eheliche Liebe.

Auf Grund meines Gattenstandes möchte ich auch das Vertrauen meiner Leser gewinnen. An sie habe ich ja beim Schreiben dieses Buches in erster Linie gedacht.

Beim Durchgehen der folgenden Seiten werden viele meiner Leser den Weg wiedererkennen, den sie selbst gegangen sind und auf dem sie sich, wie ich hoffe, noch immer befinden.

Von Liebe reden heisst auf die Suche gehen, sich zu einer Entdeckungsfahrt aufmachen. Denn die wahre Liebe ist nicht ein Ort, an dem man sich eines Tages häuslich niederlässt. Sie ist ein Weg. Sie ist ein Schreiten auf diesem Wege. Von Tag zu Tag gehen uns längs dieses Weges neue Freuden und alte Freuden in neuer Schöne auf. Wer sich am Ende angekommen wähnt, hat sich vielleicht unterwegs verirrt oder läuft blindlings dahin — oder hat sich gar nicht auf den Weg gemacht.

Man kehrt gerne zu den Wegen zurück, die man einmal durchwandert hat. Darum werden diese Seiten für viele lebendig werden.

Die wahre Liebe bedarf zwar der Stille und gefällt sich in der Verborgenheit. Doch sie freut sich über jedes Zeugnis, das andere ermutigen kann, das ihnen eine Hilfe bedeutet oder ihnen einfach mehr Licht auf ihren Weg gibt und sie auf ihm bisher Unentdecktes finden lässt. Wahre Liebe freut sich über alles, was die Liebe der andern reicher macht.

Gerade dieses Buch verdankt andern Menschen viel, nämlich den Tausenden von Männern und Frauen jeden Alters, aus allen möglichen Verhältnissen, mit denen ich in meinem Dienst als Pfarrer, Evangelist und als Verantwortlicher für die Sendung «Briefpost des Herzens» von Radio Lausanne in Berührung gekommen bin.

Es ist ein seltenes Vorrecht, wenn es einem obliegt, an den Freuden und Leiden der Mitmenschen teilzunehmen. Wird sich jemand darüber wundern, wenn ich sage, dass diese Freuden und Leiden immer mit dem Problem der Liebe verknüpft sind? Beim Kind ist es die Liebe, die es erfahren oder nicht erfahren hat; das zeichnet einen Menschen fürs Leben. Beim jungen Menschen ist es die Liebe, die einen unterwegs streifte oder einem entgegentrat, die man teilte oder nicht teilen konnte; sie kann die vielseitigsten Folgen haben. Beim Erwachsenen endlich ist es die Liebe, die man schenken oder empfangen durfte, falls man sie nicht etwa verpfuscht hat oder andere sie zertreten und verdorben haben.

Darum wird einige meiner Leser aus den Seiten dieses Buches oft ihr eigenes Gesicht ansehen. Schon deshalb, weil sie darin ihre eigenen Briefe wiederfinden werden.

Weil das Liebenkönnen zum eigensten Wesen des Menschen gehört, bringt uns nichts einem andern näher als seine Not oder Freude auf dem Gebiet der Liebe.

Es ist mir bewusst, dass die hier berichteten Umstände, die Freuden und Leiden, die geschildert werden, gelegentlich einer ungesunden Neugier oder dem perversen Interesse für alle Einzelheiten fremder Nöte entgegenkommen könnten. Es ist ein gewisses Risiko dabei, eine Wirklichkeit darzustellen, die den Menschen in seinem tiefsten Elend zeigt. Denn es gibt kein grösseres Elend als die Feigheit, die Bosheit, den Schmutz, in die der Mensch im Namen der Liebe hinuntersinken kann.

Man wird mir darob Vorwürfe machen, um so mehr als dieses Buch auch von Jugendlichen durchblättert werden wird, von denen viele nicht ahnten, wieviel Gemeines und wieviel Schmerzliches unter der Ueberschrift «Liebe» vor sich geht.

Befürchtet man, dass sie zu früh Kenntnis davon erhalten?

Vergessen wir doch nicht, dass sich das alles unter den Blikken vieler Jugendlicher rücksichtslos ausbreitet, dass es jedesmal an ihr Ohr dringt, wenn sie ihre Aufmerksamkeit dem Weltlärm zuwenden. Wird es schlimmer um sie bestellt sein, wenn sie frühe davon unterrichtet werden, dies jedoch im Rahmen eines wahrhaftigen, eingehenden Kommentars, aber ohne den Kram lügenhafter Phrasen oder angeblich künstlerischer Verbrämung, in den eine gewisse Roman-, Theater- und Kinoliteratur diese Probleme einzuhüllen liebt? Dies gilt besonders, wenn unsere jungen Leute sich nach solcher, zugegebenerweise etwas brutalen Kontaktnahme dann auf einen Weg führen lassen, auf dem sie die wahre Liebe und die zur Begegnung mit ihr nötigen Bedingungen entdecken!

Jede entstellte, gefälschte, künstlich verschönerte Wirklichkeit wird schliesslich zur Enttäuschung führen. Auf solchen Schwindel fallen nur die herein, die bewusst die Wahrheit fliehen und sich selbst betrügen wollen. Aber die strahlende Wahrheit bricht immer wieder hervor. Manchmal blitzt sie nur für die Dauer eines Augenblicks auf, doch lange genug, um in unser Bewusstsein zu dringen.

Es scheint mir deshalb, dass dieses Buch im Herzen meiner Mitmenschen einen Widerhall finden könnte. Möge es ihnen auf seine Weise die Liebe Gottes offenbar machen und sie nach Seinem heiligen Willen das eine besser als bisher lehren: «Einander lieben»!

I. KAPITEL

Entdeckung der Wirklichkeit

Alle, die sich mit wirklicher Sachkenntnis dazu äussern können — Pfarrer, Priester, Aerzte, Soziologen, Juristen — werden bestätigen, dass die Krise der Ehe, der Familie, d. h. der Liebe, nie ernster gewesen ist als heute. Zu dieser Behauptung könnte man Statistiken aufreihen, Berichte zitieren, Erklärungen von Spezialisten heranziehen, Zahlen und Erfahrungen ins Licht rücken. All das wäre sehr interessant, aber brächte es uns weiter?

Wir wissen es wohl: das Tätigkeitswort «lieben» ist nie schlechter konjugiert worden; in jeder Form von Zeit, Person und Modus unterlaufen verborgene oder offenbare Fehler heute in einem solchen Masse, dass es ein Gemeinplatz ist, von einer Krise der Liebe zu reden. Von einem Operndichter stammt das bitter ironische Wort: «Das Glück der Liebe ist ein flüchtger Hauch; der Schmerz der Liebe währet bis zum Tod».

Aber der Mensch hat sich mit diesen Feststellungen nicht zufriedengegeben. Wie auf andern Gebieten hat er nach Heilmitteln gesucht. Er hat mit all seinem Verstand und seinem Scharfsinn gekämpft. Er wollte dem Uebel die Stirne bieten.

Angesichts der Resultate könnten wir uns eingehend über die Frage der Wirksamkeit der vorgeschlagenen Hilfen auslassen. Wir verzichten darauf. Gegenüber der geschickten Publizität für solche Mittel wollen wir einfach sagen:

Wenn eine Schönheitscreme zur Gesunderhaltung Ihrer Haut beitragen kann, wäre es ein Fehler, sie nicht zu gebrauchen.

Wenn ein Staubsauger oder ein Waschautomat die Arbeit Ihrer Frau spürbar erleichtern kann, wird sie es Ihnen danken, Ihre Ersparnisse zu einem solchen Kauf verwendet zu haben.

Wenn eine illustrierte Schrift Sie ausführlich über die Kunst, einen Haushalt ohne Schuldenmachen zu gründen, unterrichten will, tun Sie sicher gut, sich darein zu vertiefen.

Wenn Ihre Mittel es Ihnen erlauben, wird es von Vorteil sein, eine Wohnung zu wählen, die den Bedürfnissen Ihrer Familie und Ihren persönlichen Wünschen entspricht.

Wenn Schulen Kursprogramme über Zuschneiden, Kochen und Hauswirtschaft bieten, tragen sie in nützlicher Weise zur Gründung glücklicher Familien bei.

Wenn durch ihre Eltern oder Erzieher beratene junge Männer und Mädchen sich durch all das belehren lassen, was die Wissenschaft ihnen in zahllosen Schriften über Psychologie der Ehe, sexuelle Erziehung zur Verfügung stellt, so bereiten sie sich in vernünftiger Weise auf ihre kommende Rolle als Gatten und Eltern vor. Dieses wertvolle Wissen wird ihnen helfen, zahlreiche Klippen zu umschiffen.

Wenn schliesslich Brautleuten empfohlen wird, vor der Ehe einen Arzt zu konsultieren, dann geschieht es auch nur, um ihnen das Eingehen des Ehebundes zu erleichtern und ihren Hochzeitsgabentisch mit einem Maximum an Sicherung und Schutz zu bereichern.

Allein, wir kommen nicht darum herum, einzusehen, dass auch die grosse Menge der vorgeschlagenen Mittel, so wertvoll und empfehlenswert sie wirklich sind, oftmals nichts verhindert hat. Sie hat da und dort die Wirkung der Uebel, die sie zu bekämpfen vorgab, zurückgehalten, verringert, verlangsamt, was nicht ausschloss, dass diese Uebel sich manchmal später umso heftiger einstellten. Dafür ist die immer steigende Zahl von Ehen, die mit einer Katastrophe enden, ein beredtes Zeugnis.

Sollten die vorgeschlagenen Heilmittel deshalb wirkungslos bleiben, weil sie immer nur die äusserlichen, sekundären Gründe der vorhandenen Krise berühren?

Es wäre leicht, diese Behauptung aufzustellen; man könnte aber sogleich von uns fordern, Beweise dafür zu erbringen. Es ist daher am Platz, den zahlreichen Zeugen und Opfern dieser so hoch gepriesenen und oft so elend gestrandeten Liebe das Wort zu erteilen.

Die hier gesammelten Zeugnisse, die in Stunden der Erschütterung und des Leides geschrieben wurden, sind ein beredterer, überzeugenderer Tatbeweis als die vollkommensten theoretischen Beweisführungen. Diese zahlreichen, in ihrem Ursprung und ihren Umständen so verschiedenen, in ihrer schmerzlichen Aufrichtigkeit so ergreifenden Zeugnisse sollen uns nicht nur bewegen, sondern uns zu heilsamen Ueberlegungen führen. Vielleicht werden sie auch in manchem Leser den Willen wecken, ein für allemal Schluss zu machen mit diesem Spiel von Leiden, Tränen, Qual und Tod, zu dem in den Händen der Menschen die unvergleichliche Gabe der Liebe geworden ist. Vielleicht auch werden sie ihn dazu anspornen, die ganze Freude und Lebenskraft, ja den unendlichen Reichtum zu schmecken, den die Liebe schenkt, wenn sie in dem verwurzelt ist, der sie uns offenbart und in ihrer ganzen Fülle wiedergibt.

Aber nun wollen wir erst einmal voller Mitgefühl auf die Aussagen von Menschen hören, die zugleich Opfer, Zeugen und Angeklagte sind. Wir wollen der Belastung nicht ausweichen, die dies für unsere eigenen Schultern bedeuten kann, und unser Ohr nicht verschliessen, falls da und dort etwas auf unsere eigenen Umstände zutrifft und den Finger auf unsere Verantwortung legt. Wir haben diese Berichte in eine gewisse Ordnung gebracht, um uns die anschliessenden Ueberlegungen zu erleichtern.

Sämtliche nachfolgenden Zeugnisse stammen aus einer Korrespondenz, die mir seit vier Jahren Woche um Woche zugestellt wird für die Zwecke der während des Winters von Radio Lausanne veranstalteten Sendung «Briefpost des Herzens». Sie sind völlig echt, wenn auch alle jene Einzelheiten, die die Verfasser verraten könnten, weggelassen wurden.

Als letztere sich ans Schreiben machten, konnten sie nicht wissen, dass ihr Brief in einem Buch erscheinen würde. Ich selber hatte dies auch nicht vorgesehen. Trotzdem glaube ich nicht, das Vertrauen meiner Korrespondenten missbraucht zu haben. Sie wussten, dass ihre Briefe möglicherweise am Mikrophon öffentlich verlesen werden könnten. Sie wussten auch, dass dabei ihre Identität gewahrt bleiben würde.

Im Zusammenhang mit den Ausführungen dieses Buches werden diese Briefe weitgehend dazu beitragen, die Augen und Ohren derer zu öffnen, die nicht hören und sehen wollen. Sie werden andern helfen, das Glück zu entdecken, das die Schreiber suchten. Ich wage deshalb zu hoffen, dass meine Korrespondenten, statt mir zu zürnen, sich vielmehr freuen werden, dass ich mir die Freiheit nahm, von ihren Zeugnissen Gebrauch zu machen.

*

UNWISSENHEIT ODER SELBSTSÜCHTIGE VERBLENDUNG?

Seit zehn Jahren bin ich verheiratet. Wir haben ein Kind, das mir eine grosse Freude ist. Ich arbeite im Geschäft meines Mannes. Da es nicht an Arbeit fehlt, wende ich meine ganze Zeit daran, mit Ausnahme von zwei Nachmittagen in der Woche, die ich meinem Kind widme.

Nun, werden Sie denken, worüber beklagen Sie sich denn? Und damit komme ich zum Kern der Sache: Ich habe einen «ledigen» Gatten, das heisst einen Mann, der trotz seiner Verpflichtungen in Geschäft und Familie sein Leben so führt, als wäre er allein. Vereine, Komitees, Freunde usw. nehmen dabei den ersten Platz ein. Fast alle meine Abende bringe ich allein zu, und wenn er zufällig einmal daheim bleibt, ist der «Herr des Hauses» müde und begibt sich früh zu Bett. Ich kann mich sehr gut allein unterhalten. Musik und Handarbeiten bedeuten mir viel. Aber auf die Länge ist das doch eintönig, und es scheint mir, dass das Uebel sich verschlimmert. Die Liebesabenteuer meines Mannes (die er nicht schamhaft genug war, mir zu verheimlichen) habe ich versucht zu vergessen, aber nun wird das Leben unmöglich. Manchmal kommt er halbbetrunken heim. Da ich von Natur recht spontan bin, habe ich nicht immer alles wortlos hingenommen. Meine Nerven sind angegriffen. Ich nehme wohl etwa Beruhigungspillen, aber wenn sie mir auch zum Schlaf verhelfen, so ändern sie doch die Dinge nicht.

Ich habe versucht, meinen Mann zur Vernunft zu bringen, indem ich freundlich mit ihm sprach. Aber ach, er macht sich nur über mich lustig und behauptet, ich sei zu anspruchsvoll, ich hätte einen schlechten Charakter, und er könne leben, wie es ihm gefalle. Ich habe den Rat eines Advokaten eingeholt, aber diese Leute reden sofort von Scheidung, von Gericht, was für mich gar nicht in Betracht kommt. Ich will meine Angelegenheiten nicht vor Leuten breitschlagen, die sich nur darüber lustig machen. Ich habe immer den Schein gewahrt, indem ich schwieg, sogar vor meiner Familie. Man betrachtet mich als eine wohlumsorgte und glückliche Frau.

Ich muss zwar zugeben, dass mein Mann sehr arbeitsam ist. Seine geschäftlichen Angelegenheiten erledigt er in perfekter Weise, und ich bewundere ihn sehr. Wir haben jung geheiratet, und ich dachte, dass vieles sich mit den Jahren bessern würde. Aber ach, es ist nicht der Fall, und da bin ich nun, allein, und suche einen Ausweg. Gewiss, eine Frau meines Alters kann männlichen Trost suchen, dieser fehlt nicht, und manchmal lasse ich mich soweit gehen, an solche Dinge, an ein Doppelleben, zu denken. Ich bin nicht besser als andere, und es würde mir wohl tun, jemand freundlich mit mir reden zu hören. Aber was gewinnt man schon bei einem solchen Spiel? Wahrscheinlich nichts als Tränen.

Glücklicherweise habe ich mein Kind. Aber die Jahre vergehen schnell, und bald wird es anderswo sein Vergnügen suchen, was auch ganz normal ist. Dann werde ich mehr denn je einsam sein ...

*

Sie können sich glücklich schätzen, keine Frau zu sein. Sie können sich kaum vorstellen, wie sehr empfindsam und verwundbar wir sind, und wie leicht ein Mann uns körperlich und seelisch zu Grunde richten kann, wenn er es wünscht. Sie wissen nicht, wie verzweifelt das Leben sein kann für eine Frau, die ihre Arbeit zu Hause verrichtet und die durch jeden Gegenstand, den sie berührt, an ihre schreckliche Sorge erinnert wird. Ein verhöhnter Mann flüchtet sich in seine Arbeit, in politische Versammlungen. Die Frau ist von Natur zu treu und liebevoll, um sich nur eine Sekunde von ihrem Schmerz ablenken zu lassen.

Sie wissen auch nicht, was es heisst, mit einem Mann *zusammenzuleben,* der egoistisch und herzlos ist, und dies während Jahren —

Jahre, die er dazu benützt, Sie niederzudrücken, zu demütigen, Ihnen jede erdenkliche Falle zu stellen, um Sie womöglich los zu werden. Sie können nicht wissen, in welchen Zustand des Zerfalls ein solcher Mann Sie bringen kann. — Ein letzter Punkt. Sie reden oft vom Vergeben. Wenn es nur daran hinge! Wir sind immer bereit zu vergeben, wieder von vorne anzufangen, die Vergangenheit zu vergessen. Aber gerade das will man gar nicht von uns, im Gegenteil. Ein Mann, der eine andere liebt, macht sich über die Gefühle seiner Frau lustig, und alle seine Taten haben nur ein Ziel: von ihr loszukommen.

Wie traurig ist das alles, und wie grausam und undankbar sind die Männer!

*

Mein Mann ist ehrlich, arbeitsam, seriös, aber ich könnte sagen, dass seine Arbeit und seine Zeitung zu seinem Glück vollkommen genügen. Er ist sehr bekannt durch seinen Beruf, sehr geschätzt von seinen Kollegen, sehr liebenswürdig ... Aber zu Hause genügt eine kleine Ungeschicklichkeit, ein Versehen, und schon beginnt ein Geschrei, eine Aufregung, und Aussprüche folgen wie: «Es ist mir verleidet» usw. Dazu kennt er kein Gefühl, keine Zärtlichkeit; er hat auch keine Freunde und keine Freude, Besuche zu machen oder zu empfangen.

Seit einigen Monaten gibt mir diese Lage zu denken, und ich fühle mich schrecklich einsam, so einsam, dass es mir zu einer Zwangsvorstellung wird. Und es kommt mir vor, als ob die Liebe, die ich zu meinem Gatten hatte, all den Zornesausbrüchen und dem Geschrei nicht standgehalten habe. So oft habe ich mir gesagt: sei lieb und zärtlich mit ihm, gib ihm einen Kuss, usw., und ich nahm einen Anlauf, um über den Berg zu kommen. Aber kaum war ich halbwegs oben, kam ein neuer Vorwurf, und ich landete wieder am Ausgangspunkt. Nun bin ich so weit, dass ich allein nicht mehr aus der Not herausfinde. Ich versuche es gar nicht mehr, ich klammere mich nicht mehr fest, ich bin völlig gleichgültig geworden.

Ich fühle mich schauderhaft einsam. Ich habe ein solches Bedürfnis nach Zärtlichkeit, nach Liebe, dass es zu einer wahren Qual wird. Ich kann nicht einmal mehr das Wort «Freunde» hören, ohne dass ich innerlich zusammenzucke. Wenn ich allen Mut zusammennehmen und mich meinem Mann nähern würde, so würde er gleich an den Liebesakt denken, denn er würde das Bedürfnis nach Zärtlichkeit und gegenseitiger Zuneigung, wie ich sie bei meinen Töchtern fand, als sie klein waren, niemals verstehen. Schon von jeher, seit wir verheiratet sind, hat er das Glück einer kleinen Liebkosung nicht begreifen können. Und doch ist dieses Bedürfnis in mir so stark, dass es mir manchmal scheint, das Herz müsse mir in meiner Einsamkeit zerspringen ...

*

Jeden Tag wird es mir ein wenig mehr bewusst, wie schwer es ist, Christ und verheiratet zu sein, und ziemlich spät verstehe ich nun den Wert des Bibelwortes: «Wer nicht heiratet, tut besser.» Ich bin erst seit fünf Jahren verheiratet und habe einen Mustergatten: Ich habe ihn noch nie betrunken gesehen, nur selten geht er allein aus, er liebt seine Kinder sehr. Aber wie jeder gute Bauer — denn obwohl wir keinen Hof haben, waren wir vor unserer Heirat doch beide Bauern — schätzt er bei der Frau vor allem die Arbeitsmenge, die sie zu bewältigen vermag. Dazu hat er einen fast übertriebenen Sinn für Ordnung und Pünktlichkeit. Unter normalen Umständen ist es leicht, viel zu arbeiten.

So ging denn auch anfangs alles gut. Dann kamen die Kinder, und trotz der Aerzte, die ich aufsuchte, bedeutete jede Schwangerschaft für mich neun Monate Krankheit. Ich musste zwar nicht das Bett hüten, aber ich war doch zu nichts Rechtem fähig. Sie können sich vorstellen, was man unter solchen Umständen leisten kann. Erst recht, da mir eine Herzkrankheit geblieben ist, die wohl nicht schwerwiegend, aber doch recht bemühend ist, da sie häufige Krisen verursacht. Kein Tag vergeht mehr, ohne dass mein Mann mir nicht eine Szene macht wegen meiner Faulheit und Unordnung. Und ich kann Ihnen versichern, dass es mir nicht am guten Willen fehlt. Aber vielleicht verstehen Sie, dass es mit mehreren kleinen Kindern schwer ist, alles zu bewältigen. Und selbst wenn ich glaube, es geschafft zu haben, kommt irgendeine vergessene Kleinigkeit zum Vorschein, die wieder zu Vorwürfen Anlass gibt. Ich weiss wohl, dass ich verzeihen und mich gedulden muss. Ich weiss nur zu gut, was ich alles zu tun habe. Aber zu meiner grossen Schande muss ich auch einsehen, dass ich die Kraft nicht mehr habe, es zu tun. Es kommt vor, dass ich vor lauter Nervosität und Uebermüdung mit den Kindern böse bin, dass ich meinem Mann für seinen Mangel an Verständnis zürne und sogar Lügen erfinde, um Vorwürfe zu vermeiden. Ich wage nicht an die Jahre zu denken, die ich auf diese Weise vielleicht noch zu durchleben habe! Und vor allem, wie soll man in solchen Verhältnissen Kinder normal erziehen? Ich weiss von zu Hause, wie traurig es für Kinder ist, Eltern zu haben, die sich nicht verstehen ...

*

Jeden Monat kommt es bei uns zu einem Streit, weil ich angeblich zu viel ausgebe. Was tun? Ich gebe das Minimum für meinen Haushalt aus. Aber auch dieses Minimum wirft er mir vor, während er selbst sich die Freiheit nimmt, jeden Monat für 80 Fr. Zigaretten zu kaufen. Dazu kommt sein leidenschaftliches Kartenspiel. Oft kommt er nicht vor 11 Uhr nachts heim, und da soll ich noch mein Budget einschränken, das ist gemein! Ich muss immerhin essen, leben. Weshalb die Zigaretten, die Karten, unser Wagen? Das frisst in einem Jahr phantastische Summen.

Er ist charakterlos. Er will den vornehmen Herrn spielen, aber niemand ahnt, was für ein Leben ich zu ertragen habe. Vor einer Scheidung schrecke ich zurück, und doch möchte ich in gewissen Augenblicken das Familienleben wieder finden, das ich bei meinen Eltern hatte, ein richtiges Heim ...

Mich so sehr mit Geld befassen zu müssen, bringt mich um. Weihnachten steht vor der Tür. Was werde ich da noch zu hören bekommen! Ich habe ihm schon gesagt, er solle die Einkäufe besorgen, das Haushaltungsbuch führen, aber davon will er nichts hören. Ich lasse es an nichts fehlen, ich wache über meine Worte, im Hause ist alles einladend, sauber. Bei jeder Mahlzeit steht Fleisch auf dem Tisch. Was tun? Wie es anstellen, um ihn zur Einsicht zu bringen?

Ich weiss, dass im Leben nicht immer alles wie am Schnürchen geht. Aber ich habe geheiratet, um ein glückliches Heim zu haben, um alle, die um mich sind, liebend zu umsorgen, und nun muss ich sehen, dass all das mir aus den Händen gleitet ...

*

Ich möchte doch für die Sache gewisser Männer einstehen, die, enttäuscht, eine Flucht ins Auge fassen, die auf ehrlichem Wege nie möglich sein wird. Ich bin eine Bauersfrau, und wenn ich in die Stadt gehe, bin ich stets aufs neue erstaunt, so viele elegante, gut frisierte Arbeiterfrauen zu sehen. Sie sind hübsch, lustig, eine Spur herausfordernd.

Ich sehe auch viele Männer, die ein wenig den Eindruck eines «geschlagenen Hundes» machen, und es scheint mir, dass hier die Wurzel des Uebels liegt! Wenn der Mann müde nach Hause kommt, findet er oft nicht mehr die Gefährtin, die er sich erwählt hatte, seine zärtliche, hingebende kleine Frau der ersten Tage.

Ist nicht der Mann oft bis hinein in die eheliche Gemeinschaft verzweifelt einsam? Die Frau ist ihm wohl unterworfen, aber im Geist abwesend. Oder es sind da diese hässlichen Haarwickel und die Schönheitscrème, die sie am Anfang nicht zu verwenden wagte.

Was bleibt diesem Mann? Der Eindruck, dass er bestohlen worden ist! Sie sagen, dass eine Aussprache unter Ehegatten nötig wäre. Aber wie machen, dass keine Komödie daraus wird, wo doch bis hinein in den Liebesakt keine Einheit mehr da ist? Welch kompliziertes Problem in einem Leben, das nur aus Schein, Heuchelei und Verstellungskünsten besteht, und in dem der liebe Gott überhaupt kein Eckchen mehr findet...

*

Im Geist meiner Frau ist das eine Prinzip fest verwurzelt: «Der Mann heiratet, um bei seiner Frau zu bleiben». Das ist vollkommen richtig, aber auch ebenso unvollständig. Zuerst einmal ist es der Beruf, durch den der Mann von der Frau getrennt wird.

Glücklicherweise habe ich eine Arbeit, die mir eine gewisse Freiheit lässt. Kein Tag vergeht, ohne dass ich nicht bei meiner Rückkehr meiner Frau einen Kuss gebe und mit ihr plaudere. Seit unserer Heirat habe ich es mir angewöhnt, meine Frau zu umarmen, selbst wenn ich nur für einige Minuten weggehe.

Es kommt vor, dass meine Frau, wenn ich einmal nicht zur gewollten Stunde heimkomme, sich abweisend verhält, gewissermassen um mich zu strafen. Sie verachtet meine Zärtlichkeiten und will nichts davon wissen. Das schmerzt mich. Ich sage nicht, dass ich ein armer, unglücklicher Mensch sei, aber es gibt Dinge, die viel besser gehen würden, wenn meine Gattin mehr Verständnis aufbrächte. Ich glaube, dass ein gewisser Egoismus und Materialismus die Haltung meiner Frau bestimmt.

Um gegen diesen Egoismus anzukämpfen, versuche ich, ihr meine «Nächstenliebe» zu beweisen, indem ich ihr bei ihrer Arbeit (Geschirrwaschen, Putzen, Garten, Blumenpflege) helfe. Ich interessiere mich für alles, was sie tut; ich lese ihr ein paar Seiten vor, die ihr Freude bereiten. Als Gegendienst glaube ich doch, darauf Anrecht zu haben, einige Augenblicke von ihr zu erhalten, um zu plaudern und vor allem, um in aller Vertrautheit mit ihr alleine zu sein. Wenn ich zu ihr gehe, um sie zu umarmen, würde sie um nichts in der Welt ihre Strickarbeit oder die Zeitung weglegen, um meine Liebkosung oder meinen Kuss zu erwidern. Daran ist sie nicht gewöhnt.

Ihr Materialismus äussert sich folgendermassen: Wenn ich für Haushaltbesorgungen Geld ausgegeben oder mit einem Freund ein Glas getrunken habe, dann zählt sie fast jedesmal unseren gemeinsamen Geldbeutel nach. Sehr oft findet sie, ich hätte zu viel ausgegeben und es fehle etwas. Mündlich lege ich ihr über das ausgegebene Geld Rechenschaft ab, aber wie oft muss ich dann hören: «Du lügst, ich glaube dir nicht. Du gibst nur immer Geld aus.» Dann schreibe ich ihr in Ruhe meine Ausgaben auf und unterbreite ihr die Abrechnung in aller Freundlichkeit. Entweder nimmt sie sie wortlos an, oder sie weist sie zurück. Ein einziges Mal bat sie mich um Verzeihung.

Trotz alledem betrachte ich mich nicht als einen unglücklichen Mann oder einen allzu beklagenswerten Gatten. Ich bewahre meiner Gattin gegenüber eine tiefe Liebe und stete Treue.

*

Mein Mann ist grundehrlich und gewissenhaft. Als einfache, anspruchslose Leute haben wir mit gegenseitigem Einverständnis gespart, um unseren Kindern zu helfen. Die beiden älteren haben, wie ich glaube, die schwierigen Jahre des Kampfes mit sich selbst hinter sich. Sie haben auch nie so stark das Bedürfnis nach Unabhängigkeit empfunden, das man um 15 Jahre herum spürt, wie nun der Jüngere. Er ist in voller Gärung begriffen, ist stark gewachsen und voll Leben. Die Schule nimmt ihn ziemlich stark in Anspruch. Er möchte überall zeigen, was er kann. Von Natur sehr männlich veranlagt, hätte er gern die Bewunderung oder wenigstens die Achtung seines Vaters erzwungen. Wie oft habe ich das gespürt. Er hätte mit seinem Vater ins Gespräch kommen wollen! Er ist ein fröhlicher Kerl, etwas lärmig, aber gutherzig, aufrichtig und allezeit dienstfertig. In dieser Beziehung ist er sogar sehr verschieden von seinem Vater, der sich nicht gern für andere ausgibt.

Genug davon. Sicher haben Sie bereits den klaffenden Riss entdeckt. Und mit den Jahren nimmt er zu. Die Charaktere festigen sich, die Distanz ebenfalls.

Der Bub erträgt seinen Vater sehr schlecht und ist nicht immer höflich zu ihm. Obwohl mein Mann sonst geduldig ist, sieht er darin nur Boshaftigkeit und Unverschämtheit, und schliesslich schreit er und sagt die unpassendsten Dinge. *Er* hat nie Versuchungen gehabt, nie etwas anderes gewünscht, als was er hatte, nie in Gefühlen geschwelgt! Wenn er seine Kinder geliebt hat, dann nicht mit dem Ziel, das sich ein grosser Sohn vorstellen mag. Und überhaupt kostet alles so viel!

Und ich, werden Sie denken? Urteilen Sie bitte nicht zu streng über mich! Ich liebe sie alle beide und versuche zu helfen, zu verstehen, zu ermutigen, aufzurichten, für sie zu beten. Zudem habe ich den Eindruck, als Prellbock dienen zu müssen. Aber ich kann es nur tun, wenn jeder seinen geraden Weg geht. Nun beginnt aber unser

Sohn, sich den Befehlen seines Vaters zu widersetzen. Und ich habe Angst! Mein Mann kümmert sich nicht darum, was nach solch einem Auftritt geschieht, willigt aber auch nicht ein, gemeinsam mit mir nach den Beweggründen eines an ihn gerichteten Fluches oder einer Trotzhandlung zu suchen. Er scheint sich selbst untadelig vorzukommen und gibt in keinem Fall zu, dass auch er gegenüber einem Kind einmal im Unrecht sein könnte. Die Aelteren haben rasch begriffen, dass es besser ist, über die Sache hinwegzugehen, als sich in Diskussionen einzulassen, die angeblich zu ihrem Wohl dienen sollen und aus lauter schönen Worten bestehen.

Der Jüngere bringt es nicht fertig, sich zu beugen. Er verbirgt seine Empfindlichkeit unter einem bärbeissigen Wesen. Da braucht es oft nur wenig, damit die beiden Charaktere aufeinanderstossen. Nachdem er früher seinen Papa so sehr beneidet und bewundert hat, richtet er ihn jetzt. Und wenn ich eingreifen will, sagt er mir: «Er tut nicht, was er uns tun heisst. Wenn er befehlen will, soll er zuerst mit dem guten Beispiel vorangehen!» Hier fühle ich mich dann stark im Fehler. Ich habe nämlich selbst schon unendlich darunter gelitten, dass mein Mann uns oft so weit herunterdrückt, bis wir ganz entmutigt und an uns selbst verzweifelnd dastehen. So vermag ich nicht, ihm vor den Augen der Kinder Achtung zu verschaffen, oder ich tue es schlecht, was mir einmal die Bemerkung eingebracht hat: «Du weisst wohl, dass das nicht wahr ist!»

Was tun? Ich selbst hätte so sehr Ermutigung nötig. Ich bin manchmal so matt, so unsicher in meiner eigenen Handlungsweise. Es scheint mir, es brauchte so wenig, und alles ginge besser. Aber ich kann nicht die Partei meines Mannes ergreifen, die Kinder hätten kein Vertrauen mehr zu mir! Und doch, sind wir nicht verantwortlich für sie, die wir in diese Welt hineingestellt haben? Sie haben so viele Versuchungen zu ertragen, viel mehr als wir. Müssen wir nicht alles tun, um mit ihnen in Verbindung zu bleiben, in schwierigen Augenblicken für sie da zu sein? Ich kenne nichts Tragischeres, als den moralischen Kampf allein führen zu müssen! Und da scheint es mir oft, als ob Gott meiner Schwachheiten überdrüssig geworden sei, und ich kann nicht mehr beten ...

*

Was wir auf diesen Seiten gelesen haben, bedeutet eine heilsame Fühlungnahme mit der Wirklichkeit. Diese Briefe lassen in uns ein erstes Erstaunen zurück.

Mit einer Ausnahme stammen alle diese Zeugnisse von Frauen. Warum? Ich habe nicht etwa absichtlich männliche Aeusserungen beiseite geschoben. Die Tatsache steht aber fest: Männer greifen sehr selten zur Feder, um ihre Leiden zu erzählen. Sind sie weniger empfindlich dagegen? Haben sie keine Leiden? Oder gebietet ihnen ihre Zurückhaltung, sie für sich zu behalten?

Was liegt daran! Ob nun die eine oder andere dieser Erklärungen zutrifft oder alle stimmen, eines ist sicher: dass im Eheleben viele Menschen leiden. Die Frauen mehr als die Männer. Und es ist recht, dass sie es sagen.

Zeigen diese Zeugnisse nicht deutlich, worin diese Leiden bestehen, ja weisen sie nicht auf ihre Grundursachen hin?

Wir wollen diese Briefe bei den folgenden Ausführungen im Gedächtnis behalten.

Der Mann nimmt es mit der Erfüllung seiner eigenen Arbeit ernst. Er verlangt, dass man ihren Wert anerkenne, und würde zürnen, wenn sein stets erneuter Einsatz, die tägliche Mühe, die sein Schaffen verlangt, in Frage gestellt würde.

Aber — merkwürdig: die Arbeitsleistung seiner Frau, der Kraftaufwand, den die Führung eines Haushalts erfordert, die Mühe, welche Schwangerschaft, Niederkunft, Pflege und Erziehung der Kinder sie kostet, all das scheinen ihm Dinge zu sein, die den Namen «Arbeit» nicht verdienen! Es kann sogar sein, dass er das Tagewerk der Frau als Mussezeit taxiert, der die Heimkehr und die Anwesenheit des ermüdeten Gatten ein geeignetes Ende bereitet!

Unwissenheit oder selbstsüchtige Verblendung?

Im täglichen Kontakt mit den Mitmenschen ist für den Mann nichts bemühender und verletzender als eine Geringschätzung von Seiten der Kollegen und mehr noch der Vorgesetzten. Ein respektloser und hochmütiger Ton ihm gegenüber verbittert ihn. Im gleichen Masse schätzt er aber auch das ihm erzeigte Vertrauen, die geäusserte Anerkennung, die erwiesenen

Rücksichten. Sie bedeuten ihm eine Aufmunterung, schon beinahe eine Belohnung seiner Mühe. Er sieht darin eine Bestätigung seiner Menschenwürde, ein Element seiner persönlichen Freiheit, die ihm unentbehrlich ist.

Wie ist es dann möglich, dass ein solcher Mann sich darin gefällt, seine Frau zu demütigen, ohne Rücksicht, ohne Achtung mit ihr zu reden, als wäre sie das verächtlichste Wesen, dem er je begegnet ist? (Dasselbe könnte man zwar auch von gewissen Frauen ihrem Manne gegenüber sagen.) Wie kann er sie derart erniedrigen, bis sie nicht mehr eine Persönlichkeit, sondern seine Sache ist, die er zu seinem Profit ausnützt, ein Ding, das der Befriedigung seiner Launen, seiner Wünsche und Bedürfnisse, darf man sagen: seiner Gier zu dienen hat? Die Frage drängt sich uns wieder auf: Unwissenheit oder selbstsüchtige Verblendung?

Die Tatsache besteht, und die gelesenen Zeugnisse bestätigen sie: viele Ehegatten, besonders Männer, leben in Unwissenheit über die Persönlichkeit ihres Partners, Unwissenheit über dessen einfachste und tiefste Bedürfnisse.

Es handelt sich um eine tatsächliche Uneinigkeit zwischen Mann und Frau, und die Liebe — in Gefühlen oder Handlungen — die, wie uns scheint, diesen Riss überbrücken sollte, unterstreicht ihn oft noch und vertieft ihn bis zum Widerwillen, ja zum Hass.

Dies trifft besonders zu, wenn Trunksucht des Familienvaters die offensichtliche oder heimlich drohende Uneinigkeit der Familie verschärft.

DIE TRUNKSUCHT Es lohnt sich, diesem Thema einige Seiten zu widmen. Der Alkoholismus hat bei uns noch keinen allzu üblen Ruf. Auf alle Fälle finden viele Leute, er sei nichts besonders Schlimmes — ausser da, wo es um berufliche Notwendigkeiten, sportlichen Wettbewerb oder das Führen eines Motorfahrzeuges geht. Da allerdings gesteht man ihm seinen schädlichen, ja mörderischen Charakter zu.

Aber ausserhalb dieser Erfordernisse von Beruf, Sport und Verkehr werden der Alkoholismus und seine Folgen keineswegs ernst genommen und als Saboteure der Liebe und des Heims, in das er sich einschleicht, angesehen. Wer ihn anzugreifen wagt, gilt bald als blöder Gelbschnabel, teetrinkender Frömmler oder verbohrter Blaukreuzler. So gedeiht der Alkoholismus lustig weiter und macht sich in den Häusern jeder Klasse heimisch. Er bereitet den Eltern selten Sorgen. Wenn ein junges Mädchen feststellt, dass sein Liebster ab und zu einen tüchtigen Trunk tut, so macht sie sich meist nicht viel daraus. Der Bursche beweist doch damit, dass er ein Mann ist!

Nun ja. Das werden wir gleich zu sehen bekommen. Denn es gilt, sich Zeit zu nehmen zum Hinhören. Das Zeugnis der Kinder und Gattinnen von Trinkern könnte jene ernüchtern, die noch immer glauben, dass mit einem Sklaven dieser Leidenschaft ein Heim auf solidem Fundament gegründet werden kann.

*

Ich bin enttäuscht, ich sehe keinen Ausweg mehr, ich weiss nicht mehr, was tun, um meinen Mann zu einer besseren Einsicht zu bringen. Als Tochter reicher Eltern habe ich mich vor wenigen Jahren mit Henri verheiratet. Er war ein armer Bursche, aber zärtlich, scheu, sanft, ein vielversprechender Bräutigam. Meine Eltern waren sehr gut zu uns. An unserem Hochzeitstag bereiteten sie uns ein grandioses Fest. Sie haben uns alles bezahlt, was zur Aussteuer nötig war. Sie haben uns sogar geholfen, ein Haus zu kaufen. Ich glaube, man könnte weit gehen, um solch gute Eltern zu finden.

All das war gut und schön, aber eben, mein Mann trinkt, und unser Leben wird zur Hölle. Der Alkohol macht ihn böse, so dass er schlägt, schreit, brüllt, zerschlägt. Nicht nur hat er sich nie auch nur im geringsten bei meinen Eltern bedankt, sondern er verleumdet sie und sagt, er habe ja nie etwas von ihnen verlangt, die Reichen seien sowieso Gauner. Können Sie verstehen, wie schwer und enttäuschend es für eine Frau ist, fortwährend kämpfen und ihr wahres Leben verbergen zu müssen? Nie macht er eine Abrechnung oder fragt mich, ob das Geld für die Zahlungen ausreiche. Natürlich schlage ich mich allein durch, aber stets behauptet er, ich sei die glücklichste Frau der Welt, weil ich nicht mitverdienen muss.

Sie werden mich fragen, woher er das Geld zum Trinken habe. Nun, er ist Kassier eines Vereins, und aus dieser Quelle schöpft er. Innerhalb von 8 Monaten musste ich Fr. 328.— aus dem Haushaltungsgeld in diese Kasse legen. Wenn ich den Schlüssel verstecke, geht er auf Kredit in die Wirtschaft, und wenn er betrunken zurückkommt, schlägt er mich und zerschlägt die Möbel, weil ich den Schlüssel versteckt habe. Er behauptet: «Das ist meine Kasse, du hast kein Recht, sie anzurühren!» Aber ich muss dann das Geld wieder drauflegen. Wie soll ich mit einem solchen Leben zurechtkommen? Dazu ist er eifersüchtig. Wenn ich in einem Tanzlokal ruhig sitzen bleibe, geht er zur Bar und trinkt sich voll. Wenn ich tanze, wird er rasend, so dass wir den Saal verlassen müssen. Zu Hause angekommen, macht er mir eine Szene, die schlimmer ist, als wenn ich ein schlechtes Mädchen wäre. Wie sollte ich einen Mann weiter lieben können, der mich dermassen enttäuscht? Ich glaube, er hat mich um des Geldes willen geheiratet; aber ich will mich scheiden lassen, denn es gibt kein Mittel gegen den Alkohol. Weshalb sich noch Illusionen hingeben? Ich will um keinen Preis, dass ein Kind in einer solchen Atmosphäre leben muss oder gar noch gleich wird wie mein Mann, nein, eher würde ich mich töten.

Entschuldigen Sie diese Worte, aber ich halte es nicht mehr aus...

*

Ich bin auf dieses kleine Gut gekommen, um mit meinen Schwiegereltern zusammenzuleben. Wir haben eine Wohnung für uns. Ich habe sofort gesehen, dass das Leben hier ganz anders ist als bei meinen Eltern.

Vater und Sohn lieben sich nicht. Ich versuche, das Warum zu verstehen. Kein Familienleben, kein Wort über das, was sich auf dem Bauernhof zuträgt, nicht die geringste Aufmerksamkeit. Der wahre Grund der Sache: Vater und Sohn trinken oft ein wenig zu viel, vor allem der Vater. Schon vor dem Frühstück höre ich ihn aus dem Keller kommen, und wenn er die Arbeit verlässt, begibt er sich ins Wirtshaus. Mein Mann ist auch nicht besser. Bei passender Gelegenheit verspätet er sich gerne. Wenn ich ihm einen Vorwurf mache, lautet die Antwort: «Ich arbeite genug, um mir ein Glas leisten zu können».

Ich habe mir alle erdenkliche Mühe gegeben, um die Sache einzurenken, aber ohne Erfolg. Dieses Leben lässt mein Herz erstarren. Was muss ich tun? Ich weiss nicht, wie ich meinen Mann anfassen soll, d. h. ich verstehe ihn nicht. Er ist sehr nett und ein guter Papa, aber charakterlich so schwach. Er findet, ich sei zu anspruchsvoll, aber ich möchte doch stolz sein auf mein Heim. Weshalb muss ich jedesmal, wenn er ausgeht, während endlosen Stunden voller Angst auf seine Heimkehr warten und mich fragen: Wann kommt er wohl zurück und in welchem Zustand? Was fehlt ihm, dass er auf diese Weise seine Verantwortung zu Hause vergessen kann? Darauf finde ich keine Antwort. Ich bin bereit, alles zu tun, um unsere erschütterte Familiengemeinschaft wieder herzustellen. Wenn es nur gelingt, bevor die Kleinen begreifen lernen.

Seit Weihnachten ist mein Mann nicht mehr zur Kirche mitgekommen. Er sagt, das sei gut für Leute, die es nötig haben. Nun, ich selbst habe es immer nötiger, um mir das Herz zu erwärmen. Meinen Eltern wage ich meine Enttäuschung nicht zu gestehen ...

*

Schon letztes Jahr wollte ich Ihnen schreiben, aber mein Mann schlug mich und nahm mir den Brief weg, weil er glaubte, ich verlange die Trennung.

Mein Gatte ist ein arbeitsamer, aber unmöglicher und bösartiger Mann. Ein grosser Teil seines Lohnes wird für Trinken und Rauchen ausgegeben. Fast jeden Abend macht er uns furchtbare Szenen, vor allem fällt er über unsern Sohn her. Wir selbst geben ihm keine Ursache zur schlechten Laune, es ist allein der Alkohol, der ihn so böse macht.

Die Kinder und ich halten fest zusammen, und wenn er uns schlägt, wehren wir uns und schlagen zurück, aber es ist entsetzlich, und nachher sind wir krank davon. Was sollen wir tun?

*

Seit zehn Jahren bin ich verheiratet, und ich habe Angst vor der Zukunft. Mein Mann war immer ein charakterschwacher Mensch. Wenn er ausgeht, findet er den Heimweg nicht mehr. Zu Beginn des zweiten Jahres war Dorffest, an dem er mehr als üblich trank. Ohne dass wir etwas miteinander gehabt hätten, begann er, hässliche Dinge über mich zu sagen. Ich stand neben ihm, inmitten der Menge. Ich war dermassen enttäuscht, dass meine Gesundheit abzunehmen begann. Ich hatte keine Kraft mehr und vor allem keine Lust mehr zum Leben. Gerade, als es mit mir immer weiter abwärtsging, begann ich ein Kind zu erwarten. Die Schwangerschaft war schrecklich. Dieses Kind wurde mit einem Defekt geboren, den man aber mit der Zeit korrigieren kann. Ich denke, Sie werden verstehen, wie oft ich über dem kleinen Bett geweint habe.

Dann zogen wir um. Ich hatte neuen Mut gefasst. Ich sagte mir: Wie gut, er wird seine Kameraden verlassen, und alles wird in Ordnung kommen. Ich hoffte auf ein anderes Leben, aber mein Mann fährt genau gleich fort, wenn nicht noch schlimmer als vorher ... Ich bin verärgert. Seine Familie ist sehr hart. Da ich keinen Rappen in die Ehe brachte, hatte ich nur immer zu schweigen. Ich habe keinen reichen Mann geheiratet, und ich verstehe nicht, weshalb er mir jedesmal, wenn er heimkommt, das vorwirft. Als ich heiratete, hatte ich eine schöne Aussteuer, nichts fehlte mir, und ich habe die Hälfte der Möbel bezahlt. Geerbt habe ich allerdings nichts. Wir waren zu Hause nicht reich, aber wir waren stets rechtschaffen und hatten ein ruhiges und glückliches Familienleben. Das fehlt mir jetzt. Viel würde ich darum geben, jene Zeiten wiederzufinden ...

Was mich mit Entsetzen erfüllt, ist, dass er nun zu den Nachbarn läuft. Ich habe Angst, wie das weitergehen soll. Wir haben nie Frauengeschichten gehabt, aber das ist der Anfang dazu. Nie hätte ich bei dem zugegen sein wollen, was ich gesehen habe. Jetzt, da ich mich von ihnen distanziere, gehen die drei ohne mich aus.

Wenn er nüchtern ist, ist er der beste Mann der Welt. Aber wenn er am Abend heimkommt und ich die zwölf Kühe bereits gemolken habe, ist er doch nicht zufrieden. Ich habe angefangen zu melken, um uns einen Knecht zu ersparen und in der Hoffnung, dass er dann zu Hause bleiben würde. Aber nun, da er alle Tage zu den Nachbarn läuft, kann nichts mehr, was ich tue, ihn zufriedenstellen. Ich bin ganz krank davon. Ich bin in Behandlung für den Magen, die Leber, das Herz, aber der Friede wäre das beste Heilmittel.

Wenn ich mit meinem Mann eine Aussprache habe, verspricht er mir alles, was ich will, aber er hat noch nie Wort gehalten ...

*

Meine Kinder sind nun aus dem Gröbsten heraus, wie man sagt. Allerdings nicht ohne Mühe, denn seit zehn Jahren habe ich unermüdlich mitverdient, um ihnen zu einem Beruf zu verhelfen.

Trotz unserer mehr als bescheidenen finanziellen Lage ginge alles gut, wenn mein Mann nicht an den Alkohol gebunden wäre. Schon ganz jung hat er zu trinken begonnen, und in den ersten Jahren unserer Ehe schlug er mich. Ich hatte die Scheidung verlangt. Bei der letzten Verhandlung, die zu meinen Gunsten ausgefallen wäre, zog ich aus Erbarmen den Antrag zurück. Mein Mann bat mich inständig darum und versprach, sich zu bessern. In der Tat ging es einige Monate besser, aber dann begann alles wieder von vorne. Wir erhielten die Kündigung unserer Wohnung.

Letztes Jahr wiederum hat uns die Hausbesitzerin, die in vorgerücktem Alter steht und den Lärm nicht mehr erträgt, die Kündigung geschickt. Dank meinem Arbeitgeber habe ich eine andere Wohnung gefunden. Leider ist es jetzt aber noch schlimmer als vorher. Jeden Abend kehrt mein Mann angetrunken heim und beschimpft mich in grober Weise. Ich bekomme die hässlichsten Beleidigungen zu hören. Am meisten befürchte ich die Klagen, die bei der Hausverwaltung eingehen könnten. Schon verschiedentlich hat er sich zur Abstinenz verpflichtet, aber er hält sein Versprechen nicht, obwohl ihm schon mit Internierung gedroht wurde. Ueberall macht er Schulden. Zuerst bezahlte ich sie, aber jetzt tue ich es nicht mehr. Jeden Morgen erneuert er sein Versprechen, am Abend nüchtern nach Hause zu kommen, aber es ist nichts damit.

Ich leide moralisch, und mein Gesundheitszustand bekommt das zu spüren. Ich kann nur noch am Nachmittag arbeiten. Ich bin am Ende mit meinen Nerven. Ich weiss nicht mehr, was tun. Auf keinen Fall kann ich unter diesen Umständen weiterleben.

Aufmunterungen, Freundlichkeit, nichts hilft. Unsere Lage wäre tragisch, wenn wir noch einmal die Kündigung unserer Wohnung erhielten, denn alle Verwaltungen und Hausbesitzer ziehen nun Erkundigungen ein. Wir wüssten nicht, wohin gehen ...

*

Es tut gut, diesen Zeugenaufmarsch einen Augenblick zu unterbrechen. Die Beunruhigung, die wir vor diesen schmerzlichen Situationen empfinden, die Enttäuschung, die wir den an solches Elend geketteten Frauen oder Männern nachfühlen, der Abscheu vor dieser oder jener Auswirkung des Uebels lassen uns wünschen, eine Pause einzuschalten. Gut, aber nur unter der Bedingung, dass wir uns nicht beeilen, zu vergessen! Wie schnell vermag ein heilsamer Eindruck sich zu verflüchtigen!

Ueber den Alkoholismus gibt es viel zu lesen. Dass er der Lieferant einer ganzen Prozession von Uebeln ist, weiss man anhand der Statistiken. Man nennt Zahlen, rechnet aus, wieviele Millionen alljährlich vertrunken werden. Man teilt uns mit, welche erschreckende Prozentzahl der Krankheiten auf ihn zurückzuführen sind. Man hebt hervor, dass eine grosse Anzahl von Krankenhäusern und Sanatorien geschlossen werden könnten, wenn es gelänge, den Menschen aus dieser Versklavung herauszuholen. Man erstellt ausführliche Berechnungen, um darzulegen, was alles mit den ersparten Summen getan werden könnte, wenn der Mensch bereit wäre, nicht mehr in diese Falle zu gehen.

Aber eben, das sind Zahlen, Prozente; so eindrücklich sie sein mögen, schliesslich bleiben wir davon ziemlich unberührt.

Und überhaupt — der Alkoholismus ist etwas so Ungreifbares. Wenn Beziehungen angeknüpft werden, wenn man Heiratspläne schmiedet, denkt man doch nicht daran! Vieles geht einem durch den Sinn, dieses Thema aber gerade nicht! Mit manchen Schwierigkeiten setzt man sich auseinander, mit dieser nicht ... bis zum Tage, da sich dieses Elend am heimischen Herd eingenistet hat und seinen Platz um so mehr behauptet, als man nie an es gedacht und sein langsames Einschleichen übersehen hatte.

Wir wollen uns immer daran erinnern, dass der Alkoholismus einer der schlimmsten Feinde der Liebe ist. Das gilt besonders, solange er noch gute Figur macht, sich mit Jovialität umgibt und glauben lässt: «Einmal ist keinmal.» Hundertmal lieber die Härten des ledigen Standes (mitsamt all seinen Vorzügen!) als ein vielversprechendes Eheleben mit der Befürchtung, dass sich ein unsichtbarer Dritter einschleichen will. Am Ende ist immer er derjenige, der zuerst darankommen und dem Hause sein Gesetz aufzwingen will. Ein höllisches Gesetz!

Doch genug der Ueberlegungen. Der Vorbeimarsch der Zeugen setzt wieder ein. Noch für lange! Was die nächsten vorbringen werden, bildet ein noch grösseres Aktenbündel als dasjenige der Trunksucht. Jeder Tag fügt Neues hinzu. Hören wir wieder zu, wir sollen wichtige Auskünfte erhalten. Sie eröffnen ein nur allzu bekanntes Kapitel.

DER EHEBRUCH Im Buch der Sprüche heisst es: «Wer Ehebruch begeht, ist Verstandes bar.» Anders gesagt: Der Ehebruch ist eine Narrheit, die dem Wahnsinn ähnlich ist. Wer ihr verfällt, hat den gesunden Verstand verloren.

Einem geistig Erkrankten bringt man Verständnis, Mitgefühl und allerlei Rücksichten entgegen. Wenn man seinen Gedanken und Gefühlen, seinem Handeln und Benehmen seine Aufmerksamkeit widmet, geschieht es nicht aus blosser Neugier oder aus Wissensdrang. Schnüffler und Dilettanten mögen das tun. Wir verfolgen einen andern Zweck: die Ursachen solcher Erkrankungen zu erkennen und nach einem Heilmittel und seiner besten Anwendung, die einen Rückfall oder eine Ansteckung verhindert, zu suchen.

Lasst uns darum Augen und Ohren, aber auch Geist und Gemüt öffnen gegenüber dieser grausamen Wirklichkeit, die durch das angebliche «Recht auf Liebe» geschaffen wird.

*

In einer Tasche habe ich die Photographie eines Mädchens gefunden. Ich habe offen mit meinem Mann darüber geredet, und er versicherte mir, dass es nichts Schlimmes sei, dass er Schluss machen wolle. Ich habe es geglaubt und ihm volles Vertrauen geschenkt. Ich gab mir grosse Mühe, meine Enttäuschung und meinen Kummer nicht zu zeigen.

Die Haltung meines Mannes schien mir oft zweifelhaft. Ich habe wiederholt in aller Ruhe mit ihm gesprochen. Immer hatte er für alles eine glaubwürdige Erklärung. Er gab vor, einen physischen Defekt zu haben, und ich habe ihn behandeln lassen.

Ich habe alles geglaubt, was er mir erzählte, bis zum Tage, letzten Sommer, an dem alles zusammenkrachte. Im Geschäft wurde er von einem Tag auf den andern entlassen wegen Vertrauensmissbrauch. Mehrere tausend Franken mussten gefunden werden, um eine Gefängnisstrafe zu verhindern. Auch konnte seine Verbindung nicht mehr geheimgehalten werden. Mein Mann brach zusammen. Erneut versprach er seiner Mutter, seiner Familie, seinen Freunden, wieder ganz neu zu beginnen, den geraden Weg zu gehen und ein rechtes Familienleben zu führen. Er schien so aufrichtig, dass niemand auch nur einen Augenblick an seinen Versprechungen zweifelte. Jeder wollte ihm helfen, neu anzufangen, ich als erste.

Und nun muss ich entdecken, dass er seine Versprechungen nur um des Geldes willen gab und dass er in Wirklichkeit jenes Mädchen nie aufgegeben hat. Ich habe sie aufgesucht und lange mit ihr gesprochen. Sie behauptet, dass sie ihn liebe und dass er ihr von jeher die Heirat versprochen habe. Ich versuchte, sie zur Vernunft zu bringen, indem ich sie auf das Familienleben hinwies, das sie zerstört. Ich sagte ihr, dass ich weder in eine Trennung noch eine Scheidung willigen würde. Ich habe ihr den Priester geschickt und auch ihren Eltern geschrieben. Aber sie will ihn nicht aufgeben. Da nun die Vermieterin seit meinem Besuch diese Unordnung nicht mehr duldet, will das Mädchen eine Wohnung mieten, und mein Mann wird, soviel ich weiss, bald den ehelichen Wohnort verlassen, um zu ihr zu ziehen. Seit meiner Entdeckung gönnt mir mein Mann kein Wort mehr, und er hat den Mut nicht, auch nur einmal mit mir über die Sache zu sprechen. Er scheint mir nichts vorzuwerfen zu haben, aber er liebt die andere mehr.

Bis jetzt habe ich keinen Finger gerührt. Ich habe mich bemüht, als Hüterin des Herdes ruhig und freundlich zu bleiben. Aber es ist schwer. Jeden Tag muss ich gegen Gefühle der Auflehnung, der Bitterkeit und der Ungerechtigkeit ankämpfen. Und doch hätten meine Kinder so sehr eine Mutter nötig, die den inneren Frieden hat. Es scheint mir immer, eine Scheidung würde nur jede Tür zu einer allfälligen, wenn auch noch so weit entfernten Heimkehr endgültig verschliessen ...

*

Während ich mit meinen zwei Kindern in den Bergen war, nahm mein Mann die Mahlzeiten in einem kleinen Restaurant ein. Dort lernte er leider eine Frau kennen, die es so gut verstand, ihn in ihr Netz zu ziehen, dass er von jenem Tage an mehr und mehr das Haus und die Familie im Stich lässt. Im ersten Augenblick war der Schreck so gross, dass ich krank wurde, denn mein Gatte war bisher in meinen Augen der vollkommenste Mann gewesen, den es überhaupt gab. Und nun stürzte bei dieser Entdeckung alles über mir zusammen.

Nach einem erbitterten Kampf mit mir selber, bei dem mein Arzt und meine Schwiegermutter mir beistanden, konnte ich das Gleichgewicht wieder finden. Ich nahm die Situation so, wie sie war, denn mein Mann war trotz allem nett zu mir. Ich sagte mir, dass es gewiss noch schlimmere Fälle als den unsern gebe. Ich glaube sogar, dass mein Mann in jenem Augenblick durch den Kampf mit seinem Gewissen noch unglücklicher war als ich. Eines Tages brachte er mir Blumen und bat mich um Verzeihung. Er sagte, dass er sich gelöst habe, und bat mich, einige Tage mit ihm zu verreisen. Zusammen machten wir eine herrliche «Hochzeitsreise», ein neuer Lenz war angebrochen!

Aber ach! in ihrem Schlupfwinkel wartete jene Frau nur auf eine neue Gelegenheit, ihr Opfer zu sehen. Sie kannte seine Schwäche und siegte zuerst durch ihre List, dann durch die satanischen Mächte, die in ihr sind. Alles Gute, das noch in meinem Mann war, hat sie ihm entzogen. Sie verbringen ihre Ferien miteinander, und zu Hause öffnet er den Mund nur noch, um die Kinder zu schelten. Diese Frau ist vier Jahre älter als er und hat ein uneheliches Töchterchen. Er wird in ihrer Familie aufgenommen, als ob sie verheiratet wären.

Ich habe jegliche Diskussion aufgegeben, denn seine Einwendungen mir gegenüber werden je länger desto grausamer, und das bereitet mir nur unnötigen Schmerz. Und doch habe ich manchmal fast den Eindruck, mir selbst gegenüber feige zu sein, wenn ich mich so behandeln lasse.

Sie will um jeden Preis siegen und erklärt, dass sie alles tun werde, damit ich die Geduld verliere. Er hat ihr die Heirat versprochen und sieht nur noch eine Lösung: die Trennung. Aber ich denke vor allem an meine Kinder. Sie brauchen ihren Vater ebenso sehr wie ihre Mutter, und sie leiden unter dem kalten Wind, der über ihrem Heim weht. Die Einigkeit ihrer Eltern wäre notwendig zur Bildung ihres Charakters. So will ich ihnen um jeden Preis das Elternhaus erhalten. Ich habe schon viele Opfer gebracht, und ich bin bereit, noch mehr zu bringen, wenn es nötig ist, aber da ich ständig auf einen entgegengesetzten Willen pralle, weiss ich mir nicht mehr zu helfen.

*

Mit 25 Jahren habe ich sie kennengelernt, die meine Frau werden sollte. Nach einem Jahr Bekanntschaft haben wir uns verlobt. Während dieser Zeit hat mich meine Braut betrogen. Einer meiner Freunde hat mir einige Zeit später diese Beleidigung ins Gesicht geworfen.

Der Schlag war hart. Meine Braut gestand mir alles, und ich beschloss, die Verlobung aufzulösen. Aus Aerger und auch aus einem Rachegefühl heraus wollte ich mich nun ebenfalls amüsieren. Das Schicksal jedoch wollte, dass wir unsere Verbindung wieder aufnahmen, denn trotz allem liebten wir uns aufrichtig. Meine Braut versprach, mir treu zu bleiben, und so heirateten wir. Dann kamen die Kinder ...

Persönlich muss ich sagen, dass die Sorgen und die Arbeit mich gewiss vor der Zeit gekennzeichnet haben. Meine Frau, die jünger ist als ich, geht gern Vergnügungen nach. In völligem Vertrauen habe ich sie etliche Male allein ausgehen lassen — bis zum Tag, an dem ich in ihrer Haltung auf Lügen stiess. Da beschloss ich, ihr das Ausgehen zu verbieten. Aber leider war es zu spät. Sie hatte mich mit einem meiner eigenen Mitarbeiter hintergangen. Glauben Sie, dass man vor einem Vorgesetzten Achtung haben kann, dessen Frau man besitzt? Von da an ging das Geschäft so schlecht, dass ich letztes Jahr beinahe in Konkurs geriet und Gefahr lief, meine Arbeit vieler Jahre wie ein Kartenhaus zusammenstürzen zu sehen.

Letzthin hat sich meine Frau entschlossen, mir alles zu bekennen. Der Schlag war entsetzlich. Mit Sicherheit zu wissen, dass der Akt vollzogen worden war, das wirkte auf mich wie ein Dolchstoss. Es tut mir schrecklich weh, auch für meine Kinder, denn ich habe meine Frau sehr lieb gehabt.

Diese Enthüllung hat mir jedes Vertrauen für die Zukunft genommen. Was nun? Ich muss allen Mut zusammennehmen, um zu arbeiten, will ich die durch diese Verbindung gefährdete Lage wieder herstellen. Der Mut fehlt mir jetzt. Ich bin sehr stolz. Der Gedanke, ein betrogener, lächerlich gemachter Mann zu sein, empört mich. Ich muss mir Gewalt antun, um meiner Frau gegenüber korrekt zu bleiben.

Mehrere Lösungen stehen mir zur Wahl. Scheiden — aber das will ich nicht. Ich liebe meine Kinder, und um nichts in der Welt sollen sie von dieser Sache wissen oder darunter zu leiden haben. Zu vergessen suchen — ich glaube nicht, dass ich es fertig bringe, die Wunde ist zu tief. Mich rächen, indem ich auf Abenteuer ausgehe — das würde mir nicht vergessen helfen, im Gegenteil, ich würde die leichtsinnigen Frauen nur noch mehr verachten.

Mir scheint, das Leben sei still gestanden. Ich sehe keinen Ausweg, und es tut grenzenlos weh ...

*

Seit 14 Jahren bin ich verheiratet. Wir haben zwei Kinder ... Von dem Tage an, an dem er jene Frau kennengelernt hat, plagt er mich fürchterlich. Um von uns loszukommen, bringt er die gemeinsten Gründe vor. Ich musste zwei Monate mit meinen Kindern zur Luftveränderung fort. Während meiner Abwesenheit wohnte diese Frau bei uns im Hause, zusammen mit meinem Mann, wühlte in meinen Schränken, stellte die Möbel anders und antwortete am Telephon, dass sie die Spetterin sei, wo ich doch nie eine solche gehabt habe! Sie sagte, dass sie nicht Frau X. sei, aber dass sie es werden würde. Sie hat es in ihrer Verwegenheit sogar soweit getrieben, eines der Kinder im Spital zu besuchen, angeblich, um es kennenzulernen. Sie kauft meinem Mann alle Unterwäsche, die Hemden, ja bis zur Zahnbürste. Sie können sich meine Lage vorstellen! Mein Mann hat mich mit allen Schimpfnamen traktiert, die es auf Erden gibt. Er sagte mir, ich solle abhauen, ich ekle ihn an, er könne mich nicht mehr anrühren, ich solle mir einen Liebhaber suchen, ich sei dumm, er hätte mich schon lange erwürgen sollen, ich hätte nie etwas für ihn getan und hätte ihn auch nie verstanden, er habe genug davon, für uns zu arbeiten, er wolle nun für sich leben und Frieden haben!

Ich habe die Scheidung eingereicht, aber seit er weiss, dass er mich zeitlebens unterstützen muss, hat er seinen Entschluss geändert. Er sagt mir, ich solle das Verfahren einstellen, ich hätte mehr Geduld mit ihm haben müssen. Nun möchte er gerne bei uns bleiben, aber trotzdem noch die andere Frau behalten ...

*

Mit 18 Jahren habe ich eine starke Zuneigung gefasst zu dem ersten jungen Mann, der mir begegnete. Ich hatte das grosse Unglück gehabt, meine liebe Mutter zu verlieren. Mein Vater, ein Egoist, wie es die meisten Männer sind, dachte nur an seinen eigenen Kummer, und ich war so ratlos, dass ich mich in die Arme meines Freundes flüchtete. Einige Monate später haben wir unsere Liebe mit der Verlobung besiegelt. Ich gab mich ihm hin und wurde schon beim erstenmal schwanger. Als ich nach drei Monaten des Kampfes eine Verschüttung hatte und meinem Vater die Sache nicht verheimlichen konnte, jagte er mich aus dem Hause. Von da an war mir mein Bräutigam meine ganze Welt. Mit meinem kleinen Lohn und dem Gehalt meines Verlobten, der die Stütze seiner Familie war, brauchten wir beinahe drei Jahre, um das nötige Geld zusammenzubringen und uns bescheiden einrichten zu können. Es war eine echte Liebesheirat, und fünf Jahre waren wir sehr glücklich miteinander.

Kurz nach der Geburt unseres Kindes musste ich feststellen, dass mein Mann mit einer Bürokollegin Freundschaft pflegte, und bald wurde sie seine Maitresse. Ich litt unendlich und verlor beinahe den Verstand. Während langer Jahre kämpfte ich verzweifelt um meinen Mann, aber umsonst. Diese Verbindung dauert heute noch an. So ist unser Kind wahrhaftig nicht in einer fröhlichen, heitern Umgebung aufgewachsen. Um uns das Heim zu erhalten, habe ich nie eine Scheidung in Erwägung gezogen, da ich der Ansicht bin, dass ein Kind zwischen Vater und Mutter aufwachsen muss.

Ohne dass es mir immer gelungen ist, habe ich mich ständig bemüht, mein Elend vor meiner Tochter zu verbergen. Bis heute habe ich sie in der Achtung und sogar in der Bewunderung ihres Vaters erzogen. Ich wünschte zu sterben, bevor sie etwas merkte. Es wäre so viel einfacher gewesen! Aber meine religiöse Ueberzeugung erlaubte mir nicht, Hand an mich zu legen. Ohne die Gründe zu kennen, hat unsere Tochter schon lange die Uneinigkeit zwischen ihren Eltern gespürt. Ich gebe zu, dass ich an gewissen Tagen nicht mehr die Kraft habe, meinen Kummer unter einem Lächeln zu verbergen, aber sie kennt keine Nachsicht und findet, ich sei ungeniessbar.

Sie bringt mich in Verlegenheit mit ihren Fragen über die allzu häufige Abwesenheit ihres Vaters.

Bei alledem ist mein Mann von Natur unerhört stolz; er zwingt seine Persönlichkeit jedermann auf und hat sich wegen seines Verhaltens noch nie etwas sagen lassen.

*

Wenn man hört, was die Leute Ihnen schreiben, könnte man meinen, dass nur die Männer ihre Frauen hintergehen und im Stich lassen. In meinem Fall ist es eine Frau, die ich zweifellos nicht richtig zu lieben wusste und die mich oft betrogen hat. Sie hat mir zwei reizende Kinder geschenkt, aber sie führte einen solchen Lebenswandel, und ihre Bosheit und Unverschämtheit mir gegenüber wurden so offensichtlich, dass ich sie nicht mehr bei mir dulden konnte. Die Kinder litten unter unsern häufigen Streitigkeiten. Nun bin ich seit einem Jahr allein. Ich habe die Vierzigerjahre überschritten und will niemand hassen, nicht einmal den Liebhaber, der mein Heim zerstört und mir Frau und Kinder genommen hat.

Andere würden einfach alles vergessen. Soviele Frauen wünschen ja nichts anderes, als zu heiraten, aber obwohl ich da und dort auf Freundschaft gestossen bin, kann ich mich nicht entschliessen, von vorne zu beginnen. Ich schwanke noch immer hin und her zwischen abgrundtiefer Verzweiflung und der verrückten Hoffnung, dass der Liebhaber meine Frau sitzen lassen und sie wieder zu mir zurückfinden werde. Wie steht es mit einer Gerichtsbarkeit, die mich zwingt, das Geld für den Unterhalt meiner Kinder dem Liebhaber meiner Frau zu überweisen, während ich verurteilt bin, allein zu leben, ohne gefehlt zu haben, der Liebe meiner Kleinen beraubt und ohne Mittel oder Gesundheit, um ein neues Heim aufzubauen?

Wenn schon das Leben einer alleinstehenden Frau, vom materiellen Standpunkt aus gesehen, schwer ist, was halten Sie dann von einem Mann, dem die Familie entrissen wurde und der auch in der Fabrik wahrhaftig kein leichtes Leben hat? Wie soll man aus dieser Niedergeschlagenheit herauskommen?

*

Von vierzehn Jahren der Ehe darf ich mit Recht sagen, dass sie glücklich waren, nachdem die materiellen Schwierigkeiten dank unaufhörlicher und gemeinsamer Arbeit überwunden waren! Wir mussten sehr jung heiraten, da vier Monate später unsere Aelteste geboren wurde. Die erste Zeit ohne feste Anstellung band uns noch enger zusammen und offenbarte erst recht die praktischen Fähigkeiten meiner Frau. Der Grund, weshalb ich meine Frau zur Gattin gewählt hatte, war: physische Anziehungskraft.

Während der vierzehn Jahre glücklichen Zusammenseins wuchs meine Liebe, und auch meine Frau gab den Anschein, glücklich zu sein. Nur weckte ein gewisses Verlangen nach Unabhängigkeit in ihr den Wunsch, zuerst hie und da, dann regelmässiger, einmal in der Woche, allein auszugehen, und zwar in irgendein Dancing. Mehrere Jahre lang verlief alles normal. Auch zusammen gingen wir jede Woche ein- oder zweimal aus. Dies um Ihnen zu zeigen, dass unser gemeinsames Leben nicht verknöchert war und dass wir Wert auf Entspannung legten. Wohlverstanden geschah das, als unsere Kinder alt genug waren, um allein zu Hause zu bleiben, und nachdem unsere finanzielle Lage sich gebessert hatte.

Als Folge unserer gemeinsamen harten Arbeit herrschte ein gewisser Wohlstand, und wir beabsichtigten, zum erstenmal in unserem Leben während meiner Ferien eine Reise zu unternehmen. Aber ach! alles fiel zusammen, und alles, was wir gemeinsam erarbeitet hatten, sah ich in einem Augenblick auf dem Boden zerschmettert, als meine Frau mir bekannte, dass ein anderer Mann meinen Platz eingenommen und dass sie mich seit zwei Monaten hintergangen habe. Sie behauptete auch, dass es nicht nur eine physische Anziehungskraft sei, sondern ein tiefes Gefühl, und dass nichts sie mehr von diesem Mann trennen könne. Der Beweis dafür wurde mir in der Folge zur Genüge gegeben. Nichts konnte sie daran hindern, ihren Freund aufzusuchen, weder meine ziemlich schwere Krankheit noch die Angst um den Verlust meiner gegenwärtigen guten Stellung, um die mich viele beneiden und die ich erwerben konnte dank dem Ruheport, den meine Frau mir aus unserem Heim gemacht hatte. Nicht einmal unsere Kinder konnten sie zurückhalten!

Nun befinde ich mich in folgender Lage: Um meinen Kindern die Mutter zu erhalten, muss mein Groll sich legen, und ich muss mich nicht nur als zuvorkommender Gatte zeigen, sondern sogar Liebe aufbringen für eine Frau, die mich am hellichten Tage hintergeht. In gewissen Augenblicken ist das eine Zumutung, denn die Enttäuschung lastet schwer auf mir. Mein Schmerz regt sich um so mehr, als ich mir über die immer stärker werdenden Gefühle meiner Frau ihrem Freund gegenüber nicht im unklaren bin. Aeusserlich hat sich in unserem Heim nichts geändert; ihre Tätigkeit ist dieselbe, und ihre Freundlichkeit mir gegenüber ist grösser denn je. Aber moralisch kann ich die Hilfe, die sie mir anbietet, nicht annehmen, denn ich kann sie in meinen Gedanken nicht mehr von ihrem Freund trennen, einem Mann, der ebenfalls verheiratet und Familienvater ist.

Nach vierzehn Jahren gemeinsamen Lebens, in dem wir Arbeit und Vergnügen miteinander teilten, muss ich es nun lernen, allein zu leben. Die Kinder haben mir bis heute den Mut zum Leben gegeben.

Ihr Freund hatte den Versuch unternommen, zu brechen, nachdem er sich über unsere Familie Rechenschaft gegeben hatte, aber ein Vorstoss bei ihm wäre völlig zwecklos, denn meine Frau hat mir klar und deutlich gesagt, dass sie aus dem Hause gehe, falls ihr Freund sie verlassen sollte.

Damit meine Kinder nicht unter einer Trennung zu leiden haben, muss ich mich meiner Frau gegenüber so verliebt wie früher zeigen und dabei dulden, dass sie fortwährend Beziehungen zu einem Freund unterhält. Ich habe diesen Mann vorher nicht gekannt, aber die Auskünfte, die ich von verschiedenen Seiten erhalten habe, werfen ein günstiges Licht auf ihn.

Selbstverständlich wird dieser Mann sich nie bei uns blicken lassen, das könnte ich nicht ertragen.

*

Mein Gatte ist ein charmanter, fröhlicher Mann, voller Leben und Unternehmungslust. Er liebt seine Kinder so sehr, dass er sie verwöhnt. Seit unserer Heirat habe ich oft gespürt, dass mein Mann sich leicht in Frauen verliebt, die mit ihm zusammen arbeiten. Vor allem in solche, die Mitleid erregen können oder es verstehen, sich geltend zu machen und zu glänzen, mag es auch vielleicht ein oberflächlicher Glanz sein. Die erste dieser Entdeckungen war mir überaus schmerzlich, denn ich bewunderte meinen Mann so sehr, dass ich ihm keine Schwäche zutraute. Die übrigen Male war ich in meiner Liebe und meinem Stolz zutiefst verletzt. Da diese Abenteuer jedoch schnell vorüber waren, ging jeweils nach einer Aussprache und der Zusicherung von Reue und Vergebung das Leben wieder seinen gewohnten Gang.

Diesmal aber ist es nicht ganz dasselbe. In seinem Büro arbeitet eine Sekretärin, sehr tüchtig in ihrem Beruf, aber von der bekannten beunruhigenden, durchtriebenen Sorte, die sich gut zu verstellen weiss. Das «Flirten» versteht sie meisterhaft, und so kam, was kommen musste: Mein Mann verliebte sich in sie. Seit einigen Monaten beobachte ich die Veränderung in seinem Verhalten mir und den Kindern gegenüber. Ansichten, die er stets vertreten hatte, gelten nichts mehr. Mit Musik hat er sich nie beschäftigt — nun läuft er in die Konzerte. Er wird abergläubisch. Bis dahin zog ihn hauptsächlich die deutsche Kultur an, aber nun redet er von nichts anderem mehr, als dass er Italien kennenlernen wolle, und seine ersten Sprachversuche im Italienischen tun mir weh in den Ohren.

Ich will Ihnen auch einiges vom Privatleben dieser Sekretärin sagen.

Meinen Mann hat sie davon überzeugt, dass sie ein Opfer sei, dass sie sich allen Heiratsanträgen widersetzt habe. Sie vergisst aber zu sagen, dass sie bei jeder Gelegenheit versucht, mit den Männern, die aus irgendeinem Grunde das Büro betreten, anzubändeln, und dass sie ihnen Blicke zuwirft, die jede Erlaubnis und jede Hoffnung aussprechen (ich habe es selbst beobachtet).

Instinktiv habe ich vom ersten Tag an keine Sympathie für sie gehabt. Die übertrieben höfliche Art, mit der sie mich begrüsst, gefällt mir nicht. Ihr gezwungenes, nervöses, ja beinahe hysterisches Lachen macht mir angst. Ich frage mich immer, ob sie damit besonders liebenswürdig sein oder ihre Lust, mich zu beissen, verbergen will.

Unter diesen Umständen wurde ich krank. Ich konnte mich nicht entschliessen zu verreisen, da mein Mann so wenig er selbst war. Der Arzt hat aber darauf bestanden, und ich fuhr weg. Gleich nach meiner Heimkehr vernahm ich, dass mein Mann seit dem ersten Abend nach meiner Abreise sehr oft mit ihr ausgegangen war.

Ich hatte eine Auseinandersetzung mit meinem Mann. Er hat mir versichert, dass seine Familie ihm alles bedeute, dass ich und die Kinder der Mittelpunkt seines Denkens seien, dass er einsehe, sich mir gegenüber schlecht benommen zu haben, aber dass er sich von ihr, die so intelligent und fähig sei, einfach angezogen fühle. Es tat ihm leid, und er bat mich, mein Vertrauen und mein Gleichgewicht wiederzufinden, er würde versuchen, sich nicht mehr gehen zu lassen. Er wünschte, dass ich sie empfange, dass ich versuche, ihre Freundin zu werden und sie zu verstehen, sie sei so alleine im Leben!!!

Mit welchem Alter wird ein Mann eigentlich ein Mann? Werden die Männer sich überhaupt je der Verantwortung bewusst, die sie den Kindern gegenüber haben, die sie auf die Welt setzen? Wie können sie in gewissen Augenblicken so leichtfertig zur Seite stossen, was sie in anderen Augenblicken das Kleinod ihres Lebens nennen?

*

Ich war einundzwanzig Jahre alt. Er hat sich bei mir beklagt, seine Frau sei nervös, gewalttätig, boshaft. Ich war noch ein recht naives Mädchen, das sein Leben ehrlich verdiente.

Ich habe viel gekämpft und gelitten. Ich wollte die Verbindung auflösen, indem ich zu meinen Eltern zurückkehrte. Seine Frau machte einen Skandal und beklagte sich bei meiner Familie. Und nun war es mein Vater, der mir gegenüber Gewalt anwendete, so dass ich das Haus verliess. Ich nahm im Ausland Arbeit an. Ich hatte den Boden unter den Füssen völlig verloren und war gesundheitlich schwach. Als er mir nachreiste, hatte ich die Kraft zum Kämpfen nicht mehr.

Das Gericht sprach die Trennung zwischen ihm und seiner Frau aus, ohne dass die Scheidung wirklich vollzogen wurde. Die Jahre sind vergangen ... Er ist trübsinnig und einsilbig geworden. Wir leben ein wenig wie Geschwister beieinander, ohne tiefere Verbindung oder Intimität.

Jetzt werfe ich ihm seinen Mangel an Liebe vor und beweine oft mein vergeudetes Leben. Ich hatte Erbarmen mit diesem Mann, weil er litt. Nun ist er so finster geworden ... Ich versichere Ihnen, dass er es war, der alles tat, um mich zu überreden. Ich hatte so sehr gewünscht, zu heiraten und ein richtiges Heim mit Kindern zu haben. Diese unglückliche Situation ist mir zur wahren Qual geworden. Und doch fleht er mich an, ihn nicht zu verlassen. Glauben Sie mir, ich bin keine schlechte Frau. Ich sehe keinen Ausweg. Tag für Tag leide ich. Er allein trägt die Verantwortung, denn ich war damals zu jung und ohne Lebenserfahrung.

*

Ich gehöre zu jener Legion von Männern, die ihre Frau betrogen haben. Man lässt sich gehen, gibt, vielleicht fast unbewusst, ein erstes Mal nach, dann ein zweites Mal. Was nichts anderes als eine Ungeheuerlichkeit ist, wird in der Folge zu einer leichtfertigen Handlung, die nicht mehr ins Bewusstsein dringt, die, weil unüberlegt, ja begehrt, leicht auf sich zu nehmen ist.

Manchmal werden Vorsätze gefasst, aber das Fleisch ist schwach und der Dämon stark ...

Gewiss, ich bin ohne Entschuldigung. Die Aufopferung und Treue meiner Gefährtin waren stets vorbildlich. Nichts hat mir gefehlt, ausser vielleicht etwas mehr Gefühl. Aber das ist kein Grund und rechtfertigt nichts. Man kann seine Natur nicht ändern. Ich könnte meiner Frau höchstens ihre Schwäche vorhalten, dass sie ihren Glauben nicht offener bekannt und allzuoft vor der Gleichgültigkeit und dem Unglauben ihrer Verwandtschaft kapituliert hat. Aber eben, von den andern erwartet man Vollkommenheit, während man selber zur geringsten Anstrengung unfähig ist. Ein jämmerliches Vorbild, sowohl für uns selbst als auch für unsere Kinder!

Was haben denn Sie gemacht? werden Sie fragen. Auch ich habe kapituliert, bin gleichgültig geworden, obwohl ich doch so sehr eine Stütze notwendig gehabt hätte. Ohne es zu merken, gelangt man zu jener heuchlerischen Religiosität, die wohl noch an Prinzipien festhält, aber den lebendigen Glauben weit hinter das Geschäftliche zurücktreten lässt.

Und nun bin ich über 60 Jahre alt, und das zwingt mich, über den zurückgelegten Weg nachzudenken. Ich muss mir eingestehen: Alles, was mir, nebst den Vorteilen meiner Existenz, geblieben ist, sind eine mehr als wackelige Gesundheit und graue Haare. Eine traurige Bilanz! Heute begreife ich vieles besser; die Scheusslichkeit meiner Fehltritte ist mir bewusst, und ich bin darob erschüttert.

Das ist das Drama meines Lebens, und ich trage es allein, denn ich will nicht, dass die, der ich alles schulde, unter der Kenntnis meiner Fehltritte leidet. Ich kenne meine Frau gut genug, um zu wissen, dass ein Geständnis einen allzu dunklen Schatten auf unsere gegenwärtig glückliche und harmonische, von keiner undurchsichtigen Lage getrübte Ehe werfen würde.

Es ist ein verborgenes, ein entsetzliches Drama, das mich dazu bewegt hat, Ihnen dieses Bekenntnis abzulegen und Sie zu bitten, die Jungen zu warnen, solange es noch Zeit ist. Man muss ihnen die Augen öffnen und ihnen meine Verzweiflung sagen, damit sie nicht eines Tages, wie ich, diesen Schrei des Gewissens kennen und die Pein unaufhörlicher Selbstvorwürfe...

*

Jeder dieser Briefe macht uns mit der einen oder andern Art der Leiden bekannt, die der Ehebruch in seinem Gefolge hat.

Der Aufmarsch dieser Zeugen, das unsagbare Elend, das sie enthüllen, weckt begreiflicherweise in uns den einen Wunsch: uns abzuwenden und unsere Gedanken und Empfindungen erfreulicheren Dingen zu widmen.

Aber diese Reaktion ist wohl doch etwas verfrüht. Wollten wir allzu rasch an diesen hässlichen Realitäten vorübergehen, so würden wir den wahren Sinn dieser Untersuchung aus dem Auge verlieren. Wenn eine gewisse Presse das Skandalöse ausbreitet und mit grossem Aufwand von Ueberschriften und Bildern unterstreicht, verfolgt sie Zwecke, die nur noch wenig gemein haben mit sachlicher Information. Und das bei den Lesern hervorgerufene Echo hat nicht unbedingt ein sehr hohes Niveau. Wir dürfen nicht in diese Verkehrtheit geraten, denn diese Zeugnisse sind mit ganz andern Absichten wiedergegeben worden. Wir haben es bereits deutlich gesagt: es gilt, all diesen Uebeln an die Wurzel zu gehen, um das Heilmittel besser erkennen zu lernen, das uns zur Gesundung führen kann.

Es lohnt sich, hier anzuhalten und die Menschen, die sich da eben ausgesprochen haben, weiter zu befragen. Bei all ihrer Vielfalt weisen diese Aussagen durchwegs gewisse verwandte Züge auf, die wir nun hervorheben wollen.

*

Da ist einmal der Ehebruch als Frucht einer Enttäuschung. Der Ehepartner hatte sich von der Liebe eine bestimmte Vorstellung gemacht. Die Wirklichkeit hat ihm seine Illusion genommen. Mit dem Wechsel des Gefährten meint er endlich das gefunden zu haben, was er suchte. Ohne Zweifel wird er gewisse Befriedigungen geniessen; doch sie werden vergiftet durch den Preis, den er dafür bezahlt: den Verrat. Und er kann nicht verhindern, dass sein Gewissen belastet, ja gequält wird, es sei denn, er nehme als nochmals Enttäuschter seinen Platz in der Familie wieder ein. Wird er aber vor der Versuchung, nach neuen Erlebnissen auszuschauen, gefeit sein?

Oder der Ehebruch ist die Frucht eines Ueberdrusses. Bald, oder auch nach und nach, hat sich die Entdeckung der körperlichen Genüsse erschöpft. Das Leben in Zweisamkeit, die freundlichen und glücklichen Gespräche sind der schwersten Einsamkeit gewichen, wo man verzweifelt *allein* ist, trotz des äussern Anscheins der *Zusammengehörigkeit.* Dieser Isolierung möchte man entfliehen. Man glaubt, anderswo ein neues Aufblühen der Liebe finden zu können, und merkt nicht, dass man sie gerade auf diese Weise für immer zu etwas schnell Vergänglichem stempelt. «Nichts ist beständig, nichts von Dauer», spricht die heidnische Weisheit. Es ist das grausame Eingeständnis eines demütigenden Schiffbruchs.

*

Allerdings hat ein Ehebruch nicht immer solch einfache Ursachen, die zum Teil der Unwissenheit derer, die seiner trügerischen Lockung folgen, zugeschrieben werden können. Der Ehebruch ist, besonders beim Manne, oft die Tat schwacher, sich gehenlassender, an Minderwertigkeitsgefühlen leidender Menschen. Sie wollen bewusst oder unbewusst sich selbst oder andern beweisen, dass sie fähig sind, sich durchzusetzen, Erfolge zu erringen. Der Mann ist eitel genug, um sich durch die Eroberung einer Frau grösser und wichtiger vorzukommen.

Das Umgekehrte trifft zu. Der Ehebruch ist eine Heldentat, die Feiglingen Gelegenheit gibt, ihre Bedeutungslosigkeit ein wenig aufzuplustern.

Weil die Lust an Abenteuer und Risiko in jedem Menschen schlummert, glaubt man auf diese Weise nun einmal glänzen zu können. Und bei dieser Jagd nach dem Manne oder der Frau gibt es manche, die sich einbilden, sie seien hervorragende Persönlichkeiten!

Fragen wir uns aber von vornherein: Hat das, wozu solche Eroberungen führen, noch Anspruch auf den Namen Liebe?

Ein so begangener Ehebruch ist sehr oft von besonders erniedrigenden Instinkten beherrscht. Man setzt die Frau — oder den Mann — ziemlich weit unten in die Wertskala ein, wenn man den Partner zu einem Spielzeug macht, nach dem man greift, sooft man Lust danach hat, oder mit dem man sich im Augenblick vergnügt, da sich die Gelegenheit dazu bietet.

Manchmal geht es dabei sogar um eine Art Sport, der hässlicher ist, als man es je sagen kann, und der dem Niveau der genannten Instinkte genau entspricht.

*

Es wäre falsch, dieser entarteten Form der Liebe eine nur flüchtige Bedeutung zuzuschreiben. Sie trägt ihre Strafe in sich. Ehebrecher werden zu Eifersüchtigen, die ihrem Ehepartner das Leben umso schwerer machen, je mehr sie ihn betrogen haben. Welche Beunruhigung liegt im Gedanken, dass sie ihrerseits betrogen werden könnten! Und welches Eingeständnis mangelnder Befriedigung! Dies ist ihr augenscheinlichstes Kennzeichen. Sie sind unbefriedigt und werden es immer mehr — unbefriedigt über sich selbst, über ihr Schicksal, ihr Leben, die andern Menschen. Von daher stammt ihre Boshaftigkeit, ihre Härte, ihre Selbstgefälligkeit sowie ihre Gefühllosigkeit, selbst gegenüber den Leiden ihrer Kinder.

Um sich von dieser Verhärtung, deren er sich bewusst ist, loszureissen, kommt es vor, dass sich ein Mensch gegen seinen (oder ihren) Verführer auflehnt, ohne jedoch immer die Kraft zu besitzen, das Verhältnis aufzugeben. Und wenn dies ihm auch gelingt, bleibt er doch oft ein durch sein Abenteuer Gezeichneter, der sich für immer beschmutzt vorkommt.

Meistens aber wird der Mensch zum Zyniker: er prahlt mit seinen Erlebnissen, streicht ihre Vorteile heraus, betrügt sich selbst mit lügnerischen Beweisen und füllt seinen Kopf mit Vorstellungen, die ebensoviele Täuschungen sind. Er wird in wenigen Jahren zu einem Blasierten, dessen hohle, trübe, lebendiger Interessen mangelnde Existenz einem Weg durch die Wüste gleicht. Von Zeit zu Zeit mag ihn eine Fata Morgana fesseln: eine Sensationsnachricht, eine Tagesberühmtheit, ein Wahlkampf, eine Modeschau, ein Sportklubsieg, ein unerwarteter Gewinn. Dann fallen seine einen Augenblick aufleuchtenden Augen wieder in die übliche Trübheit zurück. Ohne ein göttliches Einschreiten bleibt ihm schliesslich nur das verhärtete Herz eines Verbitterten.

*

Hier ergibt sich indessen die Notwendigkeit einer Unterscheidung. Dem Anschein nach strauchelt der Mann leichter als die Frau; die Familien überwiegen weit, in denen der Mann Ehebrecher ist und es bleibt, während seine Gattin Treue gehalten hat.

Sollte der Mann leichter fehlbar werden als die Frau? Bevor man das behauptet, sollte man sich daran erinnern, dass jedesmal, wenn ein Gatte Verrat an der ehelichen Treue begeht, er eine Frau gefunden hat, die darein willigte oder ihn sogar dazu ermunterte.

Genau besehen kommt der Frau ein schwerwiegender Anteil zu an der Verantwortung für dieses Scheitern der Liebe, das der Ehebruch darstellt, und für die unsagbaren Leiden — der Ausdruck ist nicht zu stark —, die er in seinem Gefolge hat.

Diese Verantwortlichkeit der Frau will nach verschiedenen Seiten hin näher untersucht sein.

*

Da ist einmal die hintergangene Ehefrau. Man bringt ihr natürlicherweise Sympathie entgegen, während sich gegen den ungetreuen Gatten immer noch häufig eine missbilligende öffentliche Meinung erhebt. Heisst das, dass die treu gebliebene Frau ihrerseits keine Schuld trägt?

Es gibt Frauen, die ihrem Gatten für ihre Tugend der Treue einen hohen Preis auferlegen. Sie sind kleinlich und eifersüchtig und wollen in ihrer selbstsüchtigen Liebe, dass alles nach ihrer Pfeife tanzt. Alle und alles wollen sie befehligen. So kann der Tag kommen, da der Gatte genug davon hat. Aus Ueberdruss, in seiner Frau eine mütterliche Autorität wiederzufinden, gegen die er bereits in der Jugend hatte ankämpfen müssen, um seine persönliche Freiheit zu erringen, macht er sich daran, anderswo eine etwas fraulichere Wesensart zu finden. Er ist sehr im Unrecht, gewiss, aber eine Schuld der Frau ist nicht abzuleugnen.

*

Es kommt auch vor, dass während der Brautzeit und im Anfang der Ehe der Gatte als Schatz und Geliebtester gilt. Aber sobald das erste Kind da ist, und mehr noch bei den folgenden, vergisst die Mutter, dass sie auch Gattin zu bleiben hat. In der Verteilung ihrer Liebesgefühle erhält der Gatte den ihm zukommenden Anteil nicht mehr. Er sinkt zu einem blossen Hausgenossen herab und wird vor allem als der notwendige und unentbehrliche Brotverdiener angesehen. Man schätzt diese Eigenschaft sehr, doch damit hört die Dankbarkeit auf. Wenn er hie und da abgehetzt und ermüdet nach Hause kommt und in solchen Augenblicken die sicht- und spürbare Zuneigung, die er nötig hätte, ausbleibt, ist er versucht, anderswo einen Willkomm zu suchen, den er an seinem eigenen Herde nicht mehr findet.

Wenn auch seine Verantwortung vermindert erscheint, steht es ihm trotzdem nicht frei, unrecht zu handeln. Sein schlechter Lebenswandel hat aber reale Ursachen — bei seiner treuen Gattin.

Ein weiterer Hinweis möge zur Warnung vor einem gewissen Sichgehenlassen dienen, das sich allzuviele in tugendhafter Ehe etablierte Frauen gestatten.

Wie mancher Gatte muss die Enttäuschung erleben, dass sich seine Frau kurz nach der Hochzeit als endgültig untergebracht betrachtet und nun auf jede Bemühung, anziehend, freundlich und begehrenswert zu bleiben, verzichtet. Dieser Rückzug ihres Geistes und Gemütes spiegelt sich in ihrer Person. Man kennt das Bild, das sie, bis in die Intimität hinein, ihrem Gatten darbietet — das Bild einer in ihrer Hygiene, ihrem Teint, ihrem Haar, ihrer Kleidung vernachlässigten Frau. Ihre Arbeit entgeht diesem bedrückenden Klima ebenfalls nicht. Nie die rechte Zeit einhaltend, schleppt sie ihre Verstaubtheit und Verschlafenheit durch den Tag. Nervös, weil ihr die Zeit immer auf den Fersen ist, lässt sie die Reste der Nacht, an die sie sich bis spät am Morgen in ihrem Bett noch anklammerte, auf dem ganzen Hause lasten. Wie könnte sich die Liebe gegen die Summe dieser widerwärtigen Einzelheiten behaupten? Müssen sie nicht bei einem nicht allzu standfesten Gatten eine direkte Aufforderung bilden, dem heimischen Herde zu entfliehen?

*

Weiter sind da die Mittäterinnen der ungetreuen Ehegatten. Wer sind sie? Gleich und gleich gesellt sich gern! Zu ihnen gehören verheiratete Frauen, die enttäuscht wurden und ihre Illusionen verloren haben. In ihrem Heim bleibt ihnen so manches vorenthalten, wovon sie geträumt hatten. Nun suchen sie eben hemmungslos anderswo danach! Manche unter ihnen sind Müssiggängerinnen, denen es zu gut geht. Für sie bedeutet schon der blosse Gedanke an ein mögliches Abenteuer einen neuen Lebensimpuls!

Was bei den Männern zutraf, hat auch für sie Geltung. Während der Verlobungszeit wurden sie umschmeichelt, verhätschelt; Haupt- und Eigenschaftswörter gab es nicht genug, um sie zu beschreiben, zu umschwärmen, ihnen den Hof zu machen. Aber es geht bei manchen Männern genau so wie bei gewissen Frauen. Sie richten sich in ihrer Ehe ein. Ist die Schwelle der Hochzeit überschritten, so benehmen sie sich wie in einem eroberten Lande und glauben sich berechtigt, ihren Frauen weniger Rücksichten und Höflichkeit zu erweisen als irgendeinem andern Geschöpf, ihren Hund inbegriffen. Ist es da verwunderlich, dass solche Ehefrauen in Versuchung sind, anderswo die Aufmerksamkeiten zu finden, die sie zu Hause entbehren müssen? Es geht um den Preis eines Verrats, aber der verhöhnte Gatte hat ihn unbewusst selbst vorbereitet.

*

Zu dieser Gattung von Ehebrecherinnen kommt allerdings eine weitere hinzu. Man spricht von «Schürzenjägern». Das Umgekehrte gibt es aber auch. Es sind Frauen ohne Grundsätze und sittlichen Willen, dem Bösen zugeneigt, die beim Anblick eines glücklichen und einigen Ehepaars sofort von Eifersucht erfasst werden. Sie haben nicht von vornherein die Absicht, ein Glück zu zerstören. Aber infolge ihrer Schwäche, ihrer Albernheit, aus Freude an der Intrige, aus Eitelkeit, manchmal aber auch aus Rachsucht oder Verdruss, kommen sie dazu, für sich *ein Recht auf Glück* in Anspruch zu nehmen. Diese Haltung ist aber der sicherste Weg, das Glück für immer zu verscherzen! Unter diesen Frauen sind viele Lediggebliebene, die im Namen dieses *Rechtes auf Glück* einfach eine Gelegenheit suchen, sich unterzubringen. So niedrig ist ihre Selbstsucht, dass es ihnen nichts ausmacht, dieses Ziel über eine zerstörte Familie und die Leiden einer angetrauten Frau und ihrer Kinder zu erreichen.

Es fällt ihnen nicht schwer, ihr Ziel zu erreichen. Da es ihnen nur darum geht, zu gefallen, entfalten sie ihre ganze List, verbunden mit einem Uebermass von Güte, von Zärtlichkeit, ja von Hingebung. Sie verstehen es, so zu sprechen und den Mann zum Sprechen zu bringen, dass er beginnt, Vergleiche anzustellen. Sie reden ihm ein, dass er zu Hause lediglich als Geldverdiener gilt. Sie wollen ihn überzeugen, dass er dort unglücklich ist. Das verabreichte Gift verfehlt seine Wirkung nicht. Tatsächlich wird das Leben in der Familie unhaltbar — aus guten Gründen. Der einfältige Mann sieht nur noch die Schattenseiten seiner Lage. Er wird zum Ankläger der Seinen und lehnt jede eigene Schuld ab. Die Frucht ist reif, man braucht sie nur noch zu pflücken! Aber ein Tag mag kommen, wo ihm ernüchtert — wie lange hält solche Liebe an? — die Augen aufgehen. Vielleicht kehrt er zu seiner Familie zurück. Fehlt ihm aber dazu der Mut und die Demut, so bleibt er das willenlose Opfer dieser vergoldeten Raubtiere!

Es ist zu beachten, dass diese Art Frauen oft aus den Kreisen der sogenannten emanzipierten jungen Mädchen stammen. Sie haben nicht die Absicht, sich früh zu verheiraten — nur geniessen wollen sie. Doch da man bei diesen Genüssen viel Geld braucht, haben sie es auf jene abgesehen, die solches besitzen, mit dem Hintergedanken, ihren alten Liebhaber wieder laufen zu lassen, wenn sie genug von ihm profitiert haben, und einen jungen zu heiraten. Mit List und unter dem Deckmantel der Liebe — mit welchen Verbrechen kann man dieses Wort nicht in Verbindung bringen! — ohne Gewissensbisse und nur auf den Vorteil aus einem solchen Verhältnis erpicht, zögern diese jungen Frauen nicht, einen Gatten und Familienvater zu verführen.

Gestehen wir auch, dass diese Entartung des Liebeslebens heute verschlimmert wird durch eine gewisse überbordende Literatur und durch all die zweifelhaften «Zerstreuungen», für die eine niederträchtige Publizität die Trommel rührt.

*

Wir müssen noch eine letzte Kategorie von Frauen nennen. Sie sind ledig und leiden unter ihrer Vereinsamung. Auch sie möchten ihr Stücklein Glück besitzen. Dabei stossen sie immer wieder auf Ehepaare, die, von aussen besehen, schlecht zusammenpassen. Sie urteilen nach dem Schein, haben vielleicht auch hören müssen, mit welcher Leichtfertigkeit gewisse Frauen über ihren Gatten redeten. Mit welcher Verblendung wurden da Schätze des Ehelebens herabgewürdigt, von denen diese Ledigen gerne nur etwas gekostet hätten! Oder es sind einfache junge Mädchen, deren weibliches Empfinden unverdorben geblieben ist und die *aus Mitleid* verletzbar sind!

Und nun lernt solch ein Mädchen einen dieser enttäuschten Gatten kennen. Er ist vielleicht etwas flatterhaft und lässt sich nicht ungern auf Vertraulichkeiten ein. Unter dem Siegel der Verschwiegenheit beginnt er sich zu beklagen. Es ist das erstemal, behauptet er, dass er sich in solcher Weise jemandem anvertraut. Mit bewegter Stimme erzählt er, wie er zu Hause unverstanden sei. Seine Frau sei unfreundlich, ja kalt gegen ihn. Oder dann ist sie immer krank. Oder sie hat nur für die Kinder Zärtlichkeiten übrig. Oder sie ist ausserstande, ihm das warme Nest zu bereiten, auf das er nach seinem strengen Arbeitstag Anspruch hätte...

Das nächste Mal sagt er, immer noch mit Tränen in den Augen, wie er eine Schwesterseele sucht, einen Menschen, mit dem er endlich vertrauensvoll sprechen kann. Er gibt sogar zu verstehen, dass die Möglichkeit, sich endlich aussprechen zu können, ihm für seine Arbeit und sogar für sein Verhalten zu Hause eine Hilfe bedeutet.

Unschuldigerweise — man sollte eigentlich sagen einfältigerweise — hört das Mädchen zu. Sie nimmt ihn ernst. Ihr *Mitleid* fällt auf den Köder herein. Sie glaubt, ein gutes Werk zu tun. Sie merkt nicht, dass sie in Wirklichkeit schon im Begriff ist, sich in den Mann zu verlieben, ja bereits an ihn gebunden ist. Kommt dann der Tag, da er ihr beteuert, nun habe er erkannt, dass er sich getäuscht habe, und sie, sie allein, sei die grosse Liebe seines Lebens, so kann sie nicht mehr nein sagen. Sie ist dazu nicht mehr stark genug, sie ist ins Räderwerk geraten, und wenn nicht sie darin zermalmt wird, nimmt sie es doch im Namen der Liebe blindlings und manchmal mit einer unerwarteten Grausamkeit in Kauf, dass die Rivalin, die Gattin, und ihre Kinder in grosses Leid gestürzt werden.

*

Ja, so ist es! All das, all die Not, all die Tränen, all das Schändliche steht im Zeichen der Liebe!

Welch ein Hohn!

EHEN OHNE GESCHICHTEN

Welch ein Hohn!

Aber auch: welche Parodie der Liebe!

Genügt es, ihre Existenz festzustellen, ja bis ins Einzelne darum zu wissen, um sicher zu sein, dass wir selber heute und morgen dagegen gefeit sind?

Will jemand behaupten, dass die Wirklichkeit hier verdreht wurde, weil sie nur von einer Seite, nämlich von Seiten der Belastungszeugen, beleuchtet worden sei? Nur Ignoranten und Utopisten könnten dieser Meinung sein.

Es stimmt, dass die Gesamtheit der gehörten Zeugnisse eine schwerwiegende Krise, eine gefährdete, wenn nicht unheilbare Situation aufzeigt. Allein, wenn auch die grosse Mehrzahl der Schreibenden sich in tiefer Not und in der Hoffnung auf eine ihnen nicht erkennbare Hilfe aussprachen, will das bedeuten, dass nur diese Familien von Unglück betroffen sind?

Dass kein Unkraut auf einem Acker wuchert, bedeutet noch nicht, dass Weizen mit straffen Halmen und fruchtschweren Aehren darauf steht. Familien, die weder Mangel an Erziehung, noch Trunksucht, noch Ehebruch kennen, also Ehen ohne Geschichten, sind damit noch nicht notwendigerweise glückliche Ehen. Wenn auch keine Statistik darüber berichten kann, so genügt es, Augen und Ohren offen zu halten, bestimmte Vorkommnisse zu beobachten, Leute zu befragen, die

Einblick in zahlreiche Familien haben und deren wahres Gesicht zu erkennen vermögen, um wieder einmal um einige Illusionen ärmer zu werden.

Sie sind ohne Zahl, die Ehen ohne Geschichten, die nach wenigen Jahren eine merkwürdige Aehnlichkeit mit einer Familienpension aufweisen, man könnte auch sagen: mit einer Konsumgenossenschaft oder einer Interessenverwaltung. Dies unter Beigabe eines gesetzlichen Rechtes auf körperliche Befriedigung, das man bezeichnenderweise «eheliche Pflicht» nennt.

Und doch war einmal das Schild «Liebesheirat» ausgehängt worden. Es war schmuck und farbenprächtig, und die Patina der Zeit würde, so meinte man, seinen Glanz noch erhöhen.

Die Tafel hängt noch immer da. Was die Patina angeht — man könnte sie leicht mit der grauen Monotonie eines sonnenlosen Himmels verwechseln!

Als der französische Schriftsteller Emile Faguet einmal gefragt wurde, weshalb Komödien immer mit einer Heirat endeten, erwiderte er: «Weil nachher sofort die Tragödie beginnt.»

Das ist ein bitteres Scherzwort. Aber wir müssen eingestehen, dass nur allzuviele Beispiele es bestätigen. Und da, wo der Ausgang nicht eine eigentliche Tragödie ist — mit Geschrei, Türenschmettern, Schlägen, zerbrochenem Geschirr — herrscht doch oft, ebenso spannungsgeladen, eine Fremdheit, eine stumme Langeweile oder ein gegenseitiges Nichtverstehen.

Gewiss, man teilt noch immer das gemeinsame Bett, den gemeinsamen Tisch, den gemeinsamen Geldbeutel, manchmal auch die gemeinsame Arbeit. Man lebt beieinander. Das Abrollen der Tage verläuft ohne Anstoss. Von Mal zu Mal mag ein unvermeidliches lautes Wort fallen. Im übrigen scheint alles in Ordnung zu sein. Und dennoch . . . !

Was ist in diesem scheinbar störungsfreien Alltag aus der Liebe geworden?

Wohl besteht hier eine Gemeinsamkeit in den Anforderungen der Arbeit, im Willen, die Familie finanziell vorwärts zu

4

bringen, das Fortkommen der Kinder zu begünstigen. Gemeinsam strebt man nach angenehmeren und leichteren Lebensbedingungen.

Aber ausserhalb dieser materiellen und vergänglichen Seite der Dinge und des durch sie bedingten täglichen Kontaktes, ausserhalb der selbstverständlichen Gespräche und Diskussionen über die Gesundheit, das Verhalten und die Erziehung der Kinder, die durch Zeitung und Radio berichteten Ereignisse und die lokalen Geschehnisse, kurz, neben dem alltäglichen Geschehen, Tun und Reden — erleben die Gatten keine wahrhaftige Gemeinschaft mehr.

Gewiss, es bleibt ihnen die Liebesumarmung. Doch wie oft ist sie statt einer Gemeinschaft ein bloss körperliches Spiel, ein flüchtiges sinnliches Verlangen, an dem nur der Körper teilhat, wenn es nicht sogar geschieht, dass die Vereinigung lediglich aus Pflicht zugestanden, demnach vom einen nur geduldet wird. Und in beinahe allen Fällen ist die Gattin die Nachgiebige, die sich einer nicht geteilten Lust unterzieht und so dem Gatten trotzdem einen selbstsüchtigen und einseitigen Genuss verschafft.

Aber dieser Mangel an Gemeinschaft weist noch andere Faktoren auf, die dazu beitragen, das Wort «Liebe» seines Inhalts zu entleeren und ihm einen trügerischen Sinn zu geben.

Der Mensch hat nicht nur einen Leib, sondern auch Seele und Geist. Welchen Raum haben sie in den Ehen, die noch fest dastehen und deren Gewebe scheinbar intakt ist?

Es gibt keine einzige Ehe, in der man nicht nach einigen Monaten der Verzückung — dem sehr verschieden langen Honigmond — entdeckt, dass die Liebe welkt, wenn sie nur an den Wassern der blossen materiellen Sicherheit getränkt wird. Diese Tatsache ist unleugbar.

Ueberall da, wo die Liebe nur körperliche Einheit, aber nicht zugleich Einheit von Seele und Geist ist, vermögen die Geschlechtlichkeit und die Interessen des Alltags sie nicht am Leben zu erhalten.

Gewiss, die Geschlechtlichkeit dauert fort, wenn sie von beiden Gatten geteilt wird. Die Kinder, die Arbeit, die Gewöhnung, die Notwendigkeiten des Lebens halten die Eheleute in ihrem gemeinsamen Rahmen fest. Dieser kann einen Eindruck von Dauerhaftigkeit, ja von Lieblichkeit erwecken, wenn der Charakter der Gatten schmiegsam genug ist, um sich gegenseitig zu ertragen und sich weiter mit Achtung zu begegnen. Es dürfen dann allerdings nicht ungünstige materielle Verhältnisse, Störungen der Gesundheit oder andere Prüfungen das Gleichgewicht plötzlich oder durch fortgesetzte kleine Stösse stören; denn dieses Gleichgewicht verdankt seine Stabilität eben der Verschonung durch solche Störungen.

Aber auch dann, wenn diese Vorbedingungen eines glücklichen Gleichgewichts vorhanden sind, heisst das, dass die so gefundene und bewahrte Einheit die Gatten voll befriedigen wird?

Wie könnte sie das, solange die wesentlichen Elemente dieser Einheit keinerlei Möglichkeit haben, gegenseitigen Austausch zu pflegen?

Wir haben schon daran erinnert: der Leib ist nur ein Teil unseres Wesens. Und lange vor dem Leib — manchmal auch lange nachher — werden Seele und Geist auf dem Altar der Liebe geopfert. Dazu trägt das «Ich» beider Partner weithin bei — weil es sich weigert, abzudanken.

Die Gesamtheit der oben angeführten Zeugnisse ist ein Katalog von vielerlei Leiden. Es springt in die Augen, dass sie in jedem einzelnen Falle eine gemeinsame Grundursache hatten, nämlich die Selbstsucht des einen und des andern Gatten.

Die Selbstsucht ist es also, welche die seelische und die geistige Einheit der Gatten verhindert und auch die körperliche Uebereinstimmung stört. Daher der Mangel an innerer Gemeinschaft, sogar in scheinbar intakt gebliebenen Ehen.

*

Es kommt vor, dass über Liebeskummer gescherzt wird. Sehr zu unrecht, ist er doch ein schlimmes Uebel, das in mancherlei Gestalt erscheint. Welchen Schmerz bedeutet es, wenn bei Ehegatten die Freude der Liebe einer Enttäuschung oder Ernüchterung weichen muss; wenn an Stelle der gegenseitigen Achtung Verständnislosigkeit einkehrt. Welche Not, wenn das Vertrauen durch Trunksucht oder Ehebruch verscherzt wird, die anfängliche Inbrunst sich in eine zum Ueberdruss werdende Gewöhnung wandelt.

Wie schmerzlich ist es, sich diese «Einsamkeit zu zweit» eingestehen zu müssen, die immer deutlicher einen ungeahnten Tatbestand aufdeckt: *die Unmöglichkeit einer wahren und dauerhaften Gemeinschaft zwischen Mann und Frau.*

Früher oder später beginnt sich in der Tat ein Riss zu zeigen, der sich bis zum Bruch erweitern kann — oder im besten Fall bleibt, wie er ist, weil beide Seiten sich damit abgefunden haben. Das wird durch all die gehörten Zeugnisse bestätigt. Auch die liebevollsten und geeintesten Paare müssen diese Entdeckung machen.

In einem Buch des Franzosen Salacrou liest man diesen gegen die Frauen sehr parteiischen, in bezug auf die Liebe aber zutreffenden Abschnitt: «Was nicht mehr vorhanden ist, kann man nicht verraten. Früher einmal heiratete man, um ein Heim zu gründen, man heiratete eine Frau auf ewig. Heute haben unsere Frauen keine Religion mehr ... Das winzige moralische Gut, das ihnen bleibt, ist die Liebe, und das ist das unbestimmteste, fragwürdigste, unsicherste Wort des Wörterbuchs.»

Hier stellt sich nun die unerlässliche Frage: Warum muss das sein? Wer ist schuld daran, wenn die Liebe eine Realität «ohne Religion» ist, d. h. ein Akt, ein Verhältnis, dem der Inhalt fehlt, den nur Gott geben kann, weil nach der Offenbarung der Bibel *Gott allein die Liebe ist?*

Ja, Gott ist Liebe. Hier berühren wir den Kern unserer Frage. Es lohnt sich also, dabei zu verweilen. Es ist unmöglich, diese christliche Redeweise anzuwenden, ohne sie näher zu definieren.

Wir wissen nichts von Gott ausser dem, was Er uns selbst offenbart hat. Es hat Ihm gefallen, die Erkenntnis Seiner Person und Seiner Absichten an das Zeugnis zu binden, das die Heiligen Schriften über Jesus Christus ablegen, den sie als das einzige sichtbare Abbild Gottes und den einen Vermittler zwischen Gott und den Menschen erklären. Wenn es sich so verhält, wenn Gott allein Liebe ist, so kann uns die Liebe — dieses an sich so unbestimmte und unsichere Wort — in ihrem tiefsten Sinn, ihrer jetzigen Bedeutung und ihrer ewigen Tragweite nur durch die Bibel aufgeschlossen werden.

Es ist aber, und das bezieht sich auf alle biblischen Lehren, mit Nachdruck beizufügen: zur einleuchtendsten Wahrheit muss die ganze Hilfe Gottes, Seine ganze Kraft hinzukommen, damit sie in die Tat umgesetzt werden kann. Denn nach der Heiligen Schrift macht die gefallene Natur des Menschen ihn unfähig, das Wahre, dem sein Geist zustimmt, auch praktisch zu verwirklichen.

Das will heissen, dass *ausserhalb der Gemeinschaft mit Gott Liebe zwischen Mann und Frau unmöglich ist.* Anders gesagt: die Beziehungen zwischen Mann und Frau sind, bis auf die Ebene des körperlichen Lebens, dem Verhältnis dieser beiden Wesen zu ihrem Schöpfer untergeordnet.

Diese grundlegende Wahrheit muss mit der Bibel in der Hand näher beleuchtet werden.

II. KAPITEL

Entdeckung der Wahrheit

LIEBE IST GOTTGEWOLLT

Es gilt zuerst ein schwerwiegendes Missverständnis zu zerstreuen, das mit merkwürdiger Beharrlichkeit im Denken vieler, die die Bibel nur oberflächlich kennen, haftet.

Die Auffassung ist weit verbreitet, dass die Schuld des Menschen, gemeinhin Sündenfall genannt, nichts anderes war als der geschlechtliche Verkehr zwischen Adam und Eva. Wohl hat diese Theorie ihre Verteidiger bis in die Kreise gewisser Kirchenväter oder Prediger gefunden, die begieriger waren, die Laster ihrer Zuhörer zu geisseln als die biblische Wahrheit zu verkünden. Sogar ein Bossuet hat diesem Gedanken gehuldigt, der heute als unvereinbar mit der christlichen Wahrheit erkannt ist. In einem Brief dieses grossen französischen Predigers finden sich die folgenden seltsamen Worte: «Als solche, die von Geburt an befleckt sind, in der Sünde empfangen, in der Hitze brutaler Brunst, im Aufruhr der Sinne und in Betäubung der Vernunft gezeugt, müssen wir das Uebel, das uns in der Geburt zuteil wurde, bis zum Tode bekämpfen.» Weil sie diesen auf das Geschlechtsleben gelegten Verruf ernst nahmen, haben manche christliche Gatten ihr eheliches Zusammenleben durch eine Zurückhaltung gefährdet, die bis zu einem schlechten Gewissen und zur Verachtung des körperlichen Begehrens ging.

Nichts ist aber der Wahrheit mehr entgegengesetzt als solch eine Geringschätzung des Leibes und besonders des Geschlechtstriebes. Nirgends spricht die Bibel davon, dass die intime Vereinigung ein Unrecht sei, ausser dann, wenn sie ausserhalb der Ehe geschieht.

Der körperliche Liebestrieb ist ein Geschenk Gottes, wofür der Mensch Ihm Dank darbringen soll. Wenn im 3. Kapitel des 1. Mosebuches von der Veränderung in den Beziehungen zwischen Adam und Eva die Rede ist, wird nicht mit einem Worte angedeutet, dass das Geschlechtsleben mit der Sünde gleichzustellen sei. Hören wir hier auf diesen Text:

Die Schlange aber war listiger als alle Tiere des Feldes, die Gott der Herr gemacht hatte, und sie sprach zum Weibe: Gott hat wohl gar gesagt: «Ihr dürft von keinem Baume des Gartens essen!» Da sprach das Weib zur Schlange: Wir dürfen essen von den Früchten der Bäume im Garten; nur von den Früchten des Baumes mitten im Garten hat Gott gesagt: «Esset nicht davon; rühret sie auch nicht an, dass ihr nicht sterbet!» Da sprach die Schlange zum Weibe: Mitnichten werdet ihr sterben; sondern Gott weiss, dass, sobald ihr davon esset, euch die Augen aufgehen werden und ihr wie Gott sein und wissen werdet, was gut und böse ist. Und das Weib sah, dass von dem Baume gut zu essen wäre, und dass er lieblich anzusehen sei und begehrenswert, weil er klug machte, und sie nahm von seiner Frucht und ass und gab auch ihrem Manne neben ihr, und er ass. Da gingen den beiden die Augen auf, und sie wurden gewahr, dass sie nackt waren; und sie hefteten Feigenblätter zusammen und machten sich Schurze.

Als sie nun hörten, wie Gott der Herr in der Abendkühle im Garten wandelte, verbarg sich der Mensch mit seinem Weibe vor dem Angesichte Gottes des Herrn unter den Bäumen im Garten. Und Gott der Herr rief dem Menschen und sprach zu ihm: Wo bist du? Er sprach: Ich hörte dich im Garten; da fürchtete ich mich, weil ich nackt bin, und verbarg mich. Und er sprach: Wer hat dir gesagt, dass du nackt bist? Hast du etwa von dem Baume gegessen, von dem ich dir zu essen verboten habe? Der Mensch sprach: Das Weib, das du mir zugesellt hast, das hat mir von dem Baume gegeben; da habe ich gegessen. Da sprach Gott der Herr zum Weibe: Was hast du da getan? Das Weib antwortete: Die Schlange hat mich verführt; da habe ich gegessen.

Die Sünde besteht somit nicht im Geschlechtsakt. Im Lichte gerade dieser Erzählung ist sie vielmehr, als Frucht des Hochmutes, die Weigerung des Menschen, dem Worte Gottes treu und gehorsam zu bleiben. Von Satan angetrieben, macht er sich Gott gleich. Er bestimmt selbst, was böse ist. In einer regelrechten Tat der Auflehnung entzieht er sich der göttlichen Autorität, nimmt sein Leben selbst in die Hände, erhebt sich zu seinem eigenen Meister. Die Folgen stellen sich unverzüglich ein. Bis dahin, in der freiwilligen Unterwerfung unter Gott, der durch Sein Wort das Glück des Menschen (auch der Ehegatten) wirken will, hatte die Liebe allen Beziehungen vorgestanden, die den Schöpfer mit Seinem Geschöpf sowie die Geschöpfe untereinander verbanden.

Nun aber trägt die Revolte des Menschen gegen Gott ihre schrecklichen Folgen schon in sich. Nicht nur bricht die Verbindung zwischen Gott und dem Menschen ab (der Mensch liebt Gott nicht mehr), sondern dieser Bruch berührt sämtliche menschlichen Beziehungen, die der Gatten inbegriffen. Mann und Frau vermögen nicht mehr, sich zu lieben. Sie können sich nur noch gegenseitig anklagen. Es ist eine Scheidung erfolgt, und das Feigenblatt, mit dem sie ihre Blösse verdecken möchten, ist nur ein Abbild dieser Trennung, die in allem, bis hinein in die Suche nach der verlorenen Einheit, ihr Teil geworden ist.

In erweitertem Sinne werden alle menschlichen Beziehungen in gleicher Weise durch den Sündenfall in Mitleidenschaft gezogen. Das Zeichen des Feigenblatts wird nicht nur sichtbar in zerrissenen Ehen. Auf anderen Gebieten tritt es in neuen Symbolen auf, als da sind: Mauern, Schlösser, Drahtverhaue, Klassengrenzen, eiserne Vorhänge. Sie alle bezeugen, dass das Gesetz der Liebe in den Händen der sündigen Menschen zu einem Gesetz des Hasses, des Leidens und des Todes geworden ist.

Ja, die Sünde hat die menschliche Gemeinschaft dermassen verunstaltet und vergiftet, dass sie in Beziehungen ausartete, die weitgehend durch Selbstsucht, List, Herrschsucht und zuweilen Hass bestimmt sind. Aber das ist kein Grund, die Liebe fragwürdig zu machen oder zu vergessen, was sie im Ursprung war.

Fragwürdig ist der sündige Mensch, von dem die Schrift sagt, dass sein Herz verderbter ist als alles. Die Liebe selbst ist über jeden Verdacht erhaben!

Suchen wir daher zu erkennen, was diese Liebe in der Absicht des Schöpfers ist. Es mag wertvoll sein, auf Psychologen, Moralisten, Volkswirtschaftler, Soziologen und alle jene zu hören, die mit wohlgesinnten, überlegten, wissenschaftlich unterbauten Argumenten dem Menschen zu Hilfe kommen wollen, dessen Unfähigkeit zur dauernden Liebe erwiesen ist. Doch weit besser ist es, auf Gott zu hören. Wenn da einer mitzureden hat, so ist Er es, der sozusagen der Erfinder der Liebe ist, und der, nachdem Er uns als Mann und Weib gebildet hat, eine Liebe ganz einzigartiger Prägung zwischen diesen beiden Geschöpfen gewollt hat.

Mehrere Stellen der Bibel reden von der Gattenliebe. Schon das erste Kapitel des 1. Buches Mose stellt fest, dass die Ehe eine von Gott eingesetzte Ordnung ist und zu den vollkommenen Dingen gehört, die vor dem Sündenfall bestanden. Schon gleich nach ihrer Schöpfung werden Mann und Weib dazu berufen, fruchtbar zu sein und sich zu mehren (Kap. 1, 28). Auch im 2. Kapitel (Vers 18 u. 24) wird Nachdruck auf diese durch den Liebesakt besiegelte Einheit der Gatten gelegt. Gott spricht: «*Es ist nicht gut, dass der Mensch allein sei. Ich will ihm eine Gehilfin machen, die ihm entspricht.*» Dann bildete Er die Frau und gab sie dem Manne mit der Ermahnung, mit ihm «ein Fleisch» zu werden.

*

Als Christus einmal, als Antwort auf eine Frage der Pharisäer, die Verstossung einer Frau als eine Frucht der bösen Gesinnung des menschlichen Herzens blosstellte, griff er auf diesen Mosestext zurück, um seine Wahrheit zu unterstreichen:

Habt ihr nicht gelesen, sprach er, *dass der Schöpfer sie von Anfang an als Mann und Weib geschaffen und gesagt hat:*

Darum wird ein Mensch Vater und Mutter verlassen und seinem Weibe anhangen, und die zwei werden e i n Leib sein?

Somit sind sie nicht mehr zwei, sondern sie sind e i n Leib. Was nun Gott zusammengefügt hat, soll der Mensch nicht scheiden.

Treu dieser Lehre schrieb Paulus im Zusammenhang mit der gegenseitigen Verantwortung in der Ehe (1. Kor. 7, 3—5):

Der Frau leiste der Mann die schuldige Pflicht, ebenso aber auch die Frau dem Manne. Die Frau hat über ihren eigenen Leib nicht die Verfügung, sondern der Mann; ebenso hat aber auch der Mann über seinen eigenen Leib nicht die Verfügung, sondern die Frau. Entzieht euch einander nicht, es sei denn etwa nach Uebereinkunft eine Zeitlang, um Musse zum Gebet zu haben und nachher wieder zusammenzukommen, damit euch nicht der Satan wegen eurer Unenthaltsamkeit versuche.

*

Die ausführlichsten und genauesten Belehrungen aber finden wir im Epheserbrief, Kap. 5, 21—33, wie folgt:

Seid einander untertan in der Furcht Christi! Ihr Frauen, seid untertan euren Männern wie dem Herrn! Denn der Mann ist das Haupt der Frau, wie auch Christus das Haupt der Gemeinde ist, er, der es als Erlöser seines Leibes ist. Wie nun aber die Gemeinde Christus untertan ist, so sollen es auch die Frauen ihren Männern in allem sein.

Ihr Männer, liebet eure Frauen, wie auch Christus die Gemeinde geliebt und sich für sie dahingegeben hat, um sie zu heiligen, nachdem er sie durch das Wasserbad in Verbindung mit dem Wort gereinigt hat, damit er selbst auf solche Weise die Gemeinde in herrlicher Gestalt vor sich hinstellte als eine solche, die weder Flecken noch Runzel oder etwas dergleichen hätte, sondern sie soll heilig und untadelig sein. So haben die Männer die Pflicht, ihre Frauen zu lieben als ihre eigenen Leiber. Wer seine Frau liebt, der liebt sich selbst. Denn niemand hat je sein eigenes Fleisch gehasst, sondern er nährt und hegt es, wie auch Christus die Gemeinde; denn wir sind Glieder seines Leibes, «von seinem Fleische und von seinen Gebeinen». «Deswegen wird ein Mensch Vater und Mutter verlassen und seinem Weibe anhangen, und die zwei werden ein Leib sein». Dieses Geheimnis ist gross; ich aber deute es auf Christus und auf die Gemeinde. Doch auch unter euch soll jeder einzelne seine Frau so lieben wie sich selbst, die Frau aber soll vor dem Mann Ehrfurcht haben.

Dieser Abschnitt schenkt uns volle Klarheit. Um den Ehegatten das Wesen, die Beschaffenheit und die Gestalt ihres gegenseitigen Verhaltens in der Ehe offenbar zu machen, stellt Paulus ihnen ein Beispiel vor Augen. Er bezeichnet die Einheit Christi mit Seiner Gemeinde als das Vorbild der Beziehungen zwischen Gatte und Gattin. Dieser Vergleich ist kein willkürlicher. In der gegenwärtigen, zeitlichen Ordnung der Welt stellt er die Ehe in eine ewige Sicht.

DIE FAMILIE, VORBEREITUNG AUF DAS EWIGE LEBEN

Als Jesus über die Auferstehung und das ewige Leben sprach, zu dem Gott den sterblichen Menschen beruft und auf das er sich vorbereiten soll, erklärte Er: «*In der Auferstehung freien sie nicht, noch lassen sie sich freien, sondern sie sind wie die Engel Gottes im Himmel*» (Matth. 22,30). Das will besagen: Die von Gott in dieser sündigen Welt aufrechterhaltene Ordnung der Ehe findet mit der irdischen Existenz der Gatten ihr Ende. Aber gerade das Vorbild, das uns Gott in Jesus Christus, dem Bräutigam Seiner Gemeinde, gibt, wandelt diese zeitliche Liebe, *wenn sie gemäss dem Vorbild gelebt wird,* zu einer Vorbereitung auf das ewige Leben. Es genügt ja, an die Worte zu denken, in denen das ganze göttliche Gesetz zusammengefasst ist, um sogleich zu erkennen, inwiefern und worin der Ehestand eine Vorbereitung zum Leben in der Ewigkeit sein kann.

In der Tat, weil Gott die Liebe ist, muss notwendigerweise alles, was Ihn mit Seinen Geschöpfen verbindet, das Zeichen der Liebe tragen.

Dieses Gesetz der Liebe hat vor dem Sündenfall die ganze Schöpfung regiert. Und weil, vom Satan aufgestachelt, der Mann und das Weib diese Liebe bezweifelt haben, gebrauchten sie die der Liebe innewohnende Freiheit zur Auflehnung gegen Gott. Ihr Argwohn war bereits eine Form von Ehebruch. Wenn einer Frau die Worte und Gefühle eines Fremden wichtiger sind als die des Gatten, ist sie schon auf dem Weg zur Untreue. Adam und Eva haben Satan mehr Vertrauen entgegengebracht als Gott, ihrem Schöpfer. Die Worte Satans galten ihnen mehr als die Worte Gottes. Es heisst aber: «*Die Liebe argwöhnt nicht, sie bläht sich nicht auf.*» Misstrauen und Selbstüberhebung, Früchte des Unglaubens, haben das Band der Liebe, das die Menschen mit dem Schöpfer vereinigte, zerrissen.

Daraus ist der Zustand geworden, der die jetzige Welt kennzeichnet. Der Mensch spricht von Liebe. Aber seit diese Liebe durch die Sünde entstellt wurde, ist sie nur noch eine Karikatur ihres ursprünglichen Wesens.

*

Nun offenbart aber die ganze Bibel den Willen Gottes, Seiner gefallenen Kreatur zu Hilfe zu kommen. Wenn auch der Mensch sich von seinem Schöpfer abgewandt hat, so hat doch

Er niemals aufgehört, ihn zu lieben und alles zu tun, um ihn in die ihm zugedachte ursprüngliche Stellung zurückzuführen. Alles, was Gott in der Person Christi unternommen hat, zielt auf eine Rückkehr zur vollkommenen Harmonie zwischen allen Geschöpfen wie auch zwischen ihnen und Gott selbst. Daraus folgt für die Menschen, die Christus wieder als Herrn anerkennen und Ihm gehorchen, eine ganz neue Wertung des Gegenwärtigen im Blick auf das Zukünftige. Der Apostel sagt: «*Nun aber bleiben Glaube, Hoffnung, Liebe, diese drei; die grösste aber unter ihnen ist die Liebe*» (1. Kor. 13, 13). Denn einmal wird das Glauben zum Schauen werden, die Hoffnung zur Wirklichkeit. *Bleiben wird nur die Liebe* und wiederum die ganze Schöpfung beherrschen.

Zu dieser glorreichen Zukunft beruft Gott den Menschen. Aber um dahin zu gelangen, muss der Mensch mit seinem natürlichen, der Sünde unterworfenen Zustand gebrochen haben und in den neuen Stand eingetreten sein, den Gott ihm schon hienieden in der durch Jesus Christus offenbarten und geschenkten Liebe anbietet. Um ihm dazu Mut zu machen und ihn gleichsam in die Lehre zu nehmen, hat Gott alles so geordnet, dass der Mensch den Drang, die ewige Realität der Liebe zu entdecken, nicht los wird.

Das ganze Gesetz ist in diesen Worten zusammengefasst: «*Du sollst Gott deinen Herrn lieben von ganzem Herzen, von ganzer Seele, von allen Kräften und von ganzem Gemüte, und deinen Nächsten wie dich selbst*» (Lukas 10, 27). Diese beiden Gesetze gelten als untrennbar, denn jeder Bruch mit Gott wirkt sich aus in unsern Beziehungen zum Nächsten, so wie auch jedes Getrenntsein vom Nächsten seine Gegenwirkung in unserer Gemeinschaft mit Gott hat. Die verlorene Liebe zu Gott, aber auch die verlorene Liebe zum Nächsten, hat aus dieser Welt ein Tränental gemacht.

Nun aber hat Gott in Seiner zuvorkommenden Weisheit für die Rettung des Menschen aus diesem Elend gewirkt. Um

Seine Geschöpfe einander näherzubringen, schafft Er zwischen ihnen das einzigartige, starke, enge Band, wodurch sie eines Tages nicht mehr zwei, sondern eins sind. Ist dann im glücklichen Zusammenspiel aller dazu gehörenden Elemente — Gefühle, Gedanken, Interessen, körperliche Anziehung, Verhältnisse — diese Einheit besiegelt worden, so fügt sich zwischen die beiden, die eins geworden sind und doch zwei bleiben, ein Drittes ein: das Kind. Im normalen Verlauf wird es nicht allein, sondern bald im Kreise von Geschwistern aufwachsen. Die so entstandene Gemeinschaft, die Familie, ist der Ort, wo Gott dem gefallenen und von Natur egoistischen Menschen etwas davon beibringen will, was Liebe ist, nämlich: Vertrauen, Zuneigung, Achtung, Ertragen des andern, aber auch Freude, Glück, Bereicherung durch die Gegenwart des uns ähnlichen und doch so verschiedenen Andern.

Auf diese Stufe folgt eine nächste. Sie wird durch die Gesamtheit der Familien gebildet, in denen man lernt, einander zu lieben. Diese Gruppierung erhält in der Bibel den bestimmten Namen *Gemeinde.* Dieses Wort wird nur zu oft mit einem Gebäude verwechselt oder für ein flüchtiges Zusammenkommen von sonntäglich gekleideten Menschen gebraucht, die sich während des Restes der Woche fremd bleiben. Doch die *Kirche oder Gemeinde* ist als göttliche Institution vor allem eine Gemeinschaft von Familien, der Ort, wo man lernt, sich von Familie zu Familie zu lieben, zu achten, zu helfen. Hier wird, ungehindert durch Verschiedenheiten des Temperaments, des Alters, der gesellschaftlichen Stellung, ja sogar der Rasse, eine Einheit wiedergefunden, die in der Liebe wurzelt und gründet.

All das geschieht in Blickrichtung auf das Reich Gottes, das ewige Leben, das uns dort erwartet, zu dem wir aber nicht gelangen können, wenn wir uns mit Willen den Anforderungen, die es stellt, entziehen. Ehe, Familien- und Gemeindeleben sollen uns darauf vorbereiten.

Wenn man bedenkt, was aus den menschlichen Beziehungen im Rahmen von Ehe, Familie und Gesellschaft geworden ist, so kann man ermessen, was für einem Bankrott, ja welcher Katastrophe der barmherzige Gott zu Hilfe kommen will. Ach, es genügt nicht, dass Gott das wolle und dass Er mit unendlicher Geduld, Ausdauer und Grossmut Seinem Geschöpf jeden Tag aufs neue die Gelegenheit anbiete, aus seinem Elend herauszukommen und einen neuen Weg, den wir den Weg des Glücks nennen dürfen, zu beschreiten. Es ist ebenso notwendig, dass der Mensch seinen Bankrott zugibt und die Hilfe, die Gott ihm anbietet, begehrt.

Die Wahrheit fordert, noch auf eine Gefahr hinzuweisen: dass der Mensch zur Stunde, da er diese Hilfe annimmt, sich beeilt, sie nach seinem Ermessen zu nützen, und die Liebe, die ihm Gott in Jesus Christus anbietet, nochmals zu einer Karikatur macht. Der Herr sagt es deutlich: «*Daran wird man erkennen, dass ihr meine Jünger seid, wenn ihr Liebe zueinander habt*». Es kommt leider vor, dass als christlich geltende Ehen, Familien und Kirchen Orte sind, an denen man eine übersättigte Luft atmet — ob sich diese Selbstzufriedenen nun Bürgerliche, Proletarier, Aristokraten, Beamte, Neureiche, oder Orthodoxe, Freisinnige, Liturgiker, Sozialgesinnte, Bekenner, Volks- oder Freikirchliche usw. nennen. Nach einer wahrhaftigen Liebe hält man vergeblich Ausschau. Darum erschöpft sich auch der zitierte Ephesertext nicht in einem treffenden Vergleich; er dringt vielmehr bis zu den innersten Einzelheiten unseres Lebens vor.

DIE STRUKTUR DER EHE: DIE UNTERORDNUNG DER FRAU

In Gottes Augen ist kein Umstand unwichtig. Es gibt auch keinen Teil unseres Lebens, in dem nicht die in Christus gebotene Erneuerung wirksam werden müsste.

Nachdem Er die Ehe wieder in die Sicht der Ewigkeit gerückt hat, gibt Er ihr die innere Ordnung zurück, ohne die sie weder fortdauern noch die Absichten Gottes verwirklichen kann. Diese Ordnung bestimmt genau den Platz, den die Gatten gegenseitig in der Ehe einnehmen, wenn sie Christus selbst untertan geworden sind. Es heisst da: «*Seid einander untertan in der Furcht Christi.*» Alles Nachfolgende ist dieser ersten Ermahnung untergeordnet, deren dringende Forderung wir bald besser verstehen werden.

Der Text geht einen Schritt weiter:

«*Ihr Frauen, seid euern Männern untertan wie dem Herrn.*»

Ein solches Wort findet heute ein eher gedämpftes Echo. Dazu gibt es verschiedene Gründe.

Die Unterstellung der Frau unter den Mann hat oft beklagenswerte und auffallende Formen angenommen. Darum ist auch eine gewisse moderne Emanzipation der Frau manchmal als eine Weigerung, Sklavin des Mannes zu bleiben, hingestellt worden. Geben wir es zu: dieses vom Männervolk mit Wohlbehagen angehörte Schriftwort ist oft zu rein autoritären, wenn nicht despotischen Zwecken ausgebeutet worden. Zahlreich sind in der Vergangenheit wie in der Gegenwart die Beispiele von Männern, die sich durch dieses Wort berechtigt fühlten oder noch fühlen, über die Glieder der Familie, die Frau inbegriffen, eine selbstsüchtige und rücksichtslose Tyrannei auszuüben.

So geschieht es, dass die Aufforderung an die Frau, dem Manne untertan zu sein, eine Reaktion der Selbstverteidigung auslöst, die sie verhindert, mit Ernst und Ehrfurcht die kostbare Unterweisung, die Gott ihr geben möchte, anzuhören.

Nun sind es aber gar nicht die Männer — diese Egoisten! — die zu ihrem Vorteil die Unterwerfung der Frau beschlossen hätten. Gott ist es, der durch den Mund Seines Apostels die Frau auffordert, in ihrem Heim und in der Gemeinde eine untergeordnete Stellung einzunehmen. Keine Frau, auch wenn sie vieles gesehen oder erlitten hat, das auf die falsche männliche Auslegung dieses Wortes zurückzuführen ist, darf sich weigern, das Warum dieses göttlichen Willens zu erfahren und sich in dieser Erkenntnis ihm zu unterwerfen.

Es sei deutlich gesagt, dass diese Unterstellung in keiner Weise durch irgendeine Minderwertigkeit der Frau oder eine Ueberlegenheit des Mannes begründet ist. Nein, nirgends wird gesagt, dass der Mann mehr wert wäre als die Frau, oder dass letztere aus minderem Stoff als er gemacht sei.

Der Grund liegt ganz woanders. Das natürliche Leben gehorcht Gesetzen. Jedermann weiss zum Beispiel, dass man Getreide in einen geeigneten Boden, zu bestimmter Jahreszeit, in passender Höhenlage und in einer Weise aussäen muss, die seiner Natur, seiner Eigenart entspricht. Niemand würde sich wundern, wenn bei Missachtung dieser Umstände das Getreide nicht spriessen oder den erwarteten Ertrag nicht geben würde. Das Gleichnis vom Sämann (Matth. 13) zeigt dies deutlich.

Auch das geistliche Leben gehorcht bestimmten Gesetzen. Ihre Beachtung ist, was die Liebe betrifft, die Vorbedingung eben des Glücks, das sie verheissen. Darum ist es notwendig, sich ihren Weisungen zu unterziehen, will man die neue Wirklichkeit erfahren, die Christus zuerst dem einzelnen Menschen, sodann dem Ehepaar, der Familie und endlich der Gemeinde gebracht hat.

So ist also die göttliche Offenbarung in bezug auf die Struktur der Ehe von zwingender Art. Wer sie nicht in Rechnung stellt, beeinträchtigt Gottes Werk sowohl in seinem persönlichen Leben als auch in seinem Eheleben.

*

Das Gebot der Unterordnung der Frau entspricht übrigens einem Plan Gottes, der den Rahmen der Ehe weit überschreitet. Wenn die Bibel davon redet, macht sie klar, dass diese Autorität des Mannes über die Frau einzig auf eine Absicht Gottes zurückgeht, einen Lebensstand wiederherzustellen, den der Sündenfall verdorben hatte. (Siehe auch 1. Mose 2, 22;

1. Kor. 11, 7—9; 1. Timotheus 2, 13.) Und in dieser Ordnung bestehen gottgewollte Parallelen, die man nicht straflos leugnen oder übersehen darf.

Unter anderm wird da gesagt, dass die Frau vom Manne kommt, wie die Kirche aus Christus stammt; dass der Mann nicht geschaffen ist um der Frau willen, sondern die Frau um des Mannes willen, so wie Christus nicht für die Gemeinde, sondern die Gemeinde für Christus geschaffen ist.

All diese Vergleiche schildern sowohl den Platz, den die Gatten gegenseitig einnehmen, als auch die Art ihrer Beziehung zueinander. Es geht daraus auch hervor, dass im Fall einer Umkehrung der Verhältnisse im Ehestand dasselbe verheerende Ergebnis eintreten würde wie bei einer Kirche, die zwar mit dem Namen Christi ausgezeichnet ist, in Tat und Wahrheit aber sich Seiner Autorität entzieht. Die Formen sind geblieben, manchmal mit viel Schönheit und Gepränge; aber der Heilige Geist mit seinen Früchten: Bruderliebe, Freude, Friede, ist nicht dabei.

Im Eheleben bestätigen hundertfache Erfahrungen diese Wahrheit. Es gibt kein einziges wirklich glückliches Heim, wo sich der Mann unter der Autorität seiner Frau befindet. Es mag sein, dass er oder sie sich mit diesem anomalen Zustand abgefunden hat. Es ist möglich, dass der Mann infolge seiner Erziehung, seines naturwidrigen Benehmens, eines Erbgutes, das die normale Entwicklung seiner Persönlichkeit und seines Charakters benachteiligte, ein solch Untüchtiger und Schwächling geworden ist, der sich gar mit einer gewissen Erleichterung dem Regiment seiner Frau unterwirft. Ebenso kann die Frau aus entgegengesetzten Gründen, wozu sich manchmal noch Herrschsucht gesellt, mit Genugtuung die Macht über den Gatten übernommen haben. Dem Anschein nach mag eine solche Ehe reibungslos verlaufen. Sind diese Gatten jedoch wirklich glücklich? Wenn man sie befragt, stellt sich heraus, dass einer von ihnen, wenn nicht beide, unter dieser Lage leidet und willig zugibt, ohne es immer erklären zu können, dass sie nicht normal ist. Eine solche Ehe kann gerade deshalb durch einen Ehebruch heimgesucht werden, weil einer der Gatten anderswo eine Autorität oder eine Unterwürfigkeit gefunden hat, die ihm zu Hause fehlte und die er instinktiv suchte. Oder aber ein solcher «Pantoffelheld» sucht als Ausgleich auswärts Gelegenheiten zum Imponieren, vielleicht am Wirtshaustisch, wo der Alkohol seine Wirkung tut, oder in irgendeinem Komitee. Vielleicht sucht er auch die Gesellschaft von einfältigen oder gemeinen Leuten auf, unter denen er um so mehr etwas vorstellt, als er zu Hause neben seiner Gattin eine Null ist.

*

Es ist doch so: Jede normale, d. h. ausgeglichene, ihrer tiefinneren weiblichen Natur treue Frau liebt es wesensgemäss, sich auf den Mann stützen zu können, und fühlt sich glücklich, wenn ihr dieser Halt, bei aller Achtung ihrer Freiheit und Persönlichkeit, gegeben wird. Die Bibel redet von der Frau als dem «schwächeren Geschlecht». Sie umschreibt damit eine Erfahrungstatsache, welche die Frau zu Unrecht missachten und die der Mann mit noch grösserem Unrecht falsch auslegen würde. Diese Schwachheit der Frau kann manchmal auf ihren zarteren und daher gebrechlicheren Körperbau bezogen sein, was aber keineswegs bedeutet, dass unter gleichen Bedingungen die Frau weniger Widerstandskraft besitzt als der Mann. Zahllose Beispiele beweisen vielmehr, dass ihre Widerstandskraft der des Mannes ebenbürtig, oft sogar überlegen sein kann. Wenn die Frau daher als schwächeres Geschlecht bezeichnet wird, so trifft es eben zu, dass ihre Empfindsamkeit, ihr Ahnungsvermögen, ihre Kraft des Mitgefühls, ihr Stimmungsleben, ihr empfängliches Gemüt ihr eine leicht aus dem Gleichgewicht zu bringende Natur verleihen, für die die männliche Führung ein Segen ist — allerdings unter der Bedingung, dass diese Autorität nicht zum Autoritätsmissbrauch wird.

Anders ausgedrückt: dieser der Frau in der Familie und der Kirche angewiesene Platz stimmt mit ihrer wahren Natur überein. Um die besonderen Werte der Frau zu schirmen und ins Licht zu rücken, sie zu entwickeln und in den Dienst der Familie und der Gemeinde zu stellen, ohne Schaden der Einzelnen — dazu will Gott der Frau den ihr gebührenden Platz, an dem sie sich am wohlsten fühlt, zurückgeben.

Als ein Narr würde einer angesehen, wollte er behaupten, man könne im Körper Organe und Glieder willkürlich versetzen und Funktionen vertauschen, etwa der Wirbelsäule die Aufgabe des Herzens, und umgekehrt, übertragen!

Trotzdem ist zu befürchten, dass etwas von dieser monumentalen Torheit unbewusst bei all den Männern und Frauen vorhanden ist, die heute, bis hinein in die Kirche, den beiden Geschlechtern ohne Unterschied unter dem Vorwand ihrer Gleichheit gleiche Verantwortungen und gleiche Funktionen zuteilen wollen. Man glaubt sogar, ihre Aufgaben einfach gegenseitig austauschen zu können.

Früher, in der «schönen» Zeit der eheherrlichen, falsch verstandenen, aber als göttlichen Rechts bezeichneten Autorität, befand man sich im Strudel Charybdis; heute, in der nicht weniger «schönen» Epoche der entschwundenen männlichen Autorität — diesmal als menschliches Recht gemeint — ist man in den Wirbel Szylla gefallen. Damit hat man nicht bloss ein Uebel gegen ein anderes vertauscht. Nein, man ist vom Regen in die Traufe geraten. In der Tat, wenn früher eine Frau unter der männlichen Herrschsucht zu leiden hatte, so kamen ihr doch, wie auch der Familie und der Gemeinde, trotz dieses Missbrauchs die positiven Seiten des Mannesrechts zugut. Denn an sich bleibt die Autorität des Mannes eine gute, vom Schöpfer gewollte Ordnung, weil das Leben der Familie, besonders der Kinder, und in weiterer Folge auch die Kirche und Gesellschaft, ihrer notwendig bedarf.

*

Es ist für niemand ein Geheimnis, dass das Fehlen einer Autorität Anarchie schlechthin bedeutet. Das hat unsere Gesellschaft von dem Augenblick an erlebt, da sie, unter dem Vorwand des Widerstandes gegen jede Tyrannei, dem Manne, insbesondere dem Gatten, seine von Gott stammende Autorität abgesprochen hat. Damit sind wir in den Bereich der Gesetzlosigkeit eingetreten. Denn das Fehlen der Autorität des Gatten zieht auch das Fehlen der Autorität des Vaters nach sich. Daraus folgt die Anarchie in der Familie, im Leben der Eltern wie der Kinder; daraus die Anarchie in der Gesellschaft, was zuerst im Schwinden des Verantwortungsbewusstseins sichtbar wird. Es ist leicht einzusehen, wohin das führt. Wir haben es deutlich vor Augen. Mann und Frau werden zu entpersönlichten blossen Nummern in einer anonymen, unverantwortlichen Masse. Das Leben ist nur durch den Schutz unzähliger Gesetze gesichert und durch ebensoviele Polizisten und Richter, die deren Anwendung überwachen. «Hunde sind an der Leine zu führen.» Die waltende Anarchie wird den Staat bald zwingen, jedermann einen Halfter anzulegen. Die Menagerie sucht Tierbändiger.

In diese Atmosphäre hinein ertönt heute das Gebot Gottes: *«Ihr Frauen, seid euern Männern untertan!»*

WESEN DIESER UNTERORDNUNG

Es ist begreiflich, dass in dem Klima der oben beschriebenen Gesellschaft ein solches Gebot unzeitgemäss und reaktionär erscheinen muss. Deshalb stellt sich sogleich die Frage: Wie soll dieses Untertansein beschaffen sein? In welchen Grenzen soll es sich bewegen, damit es nicht wieder zur knechtischen Unterwürfigkeit wird? Die Antwort lautet völlig klar:

«Ihr Frauen, seid untertan euern Männern wie dem Herrn... Wie die Kirche Christus untertan ist, so sollen es auch die Frauen ihren Männern in allen Dingen sein».

Die Unterordnung der Frau unter ihren Gatten ist nicht gleich, aber *ähnlich* derjenigen, die sie Christus gegenüber einnimmt. Sie ist also nicht eine harte Pflicht, ein Zwang, den man nur widerwillig erträgt, mit dem Nebengedanken, sich ihm so oft als möglich zu entziehen. Nein, diese Unterstellung ist freiwillig, freudig, herzlich, andauernd, und diese Haltung an sich bedeutet schon ein Stück des Glücks, das sie schaffen hilft.

Durch ihre Unterordnung unter Christus anerkennt die Kirche nicht nur Seinen Herrschaftsanspruch, sie bringt damit auch ihre Liebe zu Ihm zum Ausdruck. Dieses Verhalten dient zur Freude ihres Meisters. Dementsprechend ist auch die Unterstellung der Frau unter ihren Mann eine der Ausdrucksformen ihrer Liebe zu ihm, über die sie sich selbst als erste freut.

Die Liebe stellt keine Berechnungen an; ihr Mass ist einzig eben diese Freude, mit der sie jede neue Möglichkeit sich auszudrücken begrüsst. Daher wird die liebende Frau mehr darnach trachten, bei jeder Gelegenheit ihre Liebe zu erzeigen, als zu überlegen, wie sie diese in jedem Fall abmessen soll. Die Liebe kennt keine solchen Grenzen. So erwiesene Liebe muss das Herz des Gatten hocherfreuen, und eben von der Freude, die sie schenkt, lebt die Liebe.

Fragt man nun, in welcher Weise die Liebe sich praktisch ausdrückt, so braucht nur daran erinnert zu werden, dass gerade ihre Unterstellung unter Christus die Gemeinde zu Seiner Mitarbeiterin in dem Werk macht, das Er auf Erden tut.

*

Die Frau wird also suchen, ihrem Manne, wie es heisst (1. Mose 2, 18), *eine Gehilfin, die ihm entspricht,* zu sein. Sie wird ihm helfen, das zu werden, was Gott für ihn will, und gerade ihre frauliche Unterstellung wird dazu beitragen. Ihre Intuition, ihr Feingefühl, ihr Erfassen der Dinge, ihre Art, mehr mit dem Herzen als wie er mit dem Verstande zu verstehen, all dies soll ihm Hilfsmittel sein, um auf die beste Weise seine Berufung als Mann, aber auch als Gatte und Vater, zu erfüllen.

Er hat keine Stumme gefreit. Es gibt Zeiten, wo sie reden wird.

Er hat keine geschwätzige Elster gefreit. Es gibt Stunden, wo sie schweigen wird.

Er hat keine Einfältige gefreit. Es gibt Umstände, wo sie ihre Meinung sagen, einen Vorschlag machen, einen Rat wird geben können.

Er hat keinen Schulmeister gefreit. Sie wird ihm daher keine Lektionen erteilen.

Sie besitzt einen Vorrat an Phantasie, oft auch an Kühnheit und Willenskraft, der ihm ausserordentlich kostbar sein kann. Sie wird nicht zögern, ihn daran teilhaben zu lassen, ihn davon Gebrauch machen zu lassen, ohne sich ihm aufzudrängen, denn er hat nicht einen Vorgesetzten gefreit.

Hat sie Geld in die Ehe gebracht, so wird sie ihn nicht stets daran erinnern, denn er hat weder einen Verwalter noch einen Gläubiger gefreit.

Hat sie einen ausgesprochenen, aber von dem seinigen verschiedenen Geschmack auf kulinarischem Gebiet, so wird sie ihn nicht nötigen, nur die von ihr bevorzugten Menus zu genehmigen, denn sie ist nicht sein Maître d'Hôtel.

Wenn sie etwas von medizinischen Dingen versteht, wird sie ihn nicht zu ihrem Patienten zwingen.

Sollte sie an sich eine gewisse Freude am Geldausgeben, ein Fünklein Grössenwahn, einen Hang zu glänzen entdecken, so wird sie daran denken, dass er weder ihr Hofmeister noch ihr Chauffeur, weder ihr Manager noch ihr Bankier ist.

Besitzt sie endlich das Vorrecht, Mutter zu sein, so wird sie in seiner Person immer noch und weiterhin zuallererst ihren Gatten, nachher den Vater ihrer Kinder erblicken, besonders wenn sie manchmal versucht ist, ihn in den Rang eines blossen Brotverdieners oder gelegentlich eines Kindermädchens oder einer Putzfrau zu versetzen!

Sollte jemand befürchten, dass bei diesem Vergleich mit der Gemeinde als Braut Christi die Frau der Willkür eines Gatten ausgeliefert wird, der seinerseits keinerlei Aehnlichkeit mit Jesus Christus hat, so müssen wir uns nur den Wortlaut des Gebotes in Erinnerung rufen: «Wie dem Herrn» sollen die Frauen ihren Gatten untertan sein. Das setzt voraus, dass eine Frau, bevor sie ihrem Gatten untertan wird, Christus untertan sein muss, und gerade Er lehrt sie, Gott mehr zu gehorchen als den Menschen (Apg. 5, 29). Da könnte es geschehen, dass eine Frau deshalb den Willen des Gatten nicht tun will, weil sie sich weigert, Christus ungehorsam zu sein. Wenn das göttliche Wort ihr gebietet, dem Manne untertan zu sein, ist vorausgesetzt, dass auch der Mann in der Furcht des Herrn steht und unmöglich etwas von ihr verlangen kann, das sie in Gegensatz zum «guten, wohlgefälligen und vollkommenen» Willen Gottes stellt.

DIE STRUKTUR DER EHE: DER MANN ALS HAUPT

Es ist nun hohe Zeit, den wahren und wichtigsten Grund der Unterstellung der Frau zu nennen und einen Augenblick dabei zu verweilen, nämlich die Stellung, die Gott dem Manne selbst in der Ehe und in Familie und Gemeinde anweist. Der Text spricht es aus: «*Der Mann ist des Weibes Haupt, wie Christus das Haupt der Gemeinde*».

Es gibt keine zutreffenderen Worte als diese, um die Bedeutung der Ausdrücke «*Haupt*» und «*untertan sein*» zu kennzeichnen. In seiner Eigenschaft als Haupt der Gemeinde ist Christus das Vorbild des Gatten, das Urbild des wahren Oberhauptes. In der biblischen und auch in unserer Sprache hat das

Wort Haupt doppelte Bedeutung, so dass man neben den Begriff Oberhaupt schriftgemäss den zweiten setzen kann: «Der Mann ist der Kopf der Frau».

Man hat nie gesehen, dass der Kopf dazu da wäre, den Leib zu erdrücken oder ihn auszubeuten; das wäre Wahnsinn. Der Apostel sagt vielmehr: «*Das Haupt nimmt sich des Leibes an.*» Es leitet ihn mit Liebe, Weisheit und Verständnis, nimmt Rücksicht auf seine Schwächen, erleichtert ihm seine Aufgabe auf alle erdenkliche Weise und steht ihm in Nöten bei. Kurz, es umsorgt ihn in hingebendem Eifer.

*

Liesse sich nicht auf Grund dieses einen Bildes ein ganzes Programm für einen Gatten entwickeln? Welch eindrückliche Liste aller seiner Verpflichtungen gegenüber der Frau könnte man aufstellen! Und welche Anklage ergäbe sich aus der Gegenüberstellung der Rolle des Mannes als Haupt der Frau und der schändlichen Karikatur davon, die so mancher Mann auch dem diskretesten Beobachter darbietet. Wird ihm überdies bewusst, dass ihm in der Ehe ein dem Verhältnis Christi zur Gemeinde entsprechender Platz angewiesen ist, so wird diese Konfrontation für ihn eine noch ernstere Sache. Jedenfalls ist es um seine Autorität so bestellt, dass die Frau sie weder beanstanden noch ihn darum beneiden wird.

Die Aufgabe, das Haupt der Frau zu sein, wie Christus dasjenige der Gemeinde, gibt den Begriffen Haupt und Untertansein einen Inhalt, der sehr verschieden ist von dem, was man sich zunächst darunter vorstellen mochte.

Im Lichte der Analogie mit Christus verlieren diese Begriffe alles, was an Herrschsucht oder Unterdrückung erinnern könnte. Gerade das Gegenteil trifft nämlich zu. Es genügt, das irdische Leben Jesu zu betrachten, um das einzusehen, Seine Worte anzuhören, Ihn in all Seinem Tun zu begleiten, mit einem Wort, Ihn am Werk zu sehen. Es braucht keinen Kommentar, um zu verstehen, dass die Verantwortung als Oberhaupt dem Manne wohl eine ehrenvolle Stellung gegenüber andern Menschen verleiht, ihn aber auch in unmittelbarer Weise um so mehr in deren Dienst stellt. Dieser Dienst wird nicht unserm Gutdünken überlassen.

In Seiner Verbundenheit mit der Gemeinde setzt Christus Seine Autorität für ein einziges Ziel ein — sie, einer Gattin vergleichbar, ganz glücklich und ganz liebenswert zu machen. Alles, was diese Absicht hintertreiben möchte, wird weggefegt oder umgewandelt durch die Liebe und in der Liebe, die Er für sie hat. Diese Liebe, ihr eigenstes Wesen, hat die Gemeinde zu dieser Gefährtin gemacht, die jetzt der Freude voll ist und noch grösseres Glück empfindet im Blick auf die glorreiche Zukunft, auf die das jetzige Leben hinzielt. So ist das Glück und die Herrlichkeit der Gemeinde die Frucht der Liebe Christi, der Autorität, die Er im Namen dieser Liebe über sie ausübt, und der Unterstellung, die Er von ihrer Seite verlangt.

All das lässt deutlich werden, dass das Lebensglück der Frau im Erlösungsplan Gottes vor allem in den Händen des Mannes liegt und von seiner Haltung abhängig ist. Und wenn der Mann von Gott berufen ist, das Haupt der Frau zu sein, so geschieht dies eben gerade im Blick darauf, dieses für die Frau und gleichzeitig für ihren Gatten, ihre Kinder, für die Gemeinde und die ganze menschliche Gesellschaft so notwendige Werk zu verwirklichen — ihr Glück. Jedesmal, wenn dieses Glück dem Leiden, der Enttäuschung, der Entmutigung, den Tränen oder dem Hass Platz machen muss, wird man bestimmt sagen können:

«Cherchez l'homme!» (Suchet den — schuldigen — Mann.) Die Weisheit dieser Welt ist anders: da sucht der vor dem Zusammenbruch stehende Mann noch auszukneifen oder sich zu rechtfertigen mit dem verlogenen Wort: «Cherchez la femme!»

Wenn dieses Schlagwort in der heidnischen Welt noch Kredit findet, so gilt es nicht mehr, sobald einer die göttliche

Wahrheit entdeckt hat. Gerade auf diesem Gebiet hat die Schuld des Mannes heute einen Gipfelpunkt erreicht.

*

Die Gesamtheit der im Eingang dieses Buches wiedergegebenen Zeugnisse hat dies in oft krasser Weise demonstriert. Dabei handelt es sich nur um eine gedrängte Uebersicht der Wirklichkeit. Wir haben ja nicht im Sinn, absichtlich und aus vorgefasster Meinung das Bild noch zu verdüstern und einzig auf das Haupt des Mannes eine Schuld zu häufen, die in manchen Fällen seine Frau mit ihm zu teilen hat. Nein, es lässt sich nicht leugnen: Stünde der Mann an seinem richtigen Platz, und hätte er seine Verantwortung auf sich genommen, so würde nicht nur ein bedeutsamer Aufstieg aus der heutigen jammervollen Lage des Ehe- und Familienlebens eintreten; selbst da, wo die Frau ihren starken Anteil an der Schuld hat, würde eine Wiederaufrichtung des Mannes sogleich auch eine solche der Gattin und der Kinder nach sich ziehen.

Es wäre der Mühe wert, den Auswirkungen der Abdankung des Mannes nachzugehen; die Last all der Frauen und Kinder mitzufühlen, welche die Schwäche oder die Tyrannei eines Mannes ihnen auferlegt; zu zeigen, wie begründet die Klagen und die Auflehnung der Frau sein können. Es würde vor uns das Bild eines Mannes erstehen, vor dem ihrer viele endlich die Augen niederschlagen müssten. Denn ach, all seinen Feigheiten fügt der Mann oft noch die hässlichste hinzu, den Eigendünkel!

Gerade dann, wenn solch ein Mann sein Unrecht erkennen und seine Einstellung und sein Benehmen ändern sollte, hüllt er sich in eitler Ueberheblichkeit in den Mantel seines Hochmuts und weist verstockt jede Anklage ab. Er bildet sich ein, seine Verantwortung mit lautem Reden, mit der Behauptung der Mitschuld der Frau und dem Hinweis, dass noch viele Männer sich gleich wie er verhalten, abschütteln zu können. Aber auch, wenn er schliesslich bereit wäre, sich im rechten Licht zu sehen, was soll dann weiter geschehen?

Es genügt nicht, ihn anzuklagen, ihm einmal in all seine Schlupfwinkel nachzugehen, bis er sein Versagen zugibt. Damit, dass man einen Mann mit allen guten Gründen auf die Anklagebank bringt, hat man ihm noch nicht geholfen, das wahre Haupt seiner Frau zu werden. Die Blosstellung seiner üblen Taten mag vielleicht das Gewissen seiner Frau erleichtern und ihr den Trost geben, dass endlich jemand sie versteht und ihr hilft. Der schuldige Gatte ist aber damit noch nicht in die Lage versetzt, ihr wieder näher zu kommen, sie glücklich zu machen und dauerhaft mit sich zu vereinigen.

*

Nun gilt es allerdings, gerecht zu sein und die Dinge zu sehen, wie sie sind. Das Stück Wirklichkeit, das wir betrachteten, die Zeugnisse, die sie unterstreichen, die daran geknüpften Gedanken geben uns noch nicht das vollständige Bild. Diese Ehepaare zeigen sich uns in den meisten Fällen nach einiger Zeit gemeinsamen Lebens. Wir haben sie «unterwegs» angetroffen und dadurch das Bild einer Wirklichkeit gewonnen, wie es bis jetzt beschrieben wurde.

Gehen wir aber an den Ausgangspunkt ihres ganzen Erlebens zurück, so scheint viel weniger Strenge am Platz zu sein. Denn hier, am Anbeginn, erhebt jeder Liebende, jeder Verlobte den Anspruch, seine künftige Frau glücklich machen zu wollen. Im Augenblick, da er ihr das gelobt, ist er nicht nur aufrichtig davon überzeugt, sondern hat auch die Gewissheit, dass es so sein wird. Und wie er ist auch sie davon überzeugt.

Es mag sein, dass er sich selbst nicht kennt! Vor bald 25 Jahrhunderten hat schon Sokrates gesagt: «Erkenne dich selbst!» und man achtete seiner kaum.

Vor allem aber weiss er nicht, was Liebe ist.

Eine solche Behauptung mag zum Lachen reizen. Trotzdem ist sie wahr. Abgesehen von andern Beweisen würde uns die

Wirklichkeit das in ebenso vielen Fällen lehren, als es Ehepaare gibt! Aber es gibt Besseres als die menschliche Erfahrung. Es gibt die göttliche Offenbarung.

DIE LIEBE, VERANTWORTUNG DES MANNES

Nach der Bibel ist mit dem Sündenfall die Liebe aus der Welt verschwunden. Gewiss, das Wort ist geblieben, aber es hat seinen Inhalt verloren. Nachher hat der Mensch wohl versucht, ihm wieder Inhalt zu geben. In seiner Anmassung, in seiner Unwissenheit glaubte er, dass es ihm gelingen müsse. Er glaubt es noch immer, so wie er nach jedem Krieg an den Frieden glaubt. Und es muss jedesmal eine gewisse Zeit verfliessen, ehe er entdeckt, dass seine guten Vorsätze, nach dem bekannten Spruch, Pflastersteine auf dem Weg zur Hölle sind.

Darum lautet zu der Stunde, da Gott Seiner gefallenen Kreatur zu Hilfe kommt, Sein Gebot: Du sollst lieben! Der Gehorsam gegen dieses Gebot ist von solch grundlegender Wichtigkeit, dass man nicht nur ein dem eigenen Willen verschriebener Mensch bleibt, sondern zum Feind Gottes wird, wenn man alle andern Ansprüche ausser diesem ernst nimmt. Denn es gibt keinen schwereren Frevel gegen das Evangelium Christi, als sein ureigenstes Wesen, das heisst die Liebe, zu verkennen. Ebensogut könnte einer versuchen, mit jemandem zusammen zu leben, dem man das Herz herausgerissen hätte! Dies ist der Hauptvorwurf, den Christus den Pharisäern machte. Sie nahmen die göttlichen Gebote ernst, verleugneten aber das Grundgebot der Liebe, aus dem alle andern fliessen.

Nun gibt es freilich einen Ort, an dem Gott den Menschen den wahren Inhalt der Liebe lehren will: es ist die Ehe. Darum unternimmt Er es, ihn treulich Schritt um Schritt auf dem Wege zu führen, auf dem er entdecken wird, welche Bewandtnis es mit der Liebe in der Ehe hat. Hier müssen wir uns den

Text aus Epheser Kap. 5 wieder vor Augen halten. Wir bitten den Leser, Seite 58 nochmals aufzuschlagen.

*

Dabei wird ein Umstand ihn mit Recht in Erstaunen versetzen.

In der Einsetzung der Ehe als göttliche Verordnung wird manches über die Frau ausgesagt. Es ist ihr geboten, sich ihrem Gatten hinzugeben, ihm in allen Dingen untergeordnet zu sein, ihm mit Achtung zu begegnen. *Nie aber wird ihr geboten, ihn zu lieben.*

Natürlich wird man darauf antworten, dass dies stillschweigend vorausgesetzt sei und dass die Zusammenfassung des Gesetzes mit ihrem zweiten Gebot: «*Liebe deinen Nächsten wie dich selbst*», volle Gültigkeit für die Frau gegenüber ihrem Mann behalte. Das ist durchaus richtig. Trotzdem bleibt bestehen, dass in diesem hochwichtigen Kapitel, das Wesentliches über das Leben und das Glück der Gatten enthüllt, nicht der Frau, sondern *dem Manne* geboten wird zu lieben: «*Ihr Männer, liebet eure Frauen . . .*»

Wir haben hier eine Grundwahrheit vor uns, die nicht aus den Augen zu lassen ist. Die Liebe wird da zuerst in die Hände des Mannes gelegt, ihm ist sie anvertraut; man möchte beinahe sagen, *er besitze ihr Geheimnis.* An ihm liegt es darum, sie seiner Frau zu offenbaren, sie mit ihr zu teilen, sie ihr zu schenken. Und erst dann, wenn sie *die Liebe kennt, die sie durch ihren Mann entdeckt hat,* kann auch sie selber lieben.

Gott weiss wohl, dass der zu dieser grossen Verantwortung gerufene Mann nicht imstande ist, sie auf sich zu nehmen, wenn er nicht darüber bis ins einzelne belehrt wird. Er muss nicht nur das Gebot hören: «Liebe deine Frau», sondern über die Art und Weise, es zu verwirklichen, unterrichtet werden.

So vermittelt denn die Heilige Schrift die eingehende Belehrung, deren der Mann wie die Frau bedürfen. Sie sagt wörtlich:

«Ihr Männer, liebet eure Frauen, wie auch Christus die Gemeinde geliebt und sich für sie dahingegeben hat.» Dieser schlichte kleine Satz enthält eine Offenbarung, d. h. eine Wahrheit, auf die der Mensch mit umso grösserer Aufmerksamkeit hören muss, als er sie von Natur nicht kennt, oder, wenn sie ihm bekannt ist, nicht in ihrer Bedeutung erfasst.

Diese Wahrheit wird umso deutlicher, wenn man sie einem im Volk gebräuchlichen Ausdruck gegenüberstellt.

Wenn eine Frau über ein Liebesabenteuer berichtet, wird sie etwa in gewöhnlicher Redeweise sagen: «Ich habe mich ihm hingegeben.»

Oder wenn eine Verlobte einen gefassten Entschluss mitteilen will, drückt sie das so aus: «Es ist eine abgemachte Sache: erst wenn wir verheiratet sind, werde ich mich ihm hingeben!»

Und wenn ein Mann sich mit einer weiblichen Eroberung in gemeiner Weise brüstet, wird man zu hören bekommen: «Die da habe ich gehabt!» oder gar: «Ich habe sie besessen!»

Es ist eben so, dass in der Auffassung einer von Gottes Wahrheit unberührten Welt die Geschlechtsliebe ein Akt ist, bei dem der Mann nimmt und die Frau gibt, genauer gesagt: sich gibt. Da würde man es für lächerlich halten, wenn ein Mann erklärte: «Ich habe mich meiner Frau hingegeben.»

Den Lachern sei gesagt, dass gerade das der Befehl ist, den Gott durch das Mittel der Heiligen Schrift den Männern erteilt: «*Liebet* eure Frauen! *Gebt euch* für sie hin!»

Der Wert dieses manchem lächerlich scheinenden Befehls tritt klar zutage, wenn wir etwas von dem Gattinnenleid erfahren, das uns eine geprüfte Frau zu erzählen hat.

Man erlaube uns, ein solches Erlebnis ganz schlicht wiederzugeben. Es illustriert auf seine Weise die Wahrheit, die jedem Manne unbedingt aufgehen sollte.

Eines Tages unterhielt sich auf einem Dorfplatz eine etwa vierzigjährige Frau mit einem jungen Mädchen, das kurz vor der Hochzeit stand. In freudigem Eifer sprach es über dieses grosse Ereignis seines Lebens. Ich hatte mich den beiden zugesellt und unterstützte lebhaft die Begeisterung des jungen Mädchens. Das Gespräch endete mit einer Bemerkung von Frau Margarete:

«Das ist alles sehr schön», sagte sie, «aber freue dich immerhin nicht allzusehr! Nach diesem schönen Tag kommen andre!»

Dieses Wort war nicht in das Ohr eines Tauben gefallen. Wenige Tage später begab ich mich zu Margarete und verbarg ihr nicht den Zweck meines Besuches.

«Ich habe da kürzlich Ihren Worten, die nach Enttäuschung klangen, nichts beigefügt. Sie scheinen auch kein besonderes Echo gefunden zu haben. Die Kleine hat ohne Verständnis hingehört ... aber ich habe sie nicht vergessen. Gerade deswegen bin ich gekommen. Frau Margarete, steht es nicht gut um Ihre Ehe?»

Sie konnte nicht ausweichen, ihre Worte hatten zuviel verraten, und meine Frage war zu direkt, als dass die Frau das Gespräch auf anderes hätte ablenken können. So fing sie an, zu berichten, zuerst ruhig, bald aber mit Tränen in der Stimme:

«Als ich Peters Bekanntschaft machte, hatte ich zuvor noch nie Liebe empfunden. Ich wohnte bei meinen Eltern. Ab und zu dachte ich etwa ans Heiraten. Ohne gerade den Märchenprinzen zu erwarten, dachte ich, dass vielleicht einmal der Rechte erscheinen würde. Peter gefiel mir, so dass ich, als er mir seine Liebe erklärte, mit der ganzen Begeisterung meiner 21 Jahre darauf einging. Wir wussten, dass wir nicht so bald würden heiraten können. Er wohnte damals im Nachbardorf. Wenn er kam, um mir den Hof zu machen, waren oft meine Eltern anwesend. Sie waren aber taktvoll und liessen uns, wenn sie auch die Augen offen hielten, oft allein. Solche Augenblicke blieben natürlich nicht unbenützt. Ich sage das ohne aufzuschneiden. Peter zeigte sich als ergebener Ritter, zugleich feinfühlend und leidenschaftlich. Im Zusammensein mit ihm machte ich die Entdeckung der Zärtlichkeit, der so wohltuenden Liebe, die sich in den einfachen Worten, die man sich sagt, in den Küssen, die man tauscht, im Schweigen, das beredter ist als Reden, ausdrückt. Dazu kommen jene zarten Liebkosungen, die nichts Schamloses an sich haben und langsam an der kommenden körperlichen Einheit weben ... Ja, ich war eine glückliche Braut! Ich habe mich mit derselben Ungeduld und demselben Eifer, den ich in Jeannette's Worten spürte, auf meine Hochzeit vorbereitet. Es tat mir weh, sie so reden zu hören. Und seither empfinde ich mein Leid bitterer als je.»

«Ihr Leid?»

«O, ich weiss nicht, ob Sie mich verstehen können ... Vielleicht doch... Schliesslich sind Sie ja auch verheiratet... Sie werden begreifen... In der ersten Zeit unserer Ehe ging alles gut. Immerhin, schon vor der Geburt unseres ersten Kindes gab es da etwas ... Aber das zeigte sich besonders nach der Ankunft des zweiten Kindes. Hätte mich damals jemand gefragt, ob alles gut gehe, so hätte ich nicht gezögert, ja zu sagen. Und trotzdem fühlte ich irgendwie, dass etwas zwischen uns stand. Was, wusste ich nicht. Aber Peter war nicht mehr ganz der gleiche wie zuvor. Und vielleicht hatte auch ich mich verändert. Nun, es gab hie und da etwa ein lauteres Wort als sonst, eine Verstimmung, und es war fast immer an mir, den ersten Schritt zur Versöhnung zu tun. Aber das ist noch nichts. Einer muss ja wohl nachgeben. Nein, in anderer Hinsicht war etwas anders geworden, das kam so nach und nach ... Peter schien zu vergessen, mich zu küssen. Es war ihm nicht einmal bewusst. Sie wissen ja, wie wir Frauen sind. Man braucht es einfach, ein wenig umhegt zu werden. Zärtlichkeit, liebe Worte, Liebkosungen gehören zu unserm Leben. Ja, das haben wir nötig ... Aber mein Peter fand keine netten Worte mehr. Zarte Umsicht, liebevolles Kosen wurde mir selten zuteil. Es gab selbst ganze Tage, an denen er mir sozusagen keine Beachtung mehr schenkte. So habe ich mich nach und nach in mich selbst verschlossen. Die Zärtlichkeit, die mir fehlte, habe ich dann bei meinen Kindern gesucht, aber es war ein Versuch, mich über meinen Hunger hinwegzutäuschen ... Da wir immer unser gemeinsames Schlafzimmer hatten, kam es wohl zwischen uns zu Umarmungen, aber eben, die Freude war lange nicht immer auf beiden Seiten ... Peter schlief. Mir blieb meine Sehnsucht. Eine Sehnsucht, die er nicht einmal bemerkte, die ihn nicht berührte, die er sogar grob abweisen konnte. Ich bin nervös, reizbar geworden. Es fielen Worte zwischen uns, bedauerliche Worte. Dann kam die schwierigste Zeit. Wie es so wurde, vermag ich nicht zu sagen, aber es war trotzdem so: Wenn Peter nicht sehen wollte und nicht begriff, wie es um mich stand, wohlan, es gab andere, die zu verstehen schienen, die ihre Kühnheit so weit trieben, mich das merken zu lassen ... Aber nein, niemals! Das hätte ich nicht über mich gebracht! Ich liebe ja Peter! Und ich liebe meine Kinder! Aber begriffen habe ich, dass man zur Ehebrecherin werden kann. Denn in Gedanken bin ich es gewesen. Dann habe ich versucht, mich gegen mich selbst zu verteidigen. Es gab Tage, es gab Stunden, wo ich mich zur Schmeichelkatze machte in der Hoffnung, Peter würde mich verstehen und meine Zärtlichkeit mit der seinen erwidern. Darf ich wagen, es Ihnen zu sagen? ... An jenen Abenden war seine einzige Antwort: Aha, du möchtest..»

Und Margarete schloss unter Tränen:

«Begreifen Sie, dass ich nichts mehr davon mochte — dass mir vor ihm ekelt?»

*

Ob wir es begreifen?

Es wäre leicht — allzu leicht — zu erklären, dass Peter ein Lümmel ist. Denn die Geschichte von Peter und Margarete ist, abgesehen von Einzelheiten, kleinen Abweichungen und Nuancen, eigentlich die Geschichte fast aller Ehen. Und Gott weiss das wohl, wenn Er bei Seinem Eingreifen, um dem Manne seinen Platz anzuweisen und der Gattenliebe wieder eine Struktur und einen Inhalt zu geben, ihm befiehlt: «*Ihr Männer, liebet eure Frauen! Gebt euch hin für sie!*»

Es zeigt sich, dass diese grosse Wahrheit unter anderem — oder sogar in erster Linie — das geschlechtliche Leben zwischen den Gatten angeht. Das soll uns nicht wundern.

Die Liebe besteht nicht nur in Gedanken und Gefühlen. Der Mensch ist nicht bloss *Seele* und *Geist,* er ist auch *Leib.* Und durch Gottes Willen sind Mann und Weib berufen, sich im Rahmen der Ehe auch körperlich zu lieben. Gott ist kein Theoretiker — diese Verkehrtheit überlässt Er dem Menschen. Wenn Er dem Menschen zu Hilfe kommt, um ihn aufzurichten oder ihm Verlorenes wiederzugeben, tritt Er ihm an dem Punkt nahe, wo Er ihn in seinem persönlichsten und intimsten Leben leiden sieht.

Er lässt ihn erkennen, dass der Liebesakt etwas ganz anderes ist, als was der Mensch daraus gemacht hat. Da dieser von Grund aus ein Egoist ist, hat er die selbstsüchtige Befriedigung seines Ichs bis in diesen Akt hineingetragen. Er liess ihn nur noch seinem eigenen Genuss dienen und blieb dabei oft in völliger Unwissenheit über die Persönlichkeit seiner Partnerin. Diese Gemeinschaftshandlung war dazu bestimmt, die Einheit des Paares zu besiegeln und zu erneuern. Die Unwissenheit und das selbstsüchtige Geniessen der Ehegatten, besonders des Mannes, haben sie umgewandelt und derart verdorben, dass sie der Anlass zu den tiefsten Trennungen zwischen den Gatten, die eigentliche Ursache ihrer Missverständnisse, ihrer Abneigung, ja ihres gegenseitigen Hasses geworden ist.

Diese schwere Zerrüttung hat ihre ganz bestimmte Ursache. Nach Gottes Absicht führt das intime Erleben zur Entdekkung einer Freude, die durch unsern Körper schwingt und im Augenblick, da sie empfunden wird, unser ganzes Wesen in ihr Aufblühen und ihre Lust hineinzieht zu einer Einheit, wo die Gatten einer im andern völlig verschmelzen. Gerade in der Entdeckung dieser Freude hat der Mann die höhere Rolle, eben die *Rolle des Hauptes.* Er ist der Verantwortliche für die Körperfreude seiner Gattin. Ihm steht es zu, sie auf dieser Entdeckungsfahrt zu führen.

Solange also der Mann nur an sich statt an sie denkt, solange er selbstsüchtig seine Lust sucht, statt aufmerksam die ihrige im Auge zu haben, solange er im Liebesakt die Befriedigung seiner Sinne sucht, statt ihn zu einer geweihten Handlung glücklicher Gemeinschaft zu machen, solange verleugnet er seine Verantwortung, erniedrigt bis zum Abscheu das den Ehegatten gewährte Vorrecht und verdirbt eine einzigartige Gabe, die sie beide beglücken und zugleich ihre Einheit erneuern sollte.

Darum gilt, nochmals sei es gesagt, das gebieterische Wort: «*Ihr Männer, liebet eure Frauen! Gebt euch für sie hin!*»

Der Mann besitzt, im Blick auf seine Frau, einzigartige Möglichkeiten. Und sein erster Auftrag als Haupt ist, sie in den Genuss dieser Möglichkeiten zu setzen. Jedesmal, wenn im Liebesakt seine Selbstsucht die Gattin um eine Freude gebracht hat, die Gott ihr gerade durch ihren Gatten zugedacht hatte, so ist er wohl noch ihr Gatte, aber nicht mehr ihr Haupt. Denn die dem Haupt bestimmte Aufgabe ist nicht, sich bis zur Sättigung zu bedienen, sondern selbst zu *geben.*

Wenn es also im Wesen der Frau liegt, Zärtlichkeit, Rücksichten, Aufmerksamkeiten, Achtung nötig zu haben, so liegt die volle Verantwortung dafür, ihr all dies zu gewähren, beim Manne. Denn das eben ist Liebe. Liebe heisst, dem andern, diesem Nächsten, von dem ich getrennt war, das erweisen, was ihn beglückt, aber auch, was ihm sein eigenes Wesen offenbart, ihn dann aber von sich selbst wegblicken, aus seinem Alleinsein heraustreten lässt und mit mir vereinigt. So kann die Liebe der Frau *nur eine Antwort* auf die Liebe des Gatten sein. Nicht sie zuerst ist zur Liebe fähig. Sie kann erst von ihm die Gabe empfangen, die es ihr möglich macht, ihm ihre Gegenliebe zu schenken und auch ihrerseits ihn voll zu beglücken.

Das stimmt durchaus mit der Erfahrung überein, dass dann, wenn die Frau im Liebesakt volle Freude empfindet, diese immer auch dem Gatten zuteil wird! Das Gegenteil ist selten der Fall.

DAS LEBEN IM ALLTAG

Was für das geschlechtliche Leben gilt, gilt auch in bezug auf das alltägliche Leben. Gerade da findet das Gegenstück zur menschlichen Liebe, die Liebe Christi zu Seiner Gemeinde, beglückende Anwendung. Deutlich wird gesagt: «*Ihr Männer, liebet eure Frauen, wie Christus die Gemeinde geliebt hat.*» Nie hat Christus etwas anderes gewollt, selbst in der manchmal erforderten Strenge, als das Glück des Menschen. Um es zu verwirklichen, es ihm zurückzugeben, auch wenn er dessen völlig unwürdig ist, hat Er alles aufgeopfert, bis zur Hingabe Seines Lebens, ohne dem der andern, und wäre es auch nur in Gedanken, jemals im geringsten zu schaden.

Den andern hat Er nichts weggenommen. Im Gegenteil, als sie sich hasserfüllt ereiferten, um Ihm alles zu rauben, war Er nicht nur bereit, alles hinzugeben, Er war auch bereit, sich selbst hinzugeben. Die Bibel sagt: *Er entäusserte sich selbst, auf dass wir reich würden.* Als die göttliche Gerechtigkeit die Bezahlung aller menschlichen Schuld forderte, hat Er, der einzige Schuldlose, der einzige Gerechte, sich selbst zum Opfer gebracht. Er sprach: *Niemand nimmt mein Leben von mir. Ich gebe es von mir selber hin.*

Ebenso verhält es sich beim Manne: wenn er seine Frau lieb hat, wenn er ihr Haupt ist, d. h. der, der nach Gottes Willen und gemäss dem Beispiel Christi sich vor allem andern um das Glück seiner Frau und seiner Kinder kümmert, so wird er sich bemühen, mit weiser Autorität alle den Einzelnen geschenkten Gaben dem Wohl des Ganzen dienen zu lassen. Versuchungen, die es zu überwinden gilt, Prüfungen, die zu bestehen und Hindernisse, die zu besiegen sind, alles wird dazu beitragen, die Zusammengehörigkeit, die gegenseitigen Gefühle des Paares zu vertiefen. Wird so die geschenkte Liebe nicht vielfältig zurückbezahlt? Ohne Zweifel.

*

Wenn also, dem Beispiel Christi folgend, der Mann ein solches Familienoberhaupt ist, das zu lieben, sich hinzugeben weiss mit dem einzigen Ziel, der Freude der Seinigen, die auch seine Freude ist, zu dienen, kann dann eine so ausgeübte Autorität jemals einer Frau eine Last bedeuten? Mehr noch, wird nicht eine Frau tief beglückt sein, sich einem solchen Gatten unterordnen zu dürfen? Können eine solche Autorität und eine solche Unterstellung je eine Quelle von Zwistigkeiten werden? Ist diese Einstellung der Frau nicht die liebevolle Antwort auf die ebenso von der Liebe diktierte Führung durch den Gatten? Die Frage stellen heisst sie beantworten. Wenn Gott auf diese Weise einer Ehe die rechte Struktur zurückgibt, jeden auf seinen richtigen Platz stellt und jedem seine ganz besondere Verantwortung anvertraut, dann ist es klar, dass Er damit buchstäblich das Glück des einen und des andern Gatten und folglich auch das Glück ihrer Kinder und der Gemeinde, der sie beide angehören, begründet.

WIE KANN DAS GESCHEHEN?

Es genügt, sich eine solche neu geordnete Ehe, eine wiederhergestellte Familie, ein neu aufgebautes Gemeindeleben vorzustellen, um die erstaunlichen, ja umwälzenden Folgen zu ermessen, die solch eine Erneuerung mit sich bringen könnte.

Welch ein Jauchzer der Befreiung müsste ertönen! Die Einsamkeit so vieler Ehegatten wäre zu Ende. Keine Abende mehr, wo der eine sich quälen muss, weil der andere nicht daheim ist. Vorbei die Aengste von Mutter und Kindern vor der Heimkehr eines weinseligen Vaters. Vorüber die freien Tage des Mannes, die noch trüber sind als alle übrigen, weil man sich nichts mehr zu sagen hat. Keine dieser öden Sonntage mehr, an denen die Frauen wieder mit ihren Kindern allein sind, weil die selbstsüchtigen Männer zu einem Fussballspiel, zum Fischen, auf eine Motorradfahrt oder einfach zu ihren Freunden gegangen sind. Und dann auch Schluss mit den ewigen Reklamationen, den Vorwürfen, die man sich gegenseitig zuschleudert, den Szenen, die auch die Seele der Kinder, der unfreiwilligen Zeugen, verletzen.

Was würde nicht alles daraus folgen!

Man würde eine schöne Anzahl Richter, Rechtsanwälte, Psychiater pensionieren können.

Man könnte die Radio-Sendereihe «Briefpost des Herzens» einstellen.

Man könnte ... aber genug der Phantasien!

Es hiesse die Bibel ganz falsch auslegen, wenn ihre Leser die Meinung hätten, dass sie einzig dazu da sei, um naiven Träumern schöne Themen zum Nachdenken zu liefern. Es lässt sich ja nicht leugnen, dass die biblische Lehre das Problem im Innersten berührt. Ist es nicht wahr, dass bis in ihre Einzelheiten diese biblische Wahrheit auf die allgemein zugegebenen, tatsächlich erlebten menschlichen Erfahrungen abgestimmt ist? Jeder kann darin früher oder später sein eigenes Bild finden, sei es in seinem Leiden, oder in seiner Begierde, oder in seiner Feigheit, oder in seiner Selbstsucht, oder in seinem Willen, sich von solchem zu befreien.

Wir haben schon einmal darauf hingewiesen, dass ein gewisser wohlbekannter Weg gepflastert ist mit Sprüchen wie: Man sollte, man müsste, man braucht bloss, ich werde es ihnen zeigen ... usw. In diesem Stil spricht Gott nicht zu uns. Sein Wort kennt keine Spiegelfechterei! Er ist nicht so grausam, dem Menschen eine schöne Darstellung der Wirklichkeit, wie sie sein sollte, vor Augen zu halten und ihm dann zu sagen: Hast du gesehen? Nun versuche dich daran! Gelingen wird es dir nie. So finde dich denn mit deinem Elend ab und halte dir die Schätze, die ich dir gezeigt habe, als Ideal vor Augen!

Nein, Gott macht eben nicht in Idealismus! Das überlässt Er den religiösen Leuten und allen, die Geschmack finden an einer tadellosen Moral, die sich gut anwenden lässt — auf die andern! Nein, so ist Gott nicht. Er lässt dem Menschen die Freiheit, Theorien zu entwickeln, die oft ebenso anziehend als billig sind. Aber im Gegensatz zu ihm, der sagt und nicht tut, spricht Gott kein Wort, verkündet Er keine Wahrheit, die Er nicht sogleich erfüllt in jedem, der *glaubt* und *willig* ist.

Er spricht: *Es werde Licht!* Und das Licht ist da und leuchtet über allem.

Er spricht: *Lazarus, komm heraus!* Und der Tote erhebt sich aus seinem Grabe.

Er spricht zum Meer: *Schweig, verstumme!* Und der Sturm legt sich, und es wird eine grosse Stille.

Er spricht: *Ich will es, sei rein!* Oder: *Stehe auf und wandle!* Und sogleich ist der Aussätzige geheilt, ist dem Gelähmten der Gebrauch seiner Glieder geschenkt.

So ist das Wort Gottes völlig verschieden vom menschlichen Wort. Es schafft, was es ausspricht. Es hält, was es verspricht. Was es fordert, schenkt es selber.

Aber nicht irgendwem! Nur *dem, der es glaubt, der darnach verlangt und darum bittet.* Zu diesem Letzten, das zum Ersten wird und dann alles andere möglich macht, sind wir durch Gottes Wort eingeladen.

Bevor den Frauen geboten wird, den Männern wie dem Herrn untertan zu sein, und den Männern, ihre Frauen zu lieben wie Christus die Gemeinde, ergeht deshalb der Ruf an die einen und die andern: «*Seid einander untertan in der Furcht Christi!*» Mit andern Worten: Ihr Männer! Damit ihr eure Autorität so ausübt, dass eure Frauen sie freudig anerkennen können, anerkennet auch ihr die Autorität Christi; werdet Ihm selber untertan! — Und in gleicher Weise werden auch die Frauen ermahnt.

Der Grund dieser Reihenfolge ist nicht schwer zu erkennen. Der Mensch kann wohl den göttlichen Willen zur Kenntnis nehmen. Es mag ihm sogar eine Freude sein, ihn zu entdecken. Aber er ist unfähig, ihn zu tun. Der Menschengeist mag wohl willig sein — aber das Fleisch ist schwach.

*

Hier setzt die wunderbare Botschaft des Evangeliums ein. Sie verkündet uns:

Was dem Menschen unmöglich war, das hat Gott für ihn getan. In einer Körperlichkeit wie der unsern ist Seine Liebe wesenhaft erschienen. Die Liebe ist Fleisch geworden. *Ecce homo!* Sehet, welch ein Mensch! So hat Pilatus den Herrn Christus bezeichnet.

Er ist wirklich der Einzige. Neben Ihm, verglichen mit Ihm, gibt es keine andern. Denn alle andern, ohne Ausnahme, wissen aus sich heraus nichts von der Liebe. Die einzige Liebe, die sie von Natur kennen, ist die Eigenliebe. Eine raffende Liebe, die arm macht.

Er aber ist gekommen, um eine Liebe zu offenbaren, zu leben, die nicht zuerst sich selbst, sondern zuerst die andern liebt. Die andern, so wie sie sind. Er liebte sie um ihrer selbst willen. Ohne Bedingungen. Sogar ohne Gegenliebe. Selbst zu der Stunde, da sie Seine Liebe verhöhnten. Er hatte sie zuerst geliebt. Er liebte sie bis zum Ende, der Treue.

*

Er ist auferstanden. Er lebt. Und diese Liebe bietet Er nun an. Jedem Menschen. Auch den Ehegatten. Diesmal aber auf übernatürliche Weise. Durch ein Wunder des Heiligen Geistes.

Dieses Wunder ist nicht Sache des Menschen. Der Mensch soll es darum auch nicht erklären oder herausfinden wollen, wie es vor sich geht.

Das Wunder des Lebens ist nie erklärt worden. Das hindert den Menschen nicht, lebendig zu sein, das Leben zu lieben, es zu empfangen, zu behalten, weiterzugeben.

Das Wunder des Lebens ist Gottes Werk, *das Wunder der Liebe ebenso.* Darum ist es Aufgabe des Mannes, der lieben möchte, und der Frau, die Liebe empfangen und erwidern möchte, Gott dieses Werk in ihnen vollbringen zu lassen.

So und nicht anders verhält es sich. Der lebendige Christus muss im Herzen des Menschen leben.

*

Wenn ein Mann einer Frau seine Liebe erklärt und ihr Herz berührt, so dass sie bereit ist, seine Gattin zu werden, offenbart er ihr seine Liebe, indem er sich ihr gibt. Sie aber bindet sich an ihn, wird mit ihm eine lebendige, reale Einheit.

Wenn der lebendige Christus einem Menschen durch das Mittel Seines Wortes Seine Liebe kundtut und sein Herz berührt, so dass er bereit ist, Ihm anzugehören *(«wer mein Wort hört und an mich glaubt»),* offenbart Er ihm Seine Liebe, diese einzigartige Liebe, die in Ihm, Christus, wohnt. Der Mensch aber, der diese Entdeckung macht, bindet sich an Christus und wird mit Ihm eine lebendige, reale Einheit.

*

Wenn so die Liebe Christi in einem Manne lebendig wurde, macht der Heilige Geist ihn fähig, seine Gattin zu lieben, wie Christus Seine Gemeinde liebt, und sich für sie hinzugeben.

Dieselbe Erneuerung will Christus auch im Herzen einer Frau, sei sie ledig oder verheiratet, zustande bringen, damit auch sie durch denselben Geist befähigt werde, zu lieben an dem ihr von Gott in der Ehe oder in der Gemeinde bestimmten Platz.

Seid einander untertan in der Furcht Christi! Dieser Weg führt zu einer glücklichen Ehe und zu einer bleibenden Liebe.

WO BLEIBEN DIE MÄNNER? Man ist erstaunt, man ist beunruhigt über die Krise im Eheleben. Man sucht ihre Ursachen. Man beschuldigt die falsche Erziehung, den Mangel an Vorbereitung, die Unrast der Zeit, die Schundliteratur, Fernsehen. Hundert Erklärungen setzt man hundert Heilmittel entgegen. Ist nicht wieder einmal die Wahrheit einfacher als all das? Ist nicht in unsern sogenannten zivilisierten oder christlichen Ländern die Krise der Ehe, der Bankrott der Familie ehrlich gesagt die Folge dieser Tatsache: dass der Mann in seinem stets wachsenden Hochmut sich heute weigert, eine andere Autorität als seine eigene anzuerkennen? Alles kann er, nur nicht sich Gott unterordnen. Das überlässt er den Frauen, denen das «besser liegt». Wohin führt das?

Die Folgen sind da, liegen klar vor unsern Augen, wir brauchen sie nur zu öffnen. Das Glück ist zu einem blossen Wort geworden, das man auf Wunschkarten druckt; man sucht es in den Sternen, im Horoskop, bei Wahrsagern, Schwindlern und Scharlatanen, und in Liedern ist häufig davon die Rede. Sonst aber ist im Leben der Menschen nicht viel davon zu entdecken. So wenig Liebe vorhanden ist, so wenig Glück ist sichtbar. Man macht es sich aber zu leicht, wenn man den Fehler bei der guten oder schlechten Konjunktur oder bei den oben angeführten Faktoren sucht. Gewiss machen diese ihren Einfluss geltend. Hätten sie aber ein solches Gewicht, wenn die Männer wirklich Männer wären? Das Umweltklima, in dem man lebt, mag bedrückend und entkräftend sein, aber für sich allein darf man es nicht anklagen. Es ist so, wie die Menschen sind. Sie schaffen es, fördern es, gefallen sich darin. Ja eben: wäre der Mann ein Mann ...!

So steht es. Wo bleiben die Männer?

*

Mag sie auch schon über 20 Jahrhunderte alt sein, die Geschichte von Diogenes ist heute noch aktuell. Er spazierte am hellichten Tag mit einer Laterne in der Hand durch die Strassen von Athen. Auf spöttische Fragen erwiderte er: Ich suche einen Menschen.

Ecce homo. Diogenes wusste nichts von Christus. Er hatte den Menschen in seiner Wirklichkeit erkannt, und er hatte nur tiefe Verachtung für ihn übrig. Er konnte nicht wissen, dass Gott sich dieses menschlichen Zerfalls erbarmen und dem Menschen die Möglichkeit schenken würde, wieder echt Mensch zu werden. Nur darf es nicht bei diesem Angebot bleiben. Der Mensch muss es auch annehmen!

Dass das geschieht, ist dringend, ist brennend notwendig. Weil keine Männer da sind, keine Familienhäupter, die wie Christus sich in Liebe hingeben, die lieben und dabei die Persönlichkeit des andern hochachten, müssen die Gattinnen leiden. Aber nicht nur sie, auch alle andern, die zu den Nächsten des Mannes gehören, seine Kinder, seine Untergebenen, seine Gefährten. Und auch er selbst!

Dass es an Männern mangelt, die Christus untertan sind, an Familien, die in Ihm gegründet sind, das ist die wahre Misere unserer Zeit.

*

Mangel an Männern bedeutet Mangel an rechter Autorität. Darunter leiden nicht bloss die Frauen — in weit grösserem Masse auch die Kinder.

Da gibt es einmal die Familien, die wegen eines Ehebruchs zerstört sind. Dann alle jene, die zwar intakt geblieben sind, aber von keiner rechten Autorität gehalten und geführt werden. Vielleicht herrscht die Autorität der Prügel, des Geschimpfes, der Moralpredigten, die mit dem sonstigen Gehabe des Vaters, manchmal auch der Mutter, so gar nicht übereinstimmen wollen. Sie lärmen, sie befehlen, sie fordern, und vor den Augen der Jungen tun sie genau das Gegenteil. Welche Heuchelei!

Die Kinder wagen es oft nicht, etwas dazu zu sagen, aber ihre Gedanken schweigen nicht. Der Tag wird kommen, da sie alt genug sind, um «alles das abzuwerfen» und — gleich zu handeln wie ihre Eltern.

Man klagt über die Anarchie der heutigen Jugend. Wie könnte es anders sein? Wenn ein Vater keine höhere Autorität als seine eigene anerkennt, keine Unterstellung unter Christus kennen will, sich gegen jede höhere Instanz und alle von ihr zu seinem Wohl erlassenen Gesetze auflehnt, wenn eine Mutter dasselbe tut und sowohl der Führung durch Christus wie durch ihren Mann die Gefolgschaft verweigert, wie sollen da die Kinder die Autorität der Eltern anerkennen können? Sie haben Augen und Ohren. Wenn das göttliche oder sittliche oder zivile Gesetz nur ein Vorwand ist, um sich die Kinder gefügig zu machen, während die Eltern ihrerseits sich nicht um diese Gesetze kümmern, welche Macht können solche Väter und Mütter noch ausüben?

Da kann man dann lamentieren, die Kinder dieser Generation seien unausstehlich, und, die Augen zum Himmel erhoben, grosse Phrasen über die heutige Jugend produzieren!

Die Wahrheit ist die, dass der Ast aus dem Stamm hervorgewachsen ist und die Kinder, neben allen Ausnahmen, die die Regel bestätigen, nach dem Muster der Eltern geraten sind.

*

Mangel an Männern bedeutet weiter Mangel an Ehrfurcht. Christus bringt dem Nächsten immer Achtung entgegen. Wenn Er sich einem Geschöpf naht, das zur Einheit mit Ihm bestimmt ist, drückt Er es nicht nieder, entwertet es nicht, schmeichelt ihm nicht. Wenn Er es dann von aller Versklavung befreit hat, lässt Er die Persönlichkeit dieses Wesens voll zur Geltung kommen.

Anders der Mensch. Nach einem lateinischen Sprichwort ist der Mensch dem Menschen der reissende Wolf. Es gibt keine Gemeinheit, keine Verachtung, Trennung, Ausbeutung, Knechtung, kein Verbrechen, das er nicht einem andern angetan hätte.

Weder die Frau eines solchen Menschen, noch der Gatte dieser Frau, noch beide zusammen können diesem Gesetz entfliehen. Man muss nur sehen, wie sie einander behandeln, schon auch nur durch Blicke! Sind die Eltern so, wie werden die Kinder sein? Und wenn es so steht in der Familie, wie dann in der Gesellschaft?

Schliesslich bedeutet Mangel an Männern Mangel an Liebe. Das will nicht heissen: Mangel an Geschlechtlichkeit. Ob nicht die heutige zügellose Erotik vielleicht gerade ein Zeichen dieses Mangels an Liebe ist? Mann und Frau hungern nach der wahren Liebe. Sie wähnen sie in der Geschlechtlichkeit selbst zu finden. Da diese in ihrer gewöhnlichen Form ihre Erwartungen nicht erfüllt, geben sie sich allerlei Extravaganzen, sogar der Unzucht hin in der Meinung, nun endlich und wirklich diese sich ihnen bisher immer entziehende Liebe in festen Händen zu halten. Aber ihre Sinne und ihr Verdruss werden nur angestachelt. Manche könnten mit Byron sagen: *Morgen ist mein Geburtstag. In 12 Minuten, wenn meine Wanduhr Mitternacht geschlagen hat, werde ich mein dreiunddreissigstes Lebensjahr vollendet haben. Ich lege mich mit einem Gewicht auf dem Herzen nieder, mit dem Gedanken, dass ich so lange und mit so wenig Gewinn gelebt habe. Die Blüten und die Früchte des Vergnügens sind vorbei. Dornen, Würmer, Fäulnis — nichts anderes bleibt mir übrig. Ich finde keinen Genuss mehr in der Sinnenlust, ich schleppe ihre Ketten nach. Mein Leben ist eine Hölle.* (Tagebuch von Lord Byron 1788—1824).

*

«Nein, Geschlechtlichkeit ist nicht Liebe. Sie dient ihr nur als tragende Stütze.»

Es genügt in der Tat nicht, einen Mann und eine Frau unter dasselbe Dach zu bringen. Die Liebe ist eine Frucht des Geistes. Nur die Häuslichkeiten, die Herzen, die Leiber, in die der Geist Christi einziehen konnte, schmecken die Süsse der Liebe. Und weil die Liebe eben nicht Frucht der Geschlechtlichkeit ist, ist sie auch die Freude und das Vorrecht vieler unverheirateter Menschen. Fehlt diese Liebe, so kennt der Mensch nur noch eine einzige Art der Autorität, jene, die darin besteht, die andern herabzusetzen, zu unterwerfen, auszubeuten. Und die eine Wirklichkeit, die ihnen noch Respekt einflösst, ist — aus guten Gründen — der Tod. Vor ihm beugen sie sich. Sie haben keine andere Wahl.

Was bleibt noch ungeschmälert in einer Welt, der die Liebe fehlt, in der die Autorität erniedrigt und zermalmt, wo nur der Tod ein Ort der Gleichheit und Brüderlichkeit ist? Der Hass! Sogar unter dem Patronat des Friedens sucht der Mann — oder sein Ersatz — die Herrschaft des Hasses aufzurichten. Und er verlangt noch, dass man ihm Beifall zolle!

*

Man soll nicht nach Schuldigen suchen. Man muss nach Männern suchen. Männer, die willig sind, zu hören und zu verstehen.

Man muss sie herbeirufen, sie müssen unsern Schrei hören: Weh euch! Kehret um!

Denn von uns Männern wird Rechenschaft gefordert werden über die Leiden der Kinder, den Schmerz der Mütter, die Bosheit der Männer. Und wir werden ohne Entschuldigung dastehen! Denn die Liebe Christi ist uns angeboten worden. Doch in neun von zehn Fällen haben sich nur die Hände der Kinder und die Hände der Frauen unter dem Kreuz ausgestreckt, um sie zu empfangen.

GATTIN EINES UNGLÄUBIGEN

Wir dürfen dieses Kapitel, in dem mit leidenschaftlichem Ernst der Platz und an diesem Platz die Aufgabe jedes der Partner in ihrer Ehe aufgezeigt worden ist, nicht schliessen, ohne eine berechtigte Frage, die manche Frauen stellen könnten, zu beantworten.

Es ist leicht zu verstehen, dass da, wo der Mann ein Haupt ist, das sich tatsächlich für die Freude seiner Frau hingibt, diese sich in der freien Abhängigkeit von einem solchen Gatten glücklich fühlt. Nur sind solche Gatten dünn gesät!

Ferner sind viele Männer allzusehr in den Ketten ihrer Bequemlichkeit und ihres Selbstbewusstseins gefangen, um zuzugeben, dass es höhere Ziele für sie geben könnte. Viele Frauen befinden sich deshalb in einer umso schmerzlicheren Lage, als sie wohl sehen, woran ihre Ehe krankt, aber mit ihrer Sehnsucht nach einer Wendung zum Besseren allein stehen.

Endlich gibt es neben vielen Männern mit ungezügelter Herrschsucht auch viele, die keinerlei Autorität besitzen.

Wie stellt sich unter solchen Umständen die Struktur einer Ehe dar? Wie soll eine Frau sich gegenüber dem Schimpf oder den Verlegenheiten verhalten, welche die Despotie oder aber die Schwächlichkeit des Gatten ihr bereiten?

Der gesunde Menschenverstand sagt uns: Wenn dem Machtanspruch mit einem zweiten Machtanspruch geantwortet wird, wenn der Gatte also auf Widerstand stösst, so entgeht die Frau vielleicht einer Knechtung, die Gatten gelangen aber nie zu einer wahren Einheit. Die Ehe hat dann zwei Häupter. Jedes setzt sich vielleicht in einem eigenen Gebiet durch, damit die Köpfe nicht zusammenstossen. Sie mögen auch im Laufe der Jahre in diesem oder jenem eine gemeinsame Blickrichtung finden, da die Erfahrung sie gelehrt hat, sich gegenseitig gewisse Konzessionen zu machen. Aber was Liebe in innerster Einheit ist, werden sie nie erleben. Solche Gatten werden vielleicht Glück empfinden im Geschäftlichen, wie es zwei Teilhaber empfinden, oder Glück im Vergnügen, wie zwei Reisegefährten, Glück vielleicht noch im Geschlechtlichen, wie zwei gelegentliche Geniesser — aber immer bleiben sie zwei, das heisst Einsame, und darunter werden sie in unzähligen Stunden und Erlebnissen schmerzlich leiden.

Ja, der gesunde Menschenverstand sagt es uns.

Er macht auch das Unnatürliche einer andern Situation klar: wenn nämlich die Frau als Antwort auf die Kleinlichkeit des Mannes, vielleicht ebenso aus Gefallen als aus Notwendigkeit, selbst die Autorität übernimmt.

Sie wird behaupten, dass sie nicht anders handeln konnte, dass es nach enttäuschenden Erfahrungen nach und nach soweit kommen musste. Man glaubt ihr recht geben zu müssen. Unter ihrem Kommando scheint es gut, ja besser zu gehen. Aber auf der Ebene der Liebe in der Einheit, wie steht es mit ihnen? Es wurde bereits gesagt. Wenn das männliche Regiment die Gatten in der Einsamkeit liess, ist es unter weiblichem Regiment nicht anders. Auch der Gatte, der damit einverstanden scheint, ist niemals glücklich, wenn seine Frau die Hosen anhat! Sie sind wohl beieinander, aber doch getrennt, und die leidvollen Stunden fehlen nicht. Denn ein Leib kann nur *ein* Haupt haben, und um in Harmonie zusammen zu leben, muss es am richtigen Ort sitzen!

*

Was ist aber zu tun, wenn man sowohl die Unterwerfung unter einen herrschsüchtigen Gatten als auch die Verkümmerung bei Fehlen eines wahren Hauptes ablehnen will?

Es ist klar, Unmögliches kann nicht verlangt werden. *Es sei denn, Gott schalte sich ein.* Und Er tut es, indem Er durch die Vermittlung des Apostels Petrus gerade den Frauen solcher Männer schreibt (1. Petrus 2, 19—3, 6):

Denn das ist Gnade, wenn jemand, weil er Gottes eingedenk ist, Trübsal erträgt, sofern er Unrecht leidet. Denn dazu seid ihr berufen worden, weil auch Christus für euch gelitten und euch ein Vorbild hinterlassen hat, damit ihr seinen Fusstapfen nachfolgt. Er hat keine Sünde getan, noch ist Trug in seinem Munde gefunden worden. Als er gescholten wurde, schalt er nicht wieder; als er litt, drohte er nicht; er übergab es vielmehr dem, der gerecht richtet. Er hat unsre Sünden an seinem Leibe selber an das Holz hinaufgetragen, damit wir von den Sünden loskämen und der Gerechtigkeit lebten ...

Gleicherweise, ihr Frauen, seid untertan euren Männern, damit, auch wenn etliche dem Worte nicht gehorsam sind, sie durch den Wandel ihrer Frauen ohne Wort gewonnen werden, wenn sie euren Wandel in Scheu und Zucht beobachten! Euer Anliegen sei nicht der äussere Schmuck durch Flechten der Haare und Umhängen von Gold oder Anziehen von Gewändern, sondern der verborgene Mensch des Herzens in dem unvergänglichen Wesen des sanftmütigen und stillen Geistes! Das ist köstlich vor Gott. Denn so schmückten sich vor Zeiten auch die heiligen Frauen, die ihre Hoffnung auf Gott setzten, und waren ihren Männern untertan, wie Sara dem Abraham gehorsam war. Deren Kinder seid ihr geworden, wenn ihr recht tut und keine Furcht hegt.

Der Betrachtung dieses Textes sind drei Bemerkungen vorauszuschicken.

Wenn hier die an einen Ungläubigen gebundene Frau angeredet wird, so lässt ihr das Wort Gottes keine Illusionen über die Lage, in der sie sich befinden kann. Ihr Glück? Das Beispiel dafür gibt ihr der in die Hände der Menschen überlieferte Christus. So weit kann das Leid einer Gattin gehen! Sind sie sich dessen bewusst, alle die jungen Mädchen, die, nach dem Aeussern urteilend, genügende Sicherheit darin erblicken, dass der Mann, mit dem sie verkehren, die Prästanz eines Sportsmannes, die in der Gesellschaft beliebte geistige Gewandtheit, die erwünschte gefüllte Brieftasche besitzt? Als ob das die Hauptsache wäre!

Diese Ermahnung will, in einigen ihrer Einzelheiten, nicht etwa die Frau veranlassen, sich mit schlechtem Geschmack zu kleiden, ihr Aeusseres zu vernachlässigen. Nicht mit der Kleidung an sich will der Apostel sich auseinandersetzen, sondern mit den Gründen, sich damit hervorzutun. Wenn sich die

Frau auffallend kleidet, könnte sie den Drang haben, die Blicke — und was für Blicke — auf sich zu ziehen, oder sie könnte in ihrer Aufmachung ein Interesse für sich in Anspruch nehmen, das mit der zurückhaltenden Stellung, die Gott ihr an der Seite ihres Gatten bestimmt hat, nicht vereinbar ist.

Frage sie sich darum, wem sie eigentlich gefallen möchte. Frage sie sich auch, ob sie, indem sie nach Gefallen strebt, diejenige bleiben kann, die «hilft»; denn der Aufputz unzähliger Frauen ist eine Aufforderung an die schamloseste männliche Begehrlichkeit. Frage sie sich endlich, ob nicht dieses Streben nach äusserem Schmuck eine ganz falsche Einstellung verrät, weil der Nachdruck ausschliesslich auf den Schein gelegt wird. Mit dem Geld, das man dafür aufwendet, der Zeit, die man ihm widmet, dem Interesse, das man dafür zeigt, täuscht man für diese Dinge einen eigenen Wert vor, dessen sie in Wirklichkeit völlig entbehren.

*

Mit dem nochmaligen Hinweis auf die Stellung der Gatten in der Ehe richtet hier das Wort Gottes einen besonders eindrücklichen Ruf an die gläubige Frau, die mit einem ungläubigen Gatten verbunden ist.

In der *auf den Felsen* des göttlichen Willens erbauten Ehe ist das Wirken jedes Partners auf seinem eigenen Platze ein Beitrag zur Harmonie und zum Glück. Wie richtig die hier vorgezeichnete Einstellung der Frau ist, zeigt sich dort, wo infolge der Ungläubigkeit des Mannes statt dem Felsen der Liebe der Sandgrund der Herrschsucht oder der Schwächlichkeit das Fundament abgeben sollte.

Der gesunde Menschenverstand sagt uns, dass im Falle des «schwachen» Gatten, der den Platz des Hauptes nicht einnimmt, diese «Vakanz» eine ständige Aufforderung an ihn bedeutet, seine Verantwortung ernst zu nehmen und sich auf diesen Platz zu stellen. Nimmt aber die Frau ihn ein, so läuft sie Gefahr, diese Autorität bleibend auszuüben, bis sie ihr Unrecht nicht mehr empfindet und so ihren Gatten auf immer hindert, das zu werden, was sie doch in ihrem Innersten für ihn wünscht.

*

Und im Fall des despotischen Gatten?

Der Petrustext ist voller Verheissungen für die Frau, die im Glauben an Christus lebt.

Wenn sie an ihrem Platz und in einer bestimmten Haltung bleibt, ist ihr gesagt, dass sie einerseits für die Bekehrung ihres Mannes wirkt, anderseits folgerichtig auch für die Einheit ihrer Ehe und das Zeugnis, das jede Ehe zur Aufgabe hat.

Zu Beginn des christlichen Zeitalters kam es oft vor, dass sich eine Frau bekehrte, während ihr Mann das Evangelium noch ablehnte. Auch heute haben viele, sogar mit einer kirchlichen Feier, leichthin und in völliger Unwissenheit über das Wesen eines lebendigen Glaubens eine Heirat geschlossen und vielleicht erst später ihren Damaskusweg gefunden. Das Evangelium kennt diese Tatsachen. Es weist auf die unvergleichlichen Freuden des Glaubens an Christus hin, verschweigt aber nicht, dass dieses neue Leben oft mit ernsten Schwierigkeiten verbunden ist. Es weiss, dass ausserhalb des Glaubens die Launen der Gatten oft zu allerlei Spannungen führen. Es weiss auch, dass der Glaube einer Gattin die Gemütsverfassung des ungläubigen Mannes noch verschlimmern kann, dass ein heidnischer Gatte seiner Frau sogar eine Despotie, die bis zu gröblicher Beleidigung geht, auferlegen kann. Entgegen dem Empfinden einer rein menschlichen Gerechtigkeit lässt das Evangelium die Frau all dies nicht zum Vorwand zur Auflehnung nehmen, zu erbittertem Protest, der bis zur Scheidung führen kann. Er stellt ihr das Beispiel Christi vor Augen, der, da Er gescholten wurde, nicht wieder schalt, da Er litt, nicht drohte, vielmehr Seine Sache Gott übergab, vor dem nichts verborgen ist und dessen Gericht Seine Geschöpfe immer zu finden weiss. Daraus folgert das Evangelium, dass solch eine Frau, die Jüngerin Christi sein will, ihre Rechtfertigung von Gott erwarten soll. Mag ihre Lage noch so schwer sein, sie darf ihre Berufung nicht verleugnen.

*

Folgendes muss noch deutlich gesagt werden: Wenn Gott einen Menschen vom Unglauben zum Glauben, somit auch vom Tode zum ewigen Leben geführt hat und ihn nun in manchmal sehr schwierigen irdischen Verhältnissen weiterleben lässt, wie z. B. die an einen despotischen Mann gebundene Frau, so soll sie damit nicht etwa den Preis für ihr ewiges Heil bezahlen. Das Zeugnis, das Er von den Seinen verlangt, ist nicht das Opfergeld für ihr himmlisches Glück. Die das glauben, verfälschen die Wahrheit. Solche Tugendhaftigkeit ist nicht verlockend und führt eher vom Glauben weg.

Nein, das Dasein der Gläubigen, insbesondere das der gläubigen Frau am Herde des Gottfernen, hat ein ganz anderes Ziel, nämlich die Barmherzigkeit Gottes. Wenn es Menschen gibt, die durch die blosse Predigt des Evangeliums zur Erkenntnis des lebendigen Christus geführt werden, so müssen viele andere das Wort durch ihre Nächsten gelebt sehen, um davon erfasst zu werden. Nur ein solches, hundertmal aufs neue sichtbar gewordenes Beispiel vermag den hartnäckigen Unglauben zu überwinden und zu überzeugen.

Um solche Menschen zu gewinnen, spricht Gott zu ihren gläubigen Frauen: *Seid meine Zeugen vor euern Männern!* Damit ist zwar noch nicht gesagt, dass sich letztere notwendigerweise gewinnen und überzeugen lassen werden. Es könnte sogar sein, dass die demütige und geduldige Haltung dem Manne einen Vorwand bietet, seine Frau noch mehr zu bedrängen. Sie wird auch in solcher Not sich daran klammern, dass sie in der Gegenwart ihres Herrn steht, der alles weiss und gerecht urteilt. Er hat verheissen, dass Seine Getreuen nie über ihre Kräfte geprüft werden sollen.

GOTTES BEFEHL

Ohne Zweifel, die von Christi Geist gelenkte Frau wird hundertmal lieber ungerecht leiden als sich dem Vorwurf aussetzen, das göttliche Werk im Herzen eines Ungläubigen durch ihre Auflehnung verhindert zu haben, um so mehr, wenn es sich um ihren Gatten handelt. Das könnte allerdings leicht der Fall sein, wenn sie im Namen ihres Glaubens ein Zeugnis in Worten ablegt, das aber sogleich vor den Augen des Mannes, und auch der Kinder, durch eine Haltung der Respektlosigkeit, der Widerspenstigkeit und der Ablehnung zunichte gemacht wird. (Es sei beigefügt, dass die gleichen Forderungen auch für den Fall eines christlichen Gemahls und einer dem Evangelium feindlichen Frau gelten.) Die christliche Ehefrau wird demnach zu einem «*Wandel in Scheu und Zucht*» aufgerufen.

*

Dieses zuchtvolle Leben lässt sich nach verschiedenen, gleichermassen wichtigen Seiten betrachten. Stellen wir zuerst seine Begrenzung fest. In keinem Fall kann die Frau, um ihrem Manne zu gefallen und ihm die in Christus gefundenen Segnungen sichtbar zu machen, es auf sich nehmen, durch ihre Haltung dem Herrn zu missfallen. Die Unterordnung und die schuldige Achtung gegenüber dem ungläubigen Mann haben dem Gehorsam gegenüber Christus den ersten Rang einzuräumen.

Dieser zuchtvolle Wandel will zuerst den Geboten des Herrn treu sein, und das gerade auch auf dem Gebiet, wo der Gatte geneigt sein könnte, sich benachteiligt zu fühlen. Keine christliche Frau darf sich aus Gründen der Frömmigkeit ihrem Manne verweigern, es sei denn, er verlange Praktiken, die nicht mehr der gottgewollten ehelichen Liebe, sondern einer Verdorbenheit niedrigster Art entspringen. Dann hat sie die Pflicht, sich zu widersetzen.

Dieses zuchtvolle Leben setzt sich die Bekehrung des Mannes zum Ziel. Er wird deshalb von einer anhaltenden Fürbitte begleitet sein, gestützt auf die Verheissung Gottes: *Die Männer werden durch den Wandel ihrer Frauen, ohne Predigt des Wortes, gewonnen werden.*

Es mag geschehen, dass auch ein solches Zeugnis mit andauernder Fürbitte ohne Wirkung bleibt. War es etwa weniger die Frucht christlicher Liebe als einer unbewussten oder uneingestandenen Selbstsucht: «Herr, bekehre meinen Mann, damit er mich nicht mehr plage!»?

*

Der unvergleichliche Wert dieses zuchtvollen Lebens liegt aber vor allem darin, dass er die Gattin in einen Menschen umwandelt, der *in dem unvergänglichen Wesen eines sanftmütigen und stillen Geistes* geborgen ist. Diese Sanftmut und Stille sind gleichsam die beiden Stücke des Gewandes, in das sie sich hüllt, um ihrem Mann und zugleich Gott zu gefallen. Um den Stoff zu erwerben, aus dem es geschnitten wird, braucht sie nicht weit zu gehen, und ausserdem ist er allezeit ohne Kaufpreis zu haben! Denn es heisst: *Gleicherweise wie Christus, ihr Frauen, seid* ... usw.

Wie sich Christus in allen, selbst den schwierigsten Lagen verhalten hat, so soll sich auch der Christ verhalten. Gegenüber heftigstem Widerstand, unter Schmähungen, bei schändlichsten Misshandlungen blieb Jesus *«sanftmütig und von Herzen demütig».* So war Er unter den Seinen. So blieb Er auch inmitten Seiner Feinde.

Ob Mann oder Frau, falls sie Jesus Christus untertan sind, werden sie sich nicht anders als ihr Meister verhalten wollen, ja sie sollen Ihm schon deshalb ähnlich werden, weil sie vor ihrem Ehepartner Zeugnis für Ihn ablegen möchten. Um so mehr, wenn dieser ein Ungläubiger ist!

Nichts vermochte die Liebe Christi zu den Seinen zu zerstören, nichts Seine Sanftmut und Seinen Frieden zu erschüttern — weder das Geschrei der aufgeregten Volksmenge, die

Anklagen des Hohenpriesters, die Ohrfeigen der Ratsherren, das Gespött, Gegeifer und Geisseln der Soldaten, noch der Verrat und die Flucht der Jünger. Selbst am Kreuz atmen Seine Worte noch diesen Frieden und diese Sanftmut, die bis zum Ende Seinen Geist und Sein Herz erfüllten. Darum ist es bei dem mit einem Ungläubigen verbundenen Christen gerade die Bezeugung solcher Sanftmut und solchen Friedens, die das verhärtete Herz dem Heil zuführen kann.

Die Güte Gottes, die bis in den Kreuzestod hinein offenbar gewordene Liebe führen den Menschen zur Busse. Unter den vielerlei Aspekten dieser Gottesgüte strahlt Sein sanftmütiger und friedlicher Geist in besonderem Glanze. Wenn eine Gattin in dieses Gewand gehüllt ist in Stunden, da das Verhalten, die Worte, das Tun und Lassen ihres ungläubigen Mannes Bitterkeit, Zorn und Auflehnung bewirken könnten, dann erweist sie sich als Dienerin ihres gekreuzigten Herrn. *Ohne Worte* bedeutet sie in dieser Haltung für ihren Gatten einen Ruf zur Umkehr, einen Gottessegen. Und so, wie das von Christus aus Liebe zu den Seinen gebrachte Opfer kostbar und folgenschwer war, ist ebenfalls kostbar und folgenschwer der sanftmütige und stille Geist eines Menschen, der aus Treue zu Christus und Liebe zu den Seinen geduldig und friedfertig an der Seite eines launenhaften und schwer zu ertragenden Gatten oder einer solchen Gattin aushält.

*

Vom Evangelium aus gesehen besteht die Grösse eines Mannes oder einer Frau nicht in dem, was sie tun, sondern in dem, was sie sind. Auf all ihren Gängen, in all ihrem Tun, besonders in den bescheidenen Obliegenheiten, die oft unscheinbar ihren Arbeitstag füllen, kann eine Frau gross sein durch die Sanftmut und die Ruhe, die sie mit sich trägt. Selten werden Grosstaten von ihr berichtet werden. Es kann sein, dass alle Familienglieder, wie auch Gäste im Hause, von diesem wohltuenden Geiste zehren, ohne sich dessen eigentlich bewusst zu werden oder je ein Wort darüber zu verlieren! Doch gerade hier liegt der köstliche Dienst der Frau, in diesem sanftmütigen und liebevollen Frieden, mit dem sie das Leben ihres Gatten umgibt und die ganze Atmosphäre des Hauses prägt. Vinet schrieb: *Eine ungetrübte Frauenstirn hat eine unfassliche Macht.* Durch den Glauben wird jeder Mann ein Sohn Abrahams. Durch die Sanftmut und den Herzensfrieden wird jede Gattin eine Tochter Saras. Es kostet den Mann etwas, ein Abrahamssohn zu werden — nicht weniger, als sich selbst zu sterben. Denselben Preis hat die Frau zu zahlen, wenn sie nicht nur Abrahams-, sondern auch Sarastochter werden will!

*

Sollen wir es verschweigen? Das Wort Gottes ist scharfsichtig. Es weiss im voraus, was für einen Anklang, was für eine Aufnahme eine derartige Haltung in der Welt finden wird. Haben sich nicht tausend Stimmen erhoben, um der Frau einen andern Begriff von Grösse zu geben, ihr einen ganz andern Schmuck als begehrenswert vorzugaukeln?

Man weiss auch, wohin diese modernen Bestrebungen, diese neue Auffassung von Grösse geführt haben. Man weiss, mit welchen Kotspritzern heute die Frau besudelt wird, die als Gleichgestellte des Mannes oder gar als sein Meister oder sein Abgott dasteht.

Neben dieser angeblichen Emanzipation geht gleichen Schrittes die schamloseste Ausbeutung der Frau einher. Sie ist bald Erwerbsquelle, bald verschieden kotierte Ware auf dem Arbeitsmarkt, Luxusartikel, Gegenstand der Begehrlichkeit und des Vergnügens. Darum kann sie auch der Mann, nach erfolgtem Gebrauch und Dienst, wieder fahren lassen. Warum sollte er sich um sie kümmern? Nachdem sie seine Partnerin mit gleichen Rechten und Pflichten geworden ist, hat er auch die «Freiheit», sie aufzugeben und es ihr zu überlassen, wie sie sich weiter durchschlägt. Vor allem, wenn sie aufgehört hat, ihm zu gefallen, und ihre Reize für ihn erschöpft hat. Die Forderungen gewisser Frauenbewegungen, ihre unbegrenzten Anreizungen, die Rechte der Frau geltend zu machen, die Unterordnung unter den Gatten zu verweigern, aus ihrer Rolle als Gehilfin in die einer Partnerin hinüberzuwechseln, die Aufrufe, den ersten Rang einzunehmen, eine Grösse zu erstreben, die sie nur zu lange und zu oft dem Manne überlassen habe — all das wird verkündet, gedruckt, zirkuliert, wiederholt, auf tausend Arten und mit tausend Stimmen gelehrt... Kann das nicht in *treuen* Frauen die Befürchtung wecken, von den andern missverstanden zu werden und als lächerlich rückständig zu gelten, wenn sie in diesem Strom nicht mitschwimmen? Welche Antwort gibt der Heilige Geist? «*Hegt keine Furcht ... tut das Gute!*» Da es das Gute ist, was Gott will und in Seinem Wort offenbart, braucht sich die Frau nur vor einem zu fürchten: dem göttlichen Willen, der Berufung Gottes, die Sein Wort klar umschreibt, untreu zu werden. Möge sie nicht auf die Weisen dieser Welt hören, die, manchmal bis in die Kreise der Gemeinde hinein, sich für klüger als Gott halten und die Frau auffordern, eine andere Stellung einzunehmen, als sie in der Schrift gelehrt wird. Möge sie darum auf die göttliche Weisheit hören und ihrem Manne behilflich sein, sie auch für sich zu entdecken.

Die Befreiung der Frau nach der Weise Christi übertrifft unendlich die grosszügigsten modernen Gleichmacher. Durch denselben Geist getrieben wie der Apostel Paulus, wendet sich nämlich auch der Apostel Petrus nun an die Gatten.

Desgleichen, ihr Männer, wohnet einsichtig zusammen mit euern Frauen, erweiset ihnen Ehre als solchen, die auch Miterben der Gnade des Lebens sind, damit eure Gebete nicht gehindert werden.

Wir könnten keinen glücklicheren Abschluss dieses Kapitels finden. Dieses Wort bestätigt wirklich alles, was bisher gesagt wurde. Die höhere Stellung des Gatten fliesst nicht aus seiner Natur, sondern aus der Verantwortung, die nach Gottes Befehl der Mann seiner Frau gegenüber zu übernehmen hat. Denn ihr gemeinsames Erbe bringt sie, was ihre Stellung vor Gott und voreinander anbetrifft, wieder genau auf dieselbe Ebene. Beide bedürfen sie der Gnade Gottes. Der von Christus bezahlte Preis war derselbe für den Mann wie für die Frau. Der Herr liebt sie mit einer gleichen Liebe, und die beiden zugeteilte Gnade erinnert den Gatten, sollte er es je vergessen, an den unvergleichlichen Wert seiner Gefährtin.

Er kann sich darum auch niemals auf seine Autorität berufen, um von seiner Frau ein Verhalten zu fordern, das einer Sklavin, nicht aber einer Erbin der Gnade entspräche. Nein, der Befehl ist klar: *Habt Einsicht, erweist Ehre!* Die hervorstechende Verantwortung des Mannes liegt hierin: treu zu sein in den kleinen Dingen, den scheinbaren Nichtigkeiten, den Einzelheiten der Haltung, der Gesten, der Worte und Blicke, die dem täglichen Zusammenleben und der Liebe der Gatten ihren wahren Ton und ihre Farbe verleihen. Solche Einsicht, mit allen Rücksichten, die sie begleiten sollen, wird die Persönlichkeit der Frau ins richtige Licht stellen, ohne sie die feste und liebevolle Autorität, deren sie bedarf, entbehren zu lassen. Denn die Empfindsamkeit, das Gefühlsleben, die Intuition der Frau können sowohl für sie als auch für ihn zu einer Falle werden.

*

Allein, wer ist solcher Verantwortung gewachsen? Gemeinsam, auf den Knien, dürfen die Ehegatten vom Herrn die Kraft empfangen, einander das zu sein, was Gott will. Der Mann, Priester seines häuslichen Herdes, vermag dieses geweihte Amt vor und mit seiner Gattin nicht zu erfüllen, wenn sein Verhalten ihr gegenüber, sein Mangel an Rücksicht, es Lügen straft. Noblesse oblige! Die dem Manne zugeteilte Rolle als Haupt ist nicht ein Ehrentitel, noch weniger ein Vorrecht. Sie ist eine schwerwiegende Verantwortung. Um ihr gerecht zu werden, soll jeder Gatte demütig den Beistand des Herrn und die Fürbitte seiner Gattin erbitten.

III. KAPITEL

Entdeckung der Liebe

Entdeckung der Wirklichkeit, Entdeckung der Wahrheit! Wir haben die Menschen auf voller Entdeckungsfahrt eingeholt, uns ihnen zugesellt, ihre Leiden erkannt, nach helfenden Mitteln gesucht, den Weg der Heilung gefunden.

Nun müssen wir uns zurückwenden, um der Wirklichkeit nochmals ins Auge zu blicken. Von den unzähligen Ehepaaren, die mit Schwierigkeiten zu kämpfen haben, müsste nämlich der grösste Teil ehrlich zugeben: die wahren Ursachen liegen nicht nur in der Ehe selbst, sondern in dem, was ihr vorausging.

Darüber zu reden, ist nicht leicht. Denn auf diesem Gebiet muss notwendigerweise manches «erahnt» werden. Die Gatten mögen den Ernst der gegenwärtigen Lage erkennen, aber sie werden selten zugeben, dass ihr Ursprung auf eine nähere oder fernere Vergangenheit zurückgeht! Es ist soviel einfacher, gegenwärtige Umstände anzuklagen! Da lässt sich mit Fingern auf Verhältnisse, Begebenheiten, ausser einem liegende Ursachen zeigen. Wenn man dagegen die eigene Vergangenheit durchforschen, ein gewisses Verhalten ans Licht ziehen müsste: Freiheiten, die man sich gestattete, Ungeradheiten, die man gegenseitig stillschweigend duldete — so müsste man sich schuldig bekennen oder hätte zumindest kein Recht mehr, sich zu wundern oder zu beklagen, dass man heute miteinander erntet, was man gestern miteinander gesät hat.

*

Auch aus einem andern Grund ist es schwierig, zur Wurzel eines solchen Uebels vorzudringen: es sollen nämlich nicht nur

Ehegatten veranlasst werden, über ihren früheren Umgang miteinander nachzudenken, nein, auch die Jungen, die heute in diesem Lebensabschnitt stehen, sollen angesprochen werden. Wir wissen, es gehört zum Jungsein, die Spender guter Ratschläge zu fliehen oder, wenn man ihnen nicht ausweichen konnte, nun erst recht anders zu handeln. Denn die Jungen sehen grundsätzlich in den Aelteren Leute, die von den Problemen der Jugend wenig verstehen.

Und doch! Es wäre Unsinn, die Wichtigkeit einer Vorbereitung auf die Ehe bewusst abzuleugnen. Denn die Mauerrisse eines Gebäudes sind wohl weniger auf ein unwahrscheinliches Erdbeben als vielmehr auf eine schlechte Fundamentierung zurückzuführen. Wer deshalb seinen Nächsten auffordert, der Wahl des Bodens, auf dem er bauen und das Glück seiner späteren Familie gründen will, all seine Aufmerksamkeit zu widmen, macht sich bestimmt keiner Einmischung in fremde Angelegenheiten schuldig.

Aber wie steht es? Wo ist der sachverständige Baumeister zu finden? Zugegeben, das Beispiel vieler Ehepaare ist wenig ermutigend. Sieht man nicht manche, die schon beim dritten Neuaufbau angelangt sind und das Bild eines bedenklich schwankenden Hauses bieten?

Es gibt freilich auch solche, deren Ehe ein Erfolg zu sein scheint. Man möchte indessen gerne wissen, ob der äussere Anschein der dahinterliegenden verborgenen Wirklichkeit auch entspricht. Und selbst wenn das Innere und das Aeussere übereinstimmen, lässt sich dann wohl folgern, dass die für diese Ehe gültige Norm auch auf andere anwendbar ist? Ist es angesichts der Verschiedenheiten der Lebensverhältnisse, der Vererbung, der Familien, der Bildung, der persönlichen Umstände, des Temperaments und Charakters nicht unmöglich, Regeln aufzustellen, die jederzeit und für jedermann gültig sind? Und wer wollte es wagen, sie zu formulieren, ohne Gefahr zu laufen, zu jenen Theoretikern gerechnet zu werden, von denen ein Apostel sagt: *Quellen ohne Wasser, vom Sturmwind getriebene Nebelwolken, verheissen sie Freiheit, während sie selbst Sklaven des Verderbens sind!*

*

In den beiden vorangehenden Kapiteln haben wir festgestellt, dass die Bibel mit wenigen Worten die tiefsten, wahrsten und überzeugendsten Aussagen bringt, die je über die Liebe gemacht worden sind. Darum finden auch alle Ausführungen und Erfahrungen auf diesem Gebiete, wenn man sie dem Bibelwort gegenüberstellt, jedesmal ihre Bestätigung und Erklärung.

Im Licht eines Bibeltextes sollen daher nun die Grundregeln einer glücklichen Vorbereitung auf die Ehe gesucht werden.

*

1. Mose 24, 1—51. 62—67:

Abraham aber war alt geworden und hochbetagt, und der Herr hatte ihn in allem gesegnet. Nun sprach Abraham zu dem ältesten Knecht seines Hauses, der Verwalter aller seiner Güter war: Lege doch deine Hand unter meine Hüfte; ich will dich schwören lassen bei dem Herrn, dem Gott des Himmels und dem Gott der Erde, dass du meinem Sohne kein Weib nehmest von den Töchtern der Kanaaniter, unter denen ich wohne, sondern in mein Vaterland und zu meiner Verwandtschaft sollst du ziehen, ein Weib für meinen Sohn Isaak zu holen. Da sprach der Knecht zu ihm: Wie, wenn mir das Weib in dieses Land nicht folgen will? Soll ich alsdann deinen Sohn in jenes Land zurückbringen, aus dem du weggezogen bist? Abraham sprach zu ihm: Hüte dich wohl, meinen Sohn dorthin zurückzubringen! Der Herr, der Gott des Himmels, der mich aus meines Vaters Hause und aus dem Lande meiner Verwandtschaft genommen, der mit mir geredet und mir geschworen hat: «Deinen Nachkommen will ich dieses Land geben» — der wird seinen Engel vor dir hersenden, dass du dort ein Weib für meinen Sohn bekommst. Wenn aber das Weib nicht mit dir ziehen will, so bist du dieses Eides ledig; doch meinen Sohn darfst du nicht wieder dorthin bringen. Da legte der Knecht seine Hand unter die Hüfte Abrahams, seines Herrn, und schwur, nach seinem Wort zu tun.

Dann nahm der Knecht zehn Kamele von den Kamelen seines Herrn und allerlei Kostbarkeiten seines Herrn mit sich, brach auf und zog nach Syrien am Euphrat, nach der Stadt Nahors. Da liess er die Kamele sich lagern, draussen vor der Stadt am Wasserquell, abends um die Zeit, da die Frauen herauskommen, um zu schöpfen. Und er sprach: O Herr, du Gott meines Herrn Abraham, lass es mir doch heute glücken und erweise dich gütig gegen Abraham, meinen Herrn! Ich stelle mich jetzt hier an den Wasserquell, wenn die Töchter der Stadtbewohner herauskommen, um Wasser zu schöpfen: das Mädchen nun, zu dem ich sage: «Neige doch deinen Krug, dass ich trinke», und das dann spricht: «Trinke, und auch deine Kamele will ich tränken» — d i e soll es sein, die du deinem Knechte Isaak bestimmt hast; daran will ich erkennen, dass du dich gegen meinen Herrn gütig erweisest.

Und ehe er noch ausgeredet hatte, siehe, da kam auch schon Rebekka heraus, die Tochter Bethuels, des Sohnes der Milka, des Weibes Nahors, des Bruders Abrahams; die trug ihren Krug auf der Achsel. Das Mädchen war sehr schön von Ansehen, eine Jungfrau; noch kein Mann hatte sie berührt. Sie stieg zum Quell hinab, füllte ihren Krug und stieg wieder herauf. Da lief ihr der Knecht entgegen und sprach: Lass mich doch ein wenig Wasser aus deinem Kruge trinken. Sie sprach: Trinke, Herr! Und schnell nahm sie ihren Krug herab auf die Hand und gab ihm zu trinken. Und als sie ihm genug zu trinken gegeben, sprach sie: Auch deinen Kamelen will ich schöpfen, bis sie genug getrunken haben. Und eilends leerte sie den Krug in die Tränkerinne; dann lief sie abermals zum Brun-

nen, um zu schöpfen, und schöpfte für alle seine Kamele. Der Mann aber schaute ihr verwundert zu und schwieg stille, um zu erkennen, ob der Herr seine Reise habe gelingen lassen oder nicht. Als nun die Kamele genug getrunken hatten, nahm der Mann einen goldenen Nasenring, ein halbes Lot schwer, und zwei Spangen für ihre Arme, zehn Lot Gold schwer. Und er sprach: Wessen Tochter bist du? Sage es mir doch! Finden wir in deines Vaters Hause wohl Platz zum Uebernachten? Sie sprach zu ihm: Ich bin die Tochter Bethuels, des Sohnes der Milka, den sie dem Nahor geboren hat. Dann sagte sie zu ihm: Wir haben Stroh und Futter in Fülle, und auch Platz zum Uebernachten. Da verneigte sich der Mann, fiel vor dem Herrn nieder und sprach: Gelobt sei der Herr, der Gott meines Gebieters Abraham, der seine Huld und Treue meinem Gebieter nicht entzogen hat! Mich hat Gott wahrhaftig den Weg zum Hause des Bruders meines Herrn geführt! Das Mädchen aber lief hin und erzählte alles im Hause ihrer Mutter. Nun hatte Rebekka einen Bruder, der hiess Laban. Als der den Nasenring sah und die Spangen an den Armen seiner Schwester, und als er hörte, wie seine Schwester Rebekka erzählte: «So und so hat der Mann zu mir geredet», lief er zu dem Manne hinaus an den Brunnen; und wie er zu dem Manne kam, stand der noch immer bei den Kamelen am Brunnen. Und Laban sprach zu ihm: Komm herein, du Gesegneter des Herrn! Warum bleibst du da draussen stehen? Ich habe schon das Haus aufgeräumt und auch für die Kamele Platz gemacht. Da kam der Mann ins Haus, und Laban zäumte die Kamele ab und gab ihnen Stroh und Futter, ihm aber und seinen Leuten Wasser, um sich die Füsse zu waschen; dann setzte er ihm zu essen vor. Er aber sprach: Ich esse nicht, bis ich meinen Auftrag ausgerichtet habe. Er erwiderte: So rede! Da sprach er: Ich bin der Knecht Abrahams. Der Herr hat meinen Gebieter reichlich gesegnet, so dass er reich geworden ist; er hat ihm Schafe und Rinder, Silber und Gold, Knechte und Mägde,

Kamele und Esel gegeben. Und Sara, das Weib meines Herrn, hat ihm noch in seinem Alter einen Sohn geboren; dem hat er all sein Gut übergeben. Nun hat mein Herr einen Eid von mir genommen und gesagt: Du sollst meinem Sohne kein Weib nehmen von den Töchtern der Kanaaniter, in deren Land ich wohne; sondern zu meines Vaters Hause sollst du ziehen und zu meinem Geschlechte, für meinen Sohn ein Weib zu holen. Ich aber sprach zu meinem Herrn: Wie, wenn sie nun nicht mit mir ziehen will? Da sprach er zu mir: Der Herr, vor dessen Angesichte ich gewandelt bin, wird seinen Engel mit dir senden und deine Reise wohl gelingen lassen, dass du für meinen Sohn ein Weib bekommst aus meinem Geschlechte und aus meines Vaters Hause. Dann sollst du deines Eides ledig sein: wenn du zu deinem Geschlechte kommst und man sie dir nicht gibt, so bist du deines Eides ledig. Als ich nun heute zum Quell kam, sprach ich: O Herr, du Gott meines Gebieters Abraham, wenn du wirklich meine Reise, auf der ich jetzt bin, wolltest gelingen lassen —, ich stelle mich jetzt hier an den Wasserquell: die Jungfrau nun, die herauskommt, um zu schöpfen, und zu der ich sage: «Gib mir aus deinem Kruge ein wenig Wasser zu trinken», und die dann zu mir spricht: «Trinke du, und auch für deine Kamele will ich schöpfen», die sei das Weib, das der Herr dem Sohne meines Gebieters bestimmt hat. Und ehe ich noch bei mir selber ausgeredet, siehe, da kommt auch schon Rebekka heraus, ihren Krug auf der Achsel, steigt zum Quell hinab und schöpft. Da sprach ich zu ihr: «Gib mir zu trinken». Und schnell nahm sie den Krug von der Achsel und sprach: «Trinke, und auch deine Kamele will ich tränken». So trank ich, und sie tränkte auch die Kamele. Und ich fragte sie: «Wessen Tochter bist du?» Sie antwortete: «Die Tochter Bethuels, des Sohnes Nahors, den ihm Milka geboren hat». Da legte ich ihr den Ring an die Nase und die Spangen an die Arme, und ich verneigte mich, fiel vor dem Herrn nieder und pries den Herrn, den Gott meines Gebieters Abraham, der mich den rechten Weg geführt hatte, um die Tochter des Bruders meines Herrn für seinen Sohn zu bekommen. Und nun, wollt ihr meinem Herrn Huld und Treue beweisen, so sagt es mir; wo nicht, sagt es mir auch, dass ich mich zur Rechten oder zur Linken wende. Da antworteten Laban und Bethuel: Das ist von dem Herrn gefügt! Wir können nichts dazu sagen, weder Gutes noch Schlimmes. Da hast du Rebekka! Nimm sie und ziehe hin, dass sie das Weib des Sohnes deines Gebieters werde, wie der Herr es bestimmt hat ...

Isaak aber war in die Steppe des Brunnens von Lahai-Roi gezogen, und er wohnte im Gebiet des Südlands. Einst ging nun Isaak um die Abendzeit aufs Feld hinaus, um nachzusinnen, und als er seine Augen erhob, sah er Kamele des Weges kommen. Und als Rebekka ihre Augen erhob und Isaak sah, liess sie sich vom Kamel herab und sprach zu dem Knecht: Wer ist der Mann dort, der uns auf dem Felde entgegenkommt? Der Knecht antwortete: Das ist mein Herr. Da nahm sie den Schleier und verhüllte sich. Der Knecht aber erzählte Isaak alles, was er ausgerichtet hatte. Da führte Isaak die Rebekka ins Zelt hinein, und er nahm sie sich zum Weibe und gewann sie lieb. So tröstete sich Isaak nach seiner Mutter Tod.

*

Die Wahl dieses Textes hat den Leser vielleicht in Erstaunen gesetzt! Was könnte es Gemeinsames geben zwischen den Lebensbedingungen und Umständen eines Isaak oder einer Rebekka und einem jungen Mann oder Mädchen des 20. Jahrhunderts?

Ginge es nur um Vergleiche, so könnte die Geschichte dieses Paares uns allerdings unberührt lassen. Doch uns geht es darum, jedem, der hören und verstehen will, anhand des Bibelwortes zu zeigen, was für Regeln für jede «Werbung» gültig sind.

SOLLEN DIE ELTERN SICH EINMISCHEN?

Die Tatsache steht fest: Isaaks Eltern haben ihm nicht volle Freiheit in der Wahl einer Braut gelassen. Sie machten daraus eine Familienangelegenheit, in der sogar der alte Diener eine entscheidende Rolle spielte. Man könnte darüber lächeln, ja sich sogar entsetzen!

Besser wäre es, einen Augenblick nachzudenken. Gewiss gehen heute die Dinge ganz anders vor sich. Nicht nur sind die Eltern oft die letzten, die man um Rat fragt, man trifft manchmal seine Wahl sogar gegen ihren Wunsch und heiratet ohne ihre Zustimmung. Was ist davon zu halten?

Im vorhergehenden Kapitel sahen wir die Ehe und Familie als den Ort, wo Einheit und Gemeinschaft neu entdeckt werden mit dem Ziel, sie mit anderen zu erleben. Darf es denn da geschehen, dass eine Werbung gegen den Willen der Eltern ins Auge gefasst wird, dass eine Heirat zu einem Bruch mit ihnen führt? Sollte nicht im Gegenteil den Eltern der künftigen Gatten eine Mitverantwortung für diese Wahl grundsätzlich zuerkannt werden? Ist letztere nicht die wichtigste, die der junge Mensch in seinem Leben je zu treffen haben wird? Man kann seine Wohnung wechseln, seine Heimat, seinen Beruf, seine Ansichten, ja fast alles, was es gibt. Aber denen zum Trotz, die das noch glauben, kann man seine Frau nicht auswechseln; man kann den Vater oder die Mutter seiner Kinder nicht verleugnen. Und wenn man Wert darauf legt, wegen eines Hauses oder eines Berufes allerlei Ratschläge und Auskünfte einzuholen, wie sollte dann für diesen einen entscheidenden Entschluss der Rat der Eltern nicht notwendig sein? Wer sich dieser Einsicht verschliesst, legt eine törichte Anmassung oder selbstsüchtige Verblendung an den Tag. Das eine wie das andere lässt wenig Erfreuliches voraussehen für jene Zeit, wo die Verlobten Mann und Frau geworden sind und die Früchte ihres Eigendünkels ernten müssen. Denn Früchte wird es geben, aber bestimmt keine wohlschmeckenden!

Was ist ferner wünschenswerter für die künftigen Gatten, als dass die so kostbaren Familienbeziehungen von Anfang an den Stempel der Uebereinstimmung, der Achtung und Zuneigung tragen? Mit fortschreitender Werbung werden sie sich vertiefen und zu einer echten Liebe zwischen den Eltern und dem neu in den Familienkreis eintretenden Kinde werden.

Diese Beziehungen und der ihnen beigemessene Wert werden sich auch auf die kommenden Kinder einer jungen Ehe entweder segensreich oder belastend auswirken. Denn wie könnte eine beglückende Liebe zwischen Grosseltern und Enkeln herrschen, wenn zwischen Eltern und Grosseltern eine schmerzliche Kluft steht?

Die Zustimmung der Familie gehört daher zum normalen Verlauf der Dinge. Verlobung und Heirat sollten immer im vollen Einverständnis der beidseitigen Familien geschehen. Es ist Pflicht der jungen Leute, die Eltern zu befragen; dann erst sollten sie auf dem Wege des angebahnten Verhältnisses weitergehen.

Es gibt dafür noch andere Gründe, die Eltern und Kinder wohl beachten sollten. Die Verantwortung der Eltern ist nicht der eines Gastwirts zu vergleichen. Es gibt allerdings Familien, die den kläglichen Anblick einer mehr oder weniger kostenlosen Pension bieten, die die herangewachsenen Söhne und Töchter täglich oder periodisch aufsuchen, um sich wieder mit Schlaf und Nahrung, manchmal auch mit Geld, Wäsche, Schuhen, Kleidern einzudecken. Dann aber treiben die «Jungen» wieder, was ihnen beliebt, und die «Alten» sollen sich zufriedengeben und ihre Bemerkungen für sich behalten, falls sie die Geschmacklosigkeit haben sollten, solche machen zu wollen.

— «Ich bin kein Kind mehr, ich verdiene mein Leben, ich habe meine eigenen Ansichten. Die euern datieren aus einer früheren Zeit; sie sind veraltet. Und übrigens bin ich ein freier Mensch. Was ich tue, geht niemand etwas an!»

In solcher Weise äussern sich junge Leute gegenüber ihren Eltern, wenn sie durch späte Ausgänge und durch die Sorte Freunde oder Freundinnen beunruhigt sind, mit denen ihr Kind das Wochenende in Berghütte oder Zeltlager verbringt.

Ein solches Verhalten ist eine Gaunerei. Wenn sich Tiere um ihre Nachkommenschaft nur bis zu dem Augenblick kümmern, wo diese ohne sie weiterkommen kann, so liegt dies in ihrer tierischen Natur. Dass aber junge Leute ihren Eltern eine solche Rolle zumuten und diese sogar leichtherzig zustimmen, ist schwer erklärlich. Sie müssen das Gefühl der gegenseitigen Verantwortung und den Sinn für die Solidarität der Familie völlig verloren haben!

*

Vae soli! Wehe dem Einsamen! ruft der Prediger Salomo aus. Man kann auch sagen: Wehe dem Individualisten!

Ohne Zweifel ist in erster Linie der junge Mensch selbst für die Wahl eines Lebensgefährten verantwortlich. Doch die Eltern haben ebenfalls ihr Wort dabei zu sagen. Denn die Vaterschaft erlischt nicht mit der Volljährigkeit des Kindes. Sie nimmt dann wohl andere Formen an, im Grund aber bleibt sie dieselbe.

Im Rahmen der Familie ist der Mensch mehr noch als bei andern Bindungen aufgerufen, die Lasten des Mitmenschen zu tragen und seine Freuden zu teilen. Bei Wahrung der Persönlichkeit jedes einzelnen Familiengliedes hat der Vater doch über sie zu wachen und sie vor den Gefahren zu warnen, in die sie blindlings geraten oder gar die ganze Hausgemeinschaft hineinziehen könnten.

Eine Werbung ist gerade eine jener Gelegenheiten, wo die Verantwortung und die Solidarität der Familie zu ihrer Helferrolle gerufen werden. Sich ihr mit Absicht entziehen, heisst den Familiensinn verletzen, heisst der elementaren Achtung ermangeln, die man den andern, ihren Gedanken und Gefühlen schuldet. Dies ist umso schwerwiegender, als man ja eben im Begriff ist, diese Gemeinschaft zu erweitern, ein neues Mitglied einzuführen, mit dem man zugleich eine neue derartige Gemeinschaft bilden will.

Man kann nicht auf der einen Seite etwas verneinen, das man auf der andern Seite bejaht. Solch einen Widerspruch hinnehmen bedeutet, um das Apostelwort zu wiederholen, «*die Freiheit verheissen und selbst Sklave des Verderbens sein*». Ein Sohn oder eine Tochter, die das auf sich nehmen, werden es eines Tages zu bereuen haben. Denn die Eltern werden triftige Gründe haben, sich einer Verbindung zu widersetzen. Man sagt, die Liebe sei blind. Das ist insoweit wahr, als die Erregung des Herzens, oft auch der Sinne, jede vernünftige Ueberlegung zum Schweigen bringt und die Jungen in eine Liebe hineinstürzt, deren schwere Mängel sie nicht erkennen, bis es zur Umkehr zu spät ist.

*

Nun kommt es allerdings vor, dass junge Leute gezwungenermassen ihren Eltern Widerstand leisten müssen.

Die Familie Abrahams, Elieser eingeschlossen, war in allen ihren Gliedern durch eine Liebe verbunden, die ihre Quelle in Gott hatte. Ihre Solidarität gründete in ihrem persönlichen Glauben. Sie wussten sich gemeinsam bewahrt und geführt. Deshalb begegnete jeder Schritt eines Einzelnen dem Vertrauen aller. Nach unserem Text hat Abraham die Initiative ergriffen. Alles spricht dafür (auch wenn dies nicht ausdrücklich gesagt ist), dass Isaak seine freiwillige Zustimmung gab.

Ach, wie viele Familien wissen nichts von einer solch glücklichen und beneidenswerten Liebe! Da kann die Freundschaft des Sohnes oder der Tochter eine heftige Opposition von Seiten der Eltern hervorrufen, eine Opposition, die aber höchst zweifelhafte Ursachen hat: Fragen des Ansehens, des Ehrgeizes, der Bequemlichkeit, des Geldes usw. Was ist in einem solchen Fall zu tun? Die väterliche Autorität und die Unterstellung des Sohnes haben ihre Grenzen, nämlich den Willen Gottes. Nur darf man diesen nicht mit seinem eigenen Wunschbild verwechseln. Da ist es oft notwendig, die geistliche Autorität eines Gereiften, z. B. eines Seelsorgers, heranzuziehen. Sein Rat wird denen kostbar sein, die elterlichen Widerspruch erfahren müssen, trotzdem sie die Gewissheit in sich tragen, auf dem göttlichen Weg zu sein. Das Mitwirken dieses Ratgebers wird es leichter machen, zu unterscheiden, wer sich von der Weisheit von oben leiten lässt — ob die Eltern oder die Kinder — und wird den andern Teil umzustimmen suchen.

*

Wir haben betont, dass Abraham die Initiative zu einer Liebesbeziehung seines Sohnes ergriffen hat. Nach den Familienverhältnissen, Sitten und Gebräuchen jener Epoche lag darin nichts Aussergewöhnliches. Dieser Schritt hat aber trotzdem den heutigen Eltern und Kindern etwas zu sagen.

Man kann sehr verschiedener Meinung sein über das Alter, in dem es zulässig ist, eine Liebesbeziehung anzuknüpfen. Man weiss, dass dieses Alter beim jungen Mann nicht dasselbe ist wie beim Mädchen. Ersterer erreicht seine Mannesreife gegen das 25. Altersjahr, während mit 20 Jahren viele Mädchen schon voll erblüht sind. Von diesem einfachen Standpunkt der Persönlichkeitsentwicklung aus gesehen, ist es somit wünschenswert, dass einerseits der junge Mann nicht zu früh nach einer Frau Ausschau hält, und dass er anderseits, wenn es soweit ist, wenn möglich eine Frau wählt, die jünger ist als er. Dies um so mehr, als mancher sich noch jung fühlende Mann, wenn er einmal das Kap der Fünfzigerjahre zu umsegeln hat, darunter leiden könnte, an eine um einige Jahre ältere Frau gebunden zu sein. Bei einem 25jährigen mag ein solcher Altersunterschied wenig bedeuten; bei vorgerückterem Alter, wo einerseits ein Mann, der noch «im Saft» ist, und anderseits eine schon gealterte Frau sich gegenüberstehen, kann er ein ernster Umstand werden. Zahlreiche Ausnahmen widersprechen wohl dieser Regel. Sie bleibt trotzdem gültig.

Ferner ist die Notwendigkeit, dass ein junger Mann ein gewisses Alter abwarten soll, bevor er sich verliebt, in manchen Fällen mit seinem Beruf verbunden. Manche Berufe fordern eine lange Lehrzeit oder ein Studium, so dass die Möglichkeit, eine Familie zu gründen, hinausgeschoben ist. Eine allzu lange Verlobungszeit ist nicht wünschenswert. Das muss ein junger Mann in Rechnung ziehen und warten können. Ob er dazu imstande ist?

Gerade hier zeigt sich die Bedeutung einer weisen Autorität der Eltern. Viel besser als der Bursche, dessen Impulsivität bis zur Unüberlegtheit gehen kann, vermögen die Eltern zu erkennen, ob die Zeit gekommen ist, wo er den Weg beschreiten darf, der zur Hochzeit führen soll. Und wenn das Vertrauen das besondere Kennzeichen im Verhältnis Eltern — erwachsene Kinder ist, so werden erstere, falls der Sohn oder die Tochter verfrüht «Feuer fängt», die schöne Flamme, die nur den einen Fehler hat, vorzeitig entzündet zu sein, wohl zu dämpfen, wenn auch nicht zu löschen vermögen. Das Unglück mancher Ehen hängt gerade daran, dass sie zu früh geschlossen wurden, weil die Eltern die Jungen einfach machen liessen, oder weil die selbstherrlichen Kinder nur ihrer eigenen, verblendeten Ansicht folgten.

DAS GEBET Wir würden an der Wahrheit der Schrift vorbeigehen, wenn wir nur über die Weisheit der dem väterlichen Rat zugänglichen Kinder oder diejenige erfahrener Eltern sprächen. Es ist zu beachten, dass weder Abraham noch Elieser sich bloss auf ihre eignen Gefühle und Gedanken verliessen. Im Gegenteil, sie geben Isaak das Beispiel einer bestimmten, nicht erst in der Stunde der Entscheidung, sondern lange zuvor eingenommenen Haltung: *sie beten.* Auch Isaak finden wir in derselben, durch Demut und Glauben gekennzeichneten innern Stimmung in jenem Augenblick, da plötzlich seine Braut am Horizont auftaucht. Es heisst von ihm, er sei aufs Feld hinausgegangen, um «nachzusinnen».

In unserem Zeitalter der rassigen und harten Männer, der freidenkenden und emanzipierten Frauen kann man so etwas belächeln. Doch wer zuletzt lacht, lacht am besten. Lachen kostet offenbar nichts. Wirklich? Ist nicht vielleicht der Zustand ungezählter, ausserhalb der göttlichen Billigung und Leitung errichteter Ehen der Preis für soviel ungläubiges Achselzucken?

Wenn man an Gottes Absicht glaubt, dem von Natur keines Guten fähigen Menschen einen Weg zu bahnen, auf dem dieses Gute ihm Tag für Tag offenbar wird, so ist es klar, dass jeder junge Mensch lange im voraus seinen Herrn fragen darf, ob Er ihn für den Ehestand bestimmt hat. Wer dafür die innere Ueberzeugung erhält, darf ohne Bedenken Gott bitten, ihn die künftige Erwählte seines Herzens begegnen zu lassen. Er darf auch im voraus beten, dass auf diesem Wege, der lang und reich an Schwierigkeiten sein kann, er wie sie vor allem bewahrt bleiben, was sie voneinander fernhalten könnte.

Der Sinn solchen Betens muss wohl verstanden werden. Es geht nicht darum, etwas aus Gottes Hand zu erzwingen, auch nicht, nachträglich eine Zustimmung zu erbitten zu Plänen, an denen Gott unbeteiligt war. Nein, hier handelt es sich darum, Gottes Willen kennenzulernen. Wer betet, fordert nicht. Im Gegenteil, er bietet sich Gott dar. Er bittet Ihn, in Seiner Macht und Weisheit die Umstände, den Charakter und das Temperament zweier Wesen, die sich noch nicht kennen, zum Aufbau einer glücklichen Ehegemeinschaft zusammenwirken zu lassen. Wie sollte diese einmal nicht zur Ehre Gottes dienen, wenn doch Er selbst ihr Urheber gewesen ist? Die Schrift hebt noch hervor, dass die Glieder der Familie mit allen ihren Wünschen und deshalb auch mit ihrer Fürbitte am guten Gelingen des Unterfangens beteiligt sind. Das ist ein weiterer Grund, um in der Stunde der Entscheidung die Wahl im vollen Einverständnis mit der Familie zu treffen.

PRAKTISCHE FRAGEN

Man ist allzu leicht der Meinung, dass wahre geistliche Gesinnung den Menschen von den Realitäten dieser Welt löst. Nichts ist unrichtiger! Der Christ mag sein Haupt in den Himmel erheben, aber das Evangelium selbst macht es ihm zur ersten Pflicht, beide Füsse auf der Erde zu behalten.

Das Vorgehen Abrahams, ergänzt durch dasjenige Eliesers, ist ein Beweis dafür. «In sein Vaterland» sendet Abraham seinen Diener, um für seinen Sohn eine Frau zu suchen. Diese Massnahme war ein Beweis grosser Weisheit. Ein Mensch ist vom Lande seiner Geburt gekennzeichnet. Es gibt eine Art des Fühlens, Sehens, Hörens, des Verstehens und der Reaktion, kurz des Lebens, die eben durch diesen Fleck Erde, wo man zur Welt kam, wo man heranwuchs und zu sprechen lernte, geprägt ist.

Dies ist bei der Wahl eines Partners mit zu berücksichtigen. Es ist zwar nicht so, dass die heftigsten Gegensätze nicht einmal zu einem glücklichen Gleichklang zusammenstimmen könnten. Es gibt Dissonanzen, deren Besonderheit bezaubern kann, andere aber sind unausstehlich. Unterschiede der Rasse, der Sprache, der Gesellschaftsklasse, der Herkunft haben ihre Bedeutung bei der Wahl eines Ehepartners. Man könnte manches Beispiel zitieren, wo Ehen in eine Sackgasse gerieten, weil die Gatten aus verschiedenen Ländern oder Gesellschaftsschichten stammten. Die genossene Erziehung, die erworbene Denkart, bis hin zu Fragen des Geschmacks, der Beurteilung, der Lebensgewohnheiten, haben sie einander entgegengestellt. Ausserdem wird jede auftauchende Schwierigkeit dadurch vergrössert, dass z. B. einem fremdsprachigen Partner die Feinheiten der Sprache entgehen, so dass die Aussprache, die zur Einigkeit der Gedanken zurückführen sollte, zu einem Zwiegespräch zwischen Tauben wird. Man ist darum weder borniert noch engherzig, wenn man jungen Menschen anrät, in ihrer Wahl einem Partner den Vorzug zu geben, der ihnen in bezug auf Rasse, Volk, Sprache, Heimat, gesellschaftliche Stufe, Bildung und Geschmack «verwandt» ist.

*

Diese Ueberlegungen eines gesunden Menschenverstandes beschränken sich aber nicht auf solch allgemeine Richtlinien. Sie können sich auf weit prosaischere Einzelheiten ausdehnen. Das ganze Vorgehen Eliesers zeigt dies dem aufmerksamen Leser.

Manche könnten diesen Diener für einen recht unritterlichen Mann halten. Lässt er, ein Knecht, sich nicht von einem jungen Mädchen bedienen, das vielleicht die Gattin seines Meisters werden wird? Mehr noch, überlässt er es nicht ihr, als sie sich zum Tränken seiner Kamele anerbietet und das Wasser zu schöpfen beginnt, diese beschwerliche Arbeit allein zu Ende zu führen?

Dieses Benehmen hat nichts mit einem Mangel an Lebensart zu tun. Auf seiner Suche nach einer Frau für seinen Herrn ist Elieser sich bewusst, dass die Schönheit einer Jungfrau nicht gering zu schätzen ist, dass aber mit der äussern Erscheinung allein das Glück eines Mannes nicht verbürgt ist. Die Eigenschaften der Seele und des Herzens, die praktische Veranlagung, der beharrliche Wille, der einer Anstrengung nicht ausweicht, die Freude am Dienen, der einfache Sinn, der dem Nächsten, wer er auch sei, zu Hilfe kommt und selbst eine unscheinbare und ermüdende Arbeit auf sich nimmt, die mit der Gastfreundschaft verbundene Freigebigkeit — all das zählt ebenso sehr, wenn nicht viel mehr, als die Schönheit. Elieser will für seinen Herrn das Gegenteil einer Zierpuppe oder einer Mimose. Er denkt daran, dass die Frau nicht nur den eigenen Herd schafft, sondern ihn auch pflegt und tatkräftig verschönert. Rebekkas sachkundige Hantierungen, ihr ausdauerndes Arbeiten, ihre entgegenkommende Freundlichkeit sind «Zeichen», die seine Wahl entscheiden oder zum mindesten bestätigen.

*

Man kann junge Leute nicht genug auf diese nüchterne Seite des Problems aufmerksam machen, das zu ignorieren reiner Unverstand wäre. Weil sie nicht rechtzeitig darauf geachtet haben, geraten viele Eheleute später in Schwierigkeiten, die zum grossen Teil gerade diesen Fragen des praktischen Lebens entspringen. Sie spielen eine umso grössere Rolle, je unsicherer die wirtschaftliche Lage der Familie ist. Oft heisst es die äusserste Geschicklichkeit, Findigkeit und Ausdauer aufbieten, sollen gefährliche finanzielle Klippen umschifft werden. Wie oft führen Unfähigkeit und Mangel an beharrlichem Willen zum Schiffbruch! Wie oft entsteht in der Familienbarke ein drohendes Leck, weil der Gatte — und besonders die Gattin — keinen praktischen Sinn besitzt, weil sie die Schreibmaschine besser beherrscht als eine sparsame Haushaltführung, die Nagelfeile geschickter führt als die Flicknadel. Saubere Fingernägel haben allerdings noch keine Hand entstellt! Es ist ganz gut, wenn eine Frau Stenographie und Maschinenschreiben kennt. Bildung ist ein umso angenehmeres Gepäck, als es keine Anstrengung kostet, es mit sich zu tragen. Aber fähig zu sein, überall kundige Hand anzulegen, bleibt eine für ein glückliches Familienleben unerlässliche Eigenschaft. Und wenn dabei die Fingernägel leiden!

Dasselbe lässt sich von allen künstlerischen, literarischen und musikalischen Kenntnissen sagen, die ein junges, gut ausgebildetes Mädchen aufweisen mag. Was aber, wenn sie, die um dieser Vorzüge willen auserwählt wurde, dann in ihrem neu bezogenen Heim die Teigwaren einweicht, bevor sie sie kocht, Honig und Bodenwichse verwechselt, unfähig ist, ein zerrissenes Hemd zu flicken, kurz, wenn sie alles versteht ausser der Hausarbeit? Selbst wenn ihr Mann aus seinem Einkommen die durch ihre Unwissenheit und die oft damit gepaarte Trägheit entstandenen Löcher im Budget zu stopfen vermag, werden so viele Zwischenfälle und Hinweise auf ihr Zukurzkommen bald ein unliebsames Knarren im Räderwerk des Haushalts hervorrufen. Elieser war gescheit. Bevor er wählte, hat er Tun und Lassen hellsichtig beobachtet.

GEMISCHTE EHEN Abraham und Elieser liessen sich allerdings nicht nur von solch praktischen Zielen leiten. Als der Patriarch seinen Knecht in die alte Heimat sendet, um für seinen Sohn eine Frau zu finden, gibt er ihm genaue Weisung: «*Dass du meinem Sohn kein Weib nehmest von den Töchtern der Kanaaniter*». Das ist ihm so wichtig, dass er ihn einen Eid schwören lässt, diesem Befehl zu gehorchen. Zwanzig Jahrhunderte später huldigt ein Paulus demselben Grundsatz, wenn er den Korinthern schreibt: «Verheiratet euch im Herrn».

Die Wichtigkeit dieses Befehls wird unterstrichen durch die Ausführungen des vorhergehenden Kapitels über die Unmöglichkeit echter Einheit zwischen Gatten, von deren Herz der Heilige Geist abwesend ist.

*

Eine Heirat zwischen einem überzeugten Christen und einem Heiden ist ein Ungehorsam. Ein Christ, der sich darauf einlässt, muss Schwierigkeiten gewärtigen, die nicht notwendigerweise vom Willen des heidnischen Partners abhängen, sondern von der Tatsache, dass jeder nicht unter der Autorität Christi stehende Mensch von Natur Sklave seines Ichs, dieser Welt und Satans, ihres Fürsten, bleibt. Einen Ungläubigen heiraten heisst sich freiwillig den daraus folgenden Leiden aussetzen.

Ist es nicht so, dass die jungen Leute, die «miteinander gehen», diese Frage nach einer Glaubensübereinstimmung oft als eine der letzten prüfen? Vielleicht entdecken sie dann, dass der eine von ihnen ein Heide ist, was nicht notwendigerweise bedeutet, dass er keinen religiösen Glauben besitzt, aber zum mindesten, dass er noch nicht durch Christus wiedergeboren wurde. Doch zu diesem Zeitpunkt sind ihre Herzen schon zu sehr aneinander gebunden, als dass sie noch an ein Auseinandergehen denken könnten. Und so werden zahllose Familien gegründet ohne Beziehung zum göttlichen Willen, zum mindesten ohne die grundlegenden Voraussetzungen, die nach diesem Willen das Glück der Gatten sichern sollten.

Wenn das junge Mädchen als «Kanaaniterin» gelten muss, so kann die Schwierigkeit bald ihre Lösung finden. Der junge Mann, der erfüllt ist von Christi Geist, wird das Mädchen, dessen Liebe er gewonnen hat, bald auch zur Entdeckung des auferstandenen Christus geführt haben. Sollte sie sich weigern, ihm zu folgen, so wird er, falls er wirklich Christus untertan ist, in dieser Ablehnung ein entscheidendes Hindernis, ein Zeichen von oben sehen, das ihn zur Aufgabe des Verhältnisses drängt.

Ist der junge Mann der «Kanaaniter», dann kann die feste Haltung des jungen Mädchens ihren Freund auf den Weg des Glaubens führen. Dies wäre umso dringender zu wünschen, als ohne den Glauben an Christus ihr Gatte nie in Wahrheit ihr «Haupt» sein kann. Schliesst sie die Ehe, ohne dass er seine Gesinnung änderte, so muss sie auf alles Leid, wozu eine ungut fundierte Verbindung führen kann, gefasst sein. Vielleicht nimmt sie es infolge einer persönlichen Berufung auf sich, das Risiko einer so geschlossenen Ehe einzugehen. Dann darf sie sich aber auch nicht auflehnen, wenn sie anstelle des erhofften Glücks die Wechselfälle einer höchst unvollkommenen Gemeinsamkeit erfahren sollte.

Wäre dieser Gefahr mit ihren manchmal kaum tragbaren Folgen nicht eine feste, von einem lebendigen Glauben genährte Haltung vorzuziehen, wie sie in dem nachfolgenden Brief überzeugend zutage tritt?

Vor 10 Jahren bat ich Gott, mir einen jungen Mann zuzuführen, dessen Leib unbefleckt wäre wie der meinige, und der eines Tages mein Gatte werden sollte. Damals (ich war 17 Jahre alt) dachte ich aber nicht daran, zu bitten, dass der Bursche auch Christ sei, denn ich kannte die Welt noch schlecht und glaubte, alle Menschen seien Christen.

Eines Tages kam dieser seriöse Bursche. Ich merkte aber bald, dass er Gott nicht kannte oder nur sehr schlecht. Einige Monate verstrichen, ohne dass ich wusste, was tun. Ich betete und bat Gott um Rat. Dann betete ich für ihn; ich bat Gott, ihn zu rufen, damit er ein Christ würde. Wenn wir zusammen waren, tat ich mein Bestes, ihm einige Abschnitte aus der Bibel zu erklären. Ich wählte stets Stellen, bei denen ich annehmen durfte, dass das Wort Gottes ihn packen würde. Aber meine Worte waren wie verdorrte, vom Wind verwehte Blätter. Und doch betete ich ständig und bat den Herrn, mir zu Hilfe zu kommen. Ich wusste, dass Er kommen würde. Er hatte es mir verheissen: *Bittet, so wird euch gegeben!*

Wenn mein Freund mein Gesicht in seine Hände nahm und mich fragte, ob ich glücklich sei, zuckte ich die Achseln und sagte, dass etwas fehle. Er liebte mich sehr und war mir treu, aber etwas fehlte. Und dieses Etwas war das Wesentliche: Jesus Christus. Sein Geist fehlte im Herzen meines Freundes, und daher kam das Uebel, das uns immer trennte. Ohne Gott kann eine Verbindung nie vollkommen glücklich sein.

Drei Jahre vergingen. Ich betete unaufhörlich, wo immer es war, denn ich war am Ende meiner Kräfte. Eine schlaflose Nacht folgte der andern, und ich konnte nicht mehr essen. Oft fühlte ich mich nicht wohl im Büro, und die Tränen flossen allzu leicht. Aber mein Glaube half mir, alles zu ertragen, denn ich wusste, dass der Augenblick gekommen war. Ich wusste, dass ich in diesem Jahr für zwei Wochen in die Ferien verreisen musste. Ich fühlte, Gott wollte, dass ich mich für einige Tage von meinem Verlobten trennen sollte. Wir hatten bittere Auseinandersetzungen, und die Tränen machten nichts besser. Ich hatte meine Ferien noch nie anderswo als bei meinen Eltern verbracht, aber diesmal musste ich viel weiter reisen. Es war ein

Auftrag Gottes, den ich auszuführen hatte. Mein Freund musste mich wohl oder übel ziehen lassen. Es war entweder die Stunde der Entscheidung oder die Stunde der Auflösung unseres Verhältnisses.

Gott hat meine Gebete erhört, und bei meiner Rückkehr traf ich meinen Verlobten am Bahnhof ganz verändert an. Sein Blick war klar und sein Gesicht wie neu. Wie habe ich Gott gedankt für Seine wunderbare Gnade!

Aber das war erst der Anfang zu einem neuen Leben, und ich musste ohne Verzug handeln. Ich kaufte ihm eine französische Bibel (wir sind ursprünglich Deutschschweizer), ich brachte ihm meinen Katechismus, und so begann das Bibelstudium. Es war nicht leicht, aber Gott war mit uns. Ja, Seine Güte uns gegenüber war gross!

Am Wohnort meines Verlobten fand bald darauf eine Evangelisation statt. Ich sagte zu ihm: «Lieber, da musst du hingehen!» Er ging, und innerhalb von wenigen Tagen verstand er klar, was ich ihm während Wochen nur unvollkommen beizubringen vermochte.

Allen Verlobten in der Welt möchte ich meine Freude zurufen und ihnen sagen: Beugt die Knie, betet, glaubt an den Herrn Jesus Christus, und ihr werdet alle so glücklich werden wie wir zwei!

Es gibt aber noch eine andere Form von Mischehen, die auch zur Ursache schmerzlicher Erfahrungen, mehr noch, leidvoller Verleugnung werden kann: wenn nämlich der eine Partner Katholik, der andere Protestant ist.

Leider muss festgestellt werden, dass trotz aller Warnungen von protestantischer wie von katholischer Seite viele junge Leute die Gefahren und Schwierigkeiten, die eine solche Verbindung mit sich bringt, nicht oder zu spät erkennen.

Ohne Zweifel werden Hunderte von Ehepaaren in dieser Lage sagen, dass ihr Konfessionsunterschied sich nie *negativ* auf ihre Familie ausgewirkt habe. Da liesse sich allerdings die Frage stellen, ob ihre Glaubenszugehörigkeit je *positiv* gewirkt hat! Wenn sie ganz ehrlich sein wollen, müssten sie zugeben, dass ihre Gleichgültigkeit, oder wenigstens die des einen von ihnen, der Grund ist, weshalb sie auf religiösem Gebiet keine Schwierigkeiten haben.

Anders gesagt: es herrscht konfessioneller Friede im Haus, weil keiner von ihnen eine wahre Glaubensüberzeugung besitzt. Denn wenn der eine wirklich im Glauben steht, muss notwendigerweise die Gleichgültigkeit des andern ihn schmerzen. Und sollten sie beide gläubig sein, so wird ihre innere Gemeinschaft, so echt sie sein mag, durch das Fehlen einer Einheit in so manchem Punkt ihres Glaubens peinlich gestört. Es ist schon so: in den leichthin geschlossenen gemischten Ehen ist der Glaube nur ein unüberlegtes Jasagen zu einer Lehre oder einem kirchlichen Brauch.

«Man hat uns gesagt, was wir zu tun hätten. Ob das auf protestantische oder katholische Art geschieht, kümmert uns wenig. Die Hauptsache ist, dass wir alles tun, was von dieser oder jener Seite verlangt wird.»

Allerdings, wenn der Glaube auf eine solch einfältige Form reduziert und zu einer in unbewusstem Aberglauben befolgten Zeremonie wird, so braucht er in einer derart «gemischten» Ehe zu keinen Konflikten oder Leiden Anlass zu geben. Es wäre aber ganz verfehlt, ein solches Heim zu den Häusern zu zählen, *in denen Gott mit Seinem Geiste wohnt.* Die christliche Etikette ist wohl noch an gewissen äussern Zeichen zu erkennen, aber die Flasche ist leer; ein letztes Restlein des Duftes, der ausströmen sollte, ist nach einigem Suchen vielleicht noch bemerkbar, aber es riecht bereits verfälscht. Und die Art von Einheit, die solch eine Ehe aufzuweisen vermag, hat in den Augen auch der nichtchristlichen Zuschauer nichts Beneidenswertes. Eher werden sie sich noch mehr von der christlichen Kirche und ihrer angeblich einzigartigen Botschaft distanzieren und finden, dass sie selbst ihren kämpferischen oder stillschweigenden Atheismus bedeutend ernster nehmen!

*

Es wäre indessen falsch, anzunehmen, dass die gemischten Ehen im allgemeinen dieses Bild darbieten. Der grösste Teil dieser Ehen wüsste im Gegenteil von Schwierigkeiten zu berichten, die schon vor der Hochzeit begannen. Der Weg dazu ist gewöhnlich etwa folgender: Man ist einander begegnet.

Man hat aneinander Gefallen gefunden. Man ging zusammen aus — ins Kino oder auf den Ball. Man fuhr Ski. Man machte Ausflüge mit dem Motor- oder Fahrrad. Die Zeit rollt ab. Man verlobt sich. Man denkt an die Hochzeit. Die Aussteuer wird bestellt. Man besucht Möbelausstellungen. Endlich kommt man auf die Trauungsfeier zu sprechen. Da sagt der katholische Partner: «Natürlich heiraten wir in meiner Kirche!»

Was nun? Die beiden melden sich beim katholischen Geistlichen. Er verhehlt ihnen die Wahrheit nicht. Er klärt sie darüber auf, was die Römisch-katholische Kirche von Mischehen hält. Er teilt ihnen einzelne Rechtssätze aus dem Römischen Kirchenrecht mit, wie z. B.: «Die Kirche verbietet aufs strengste, dass ein Katholik jemanden heiratet, der einer häretischen oder schismatischen Gemeinschaft angehört» (Kanon 1060).

Er weist nach, dass in den Augen der Katholiken der Reformierte ein Ketzer ist, da er Lehren verteidigt, die von der Katholischen Kirche verurteilt sind. Er erklärt aber, dass der Protestant für seine Ketzerei nicht verantwortlich sei, da er noch nicht Gelegenheit hatte, die Wahrheit kennenzulernen. Aus diesem Grunde erlaubt die Kirche, wenn sie sie auch beklagt, die Schliessung einer gemischten Ehe unter gewissen Bedingungen. Er legt den Brautleuten einen Revers vor, in dem es u. a. heisst:

«Die Unterzeichneten ... erklären an Eides statt
— dass wir alle aus unserer Ehe zu erhoffenden Kinder beiderlei Geschlechts in der katholischen Kirche taufen lassen und in der katholischen Religion erziehen werden ...
— der nicht katholische Teil verspricht insbesondere, dem katholischen Teil keinerlei Hindernisse in der Ausübung des katholischen Glaubens in den Weg zu legen.»

Um ehrlich zu sein und einer Versuchung vorzubeugen, die im Geist der künftigen Gatten entstehen könnte, zitiert der Geistliche weiter:

«Der nichtkatholische Teil muss versprechen, jede Gefahr für Glauben und Sitten vom katholischen Teil fernzuhalten ... (Kanon 1061). Der katholische Eheteil hat die Pflicht, in kluger Weise für die Konversion des andern Eheteils zu sorgen (Kanon 1062). Es bleibt verboten, dass sich die Eheteile — vor oder nach der katholischen Trauung — an den nichtkatholischen Religionsdiener als Geistlichen wenden, um ihre eheliche Willenserklärung abzugeben oder zu erneuern» (Kanon 1063).

Endlich wendet sich der Geistliche an den katholischen Gattenteil mit der Erklärung: «Katholiken, die eine Ehe eingehen vor dem nichtkatholischen Religionsdiener, verfallen der Exkommunikation» (Kanon 2319).

Er sagt ihnen ohne Umschweife, dass eine von einem reformierten Pfarrer eingesegnete Ehe von der katholischen Kirche nicht anerkannt wird. Von ihr aus gesehen lebt der katholische Teil in einer illegitimen Verbindung. Da er sich durch seine Heirat von der Kirche ausgeschlossen hat, werden ihm die zu seinem Heil notwendigen Sakramente verweigert werden. Somit setzt er sich der Gefahr der Verdammnis aus!

Ein grosses Schweigen folgt auf diese Belehrungen. Was soll weiter geschehen?

Der Entschluss des oder der katholischen Verlobten ist gefasst. Was hat er nicht alles zu hören bekommen: Kanonisches Recht, Kirchenbann, Verdammnis ... ! Er wusste mehr oder weniger, dass das an ihn herantreten werde, gesprochen hatte man nicht davon. Er wusste, ohne recht zu wissen, und es war besser, dass der Priester es sagte. Und da die Dinge jetzt ohnehin zu weit gediehen sind, als dass man noch irgend etwas rückgängig machen könnte, ist eine Diskussion überflüssig. Die Trauung wird katholisch sein.

*

Der protestantische Beteiligte hat den Mund nicht aufgetan. Was er hörte, hat ihm gewissermassen den Atem benommen. Er hatte wohl mit ein paar Schwierigkeiten gerechnet, aber nun scheint es ihm, als sei er in eine Falle gegangen ... Es geht ihm allerlei durch den Kopf, nur keine brauchbare Idee für seine Situation. Oder vielleicht doch? In seiner Verwirrung kommt sie ihm wie ein letzter Hoffnungsstrahl vor:

— Ich will einen Pfarrer um Rat fragen!

Am nächsten Morgen wird der Brief geschrieben. Hier ist er:

Ich nehme mir die Freiheit, Sie um Rat zu fragen wegen eines wichtigen Problems, das ich unverzüglich lösen muss.

Ich bin Protestantin und mit einem Katholiken verlobt.

Durch glaubenstreue Eltern erzogen und während drei Jahren in einem protestantischen Institut unterrichtet, glaube ich ziemlich fest mit meiner Religion verbunden zu sein. Seinerseits hat der junge Mann, den ich liebe, eine seriöse katholische Erziehung genossen, da er seine ganze Schulzeit bei den Priestern verbrachte.

Wie kann ein solches Problem gelöst werden, wenn man all die damit verbundenen geistigen Klippen sieht? Die Katholiken betrachten die protestantische Trauung nicht als Sakrament. Anerkennt unsere Religion die katholische Trauung?

Wird mein Glaube, obwohl mein künftiger Gatte ihn respektiert, nicht zu leiden haben, wenn unsere Kinder eine andere Erziehung erhalten müssen, als die meine war?

Geehrter Herr Pfarrer, ich erwarte von Ihnen das feinfühlige Verständnis und die Hilfe, die Ihre Erfahrung mir geben können...

Nichts weiter als das! Rührend, nicht wahr? Als ob der feinfühlige und erfahrene Pfarrer etwas an der Sache ändern könnte!

Er kann natürlich dieser Braut sagen, dass sie mit ihrer Unterschrift unter die besagte Erklärung eine bedingungslose Kapitulation vollzieht.

Er kann ihr zeigen, dass, auch wenn ihr Gatte weiterhin ihren Glauben respektiert, sie sich damit abfinden muss, dass ihre Kinder eines Tages diesen Glauben bestreiten und ihren geistlichen Einfluss für gefährlich halten werden. Ueberdies unterschreibt sie, dass sie eine «Gefahr für Glauben und Sitten» ihrer Familie ist (Kanon 1061), ja dass ihr eigener Glaube wertlos ist, da der Gatte die Pflicht hat, «in kluger Weise für ihre Konversion zu sorgen» (Kanon 1062).

Er kann ihr erklären, dass ihre Unterschrift einer Beweisführung zustimmt, die nicht nur sie selbst in ihrer Eigenschaft als Protestantin erniedrigt, sondern auch ihre Angehörigen und ihre Kirche entehrt.

Aber darf er ihr all das sagen? Auf dem Punkt, an dem sie angelangt ist, kann es sie nur noch mehr bedrücken, ihr aber keinerlei Lösung bringen. Denn angesichts des unannehmbaren Autoritätsanspruchs der Römischen Kirche wäre eine Trennung die einzige Lösung.

*

Manche haben dies begriffen, wie etwa jene spanische Protestantin, die kürzlich erzählte:

> Vor sieben Jahren machte ich die Bekanntschaft eines jungen Mannes. Er war katholisch, ich eine unter den 25 000 Evangelischen in Spanien. Das hinderte uns aber keineswegs, einander sympathisch zu sein, uns lieb zu gewinnen und Zukunftspläne zu schmieden. Er war sehr liebenswürdig und wäre sicher ein ausgezeichneter Gatte geworden. Wir verlobten uns, ich arbeitete an meiner Aussteuer, und die Hochzeit wurde auf den Monat Juni angesetzt.
>
> Aber je mehr die Zeit dahinfloss, desto geringer wurde meine immer gehegte Hoffnung, er würde mir in meinem Glauben folgen. Befürchtete er, von seiner Familie enterbt zu werden? Vielleicht. Jedenfalls wollte ich von einer gemischten Ehe nichts wissen, und so kam ich zum Entschluss, die Verbindung aufzulösen. Denn wie sollte man glücklich werden können, wenn man im Wesentlichen getrennt ist?

Es braucht einen tief verwurzelten Glauben, um den Mut zu einem solchen Schritt aufzubringen. Solch ein Glaube kann nur die Frucht einer inneren Ueberzeugung sein, die durch den Heiligen Geist gewirkt ist! Darum darf kein Seelsorger ihn irgend jemandem aufzwingen. Der Pfarrer, von dem man ein feinfühliges Verständnis erwartet, kann nur eins zu verstehen geben, nämlich: in eine Ehe einwilligen, die unter den durch die Römische Kirche auferlegten Bedingungen geschlossen wird, bedeutet notwendigerweise von Seiten des protestantischen Partners eine Form von Ableugnung. Man mag vorgeben, die unter Zwang geleistete Unterschrift sei ungültig und man könne nachher handeln, wie es einem beliebt. Das wäre aber eine Täuschung des katholischen Ehepartners: neue Niederlage! Er hat das Recht, auf das gegebene Wort zu zählen. So wird er die Taufe seiner Kinder nach katholischem Ritus vornehmen lassen und es natürlich finden, sie später zum Priester in den Katechismusunterricht zu schicken. Diesem Vorgehen widersprechen zu wollen, würde ihn in einen leidigen Gegensatz zu seiner Kirche bringen. Natürlich kann man sich mit den Verhältnissen abfinden und sich sagen, auf die äusseren Formen und Riten komme es nicht an. Man kann die Hoffnung hegen, dass trotz den konfessionellen Unterschieden eine Gemeinschaft des Glaubens möglich ist. Doch das ist nichts als eine schöne Theorie, deren Brüchigkeit der nachfolgende Brief klarmacht.

... Ich sah mich genötigt, zu heiraten. Ich habe eine Frau katholischen Glaubens geehelicht. Wir verstehen uns sehr gut und lieben uns. Unsere Ehe wurde in der katholischen Kirche eingesegnet. Ich hatte geglaubt, dass wir leicht über diesen Unterschied der Konfession hinwegkommen würden. Aber offen gesagt, bin ich jetzt tiefbetrübt darüber, dass ich ohne meine heranwachsenden Kinder und ohne meine Frau die Gottesdienste besuchen muss. Ich kann zu Hause nicht darüber sprechen, meine Frau lehnt den reformierten Glauben ab, und ich kann ihr deswegen keinen Vorwurf machen. Aber innerlich leide ich schwer darunter. Der Glaubensunterschied hindert uns, im Familienkreis freimütig über religiöse Dinge zu reden. Ohne es uns einzugestehen, empfinden wir beide gewisse Hemmungen, die je länger je peinlicher werden ...

In der Theorie sind solche Sachen leicht einzurenken. Aber die Wirklichkeit des Lebens übernimmt es, die Hinfälligkeit aller solcher Gedankengänge zu demonstrieren. Nein, mit dem römischen Totalitarismus kann man zu keinem Vergleich kommen. Es ist hier keine Rede davon, ihm daraus einen Vorwurf zu machen. Er glaubt, im Besitz der Wahrheit zu sein, und ist einfach seinen Grundsätzen treu. Protestanten, die von dieser Seite ein Entgegenkommen erwarten, sind wissentlich oder unwissentlich verblendet.

Es gäbe allerdings noch eine letzte Lösung — dass nämlich der katholische Teil sich entschliesst, trotz den Drohungen seiner Kirche einer «protestantischen» Eheschliessung zuzustimmen. Manche würden darin einen Sieg und einen Anlass zur Freude sehen.

Wenn dieser Sieg die Frucht innigen Betens und einer aufrichtigen Suche nach der Wahrheit ist, warum sollte man sich darüber nicht freuen? Der Leib Christi ist eine Wirklichkeit. Mögen die Menschen sie immer wieder in einen kirchlichen Rahmen hineinzuzwängen suchen, sie geht weit darüber hinaus. Wenn es Gott gefallen hat, dem katholischen Partner Licht zu schenken und ihn aufzurufen, bei Anlass seiner Verheiratung seinen Platz in der Gemeinde Christi einzunehmen, dürfen wir Ihn dafür loben.

Ist aber wirklich immer der Gehorsam gegenüber dem Heiligen Geist die Triebfeder einer Konversion? Könnte sie nicht auch aus reinen Opportunitätsgründen erfolgen? Die Kirche Jesu Christi ist kein Kramladen, in dem man sich mit diversen Segnungen eindecken kann. Sowohl beim katholischen wie beim reformierten Gatten mag da ein bedauerliches Missverständnis vorliegen. Anstatt einen echten Ehebund in Gemeinschaft des Glaubens zu schliessen, haben sie einfach die Abmachung getroffen, den «Laden» zu wechseln und sich das, wozu sie sich berechtigt glauben, dort zu holen, wo anscheinend die geringsten Anforderungen gestellt werden!

Wahrlich, in einer solchen Ehe wird das geistliche Leben keinerlei Rolle spielen. Wie könnte es anders sein? Allein die Tatsache, dass z. B. der katholische Teil sich so leicht von seiner Kirche abwenden konnte, zeigt schon, dass seine Zugehörigkeit zu Christus eine reine Formsache war. Wenn von Sieg gesprochen werden soll, dann nur vom Sieg der Unwissenheit. Anlass zur Freude ist keiner vorhanden.

*

Diese Freude ist umso fragwürdiger, als mit der Zeit bei dem katholischen Teil eine eigenartige Ernüchterung eintreten kann. Die katholische Kirche übt eben bei ihren Gliedern eine Autorität aus, die durch bestimmte Formen aufrechterhalten wird. Vom Gläubigen werden Handlungen, eine Anwesenheit, ein Mitmachen verlangt, das ganz an der Oberfläche bleiben kann. Seine Gebete hersagen, seinen Anteil an frommen Werken und Almosen leisten, zur Messe gehen, all das kann aufrichtig und im Gefühl praktiziert werden, dies sei der von Gott verlangte Dienst, mit dem man sich Ihn günstig stimmt. Der Glaube wird somit lediglich zur Schuldigkeit, eine bestimmte Anzahl Pflichten zu erfüllen; er wird zum Tauschgeschäft.

Auf protestantischer Seite findet man vielfach dieselbe Art, dem lieben Gott ein freundliches Gesicht zu zeigen, mit dem Unterschied, dass hier scheinbar weniger verlangt wird und dass mit dem Besuch der Oster- und Weihnachtsgottesdienste Genüge getan ist. Hier liegt das Missgeschick des Katholiken. Aus Rücksicht auf seine Liebste hat er zugestimmt, Protestant zu werden und aus einer Kirche mit präzisen Formen und Forderungen ausgeschlossen zu sein. Befragt er dann aber seinen Ehepartner, und entdeckt er, dass dieser seit Jahren keine Bibel mehr aufgeschlagen hat, nicht mehr betet, nur bei den «grossen Anlässen» zur Kirche geht, dann erscheint ihm der Protestantismus, den er auf diese Weise kennenzulernen glaubt, so grundsatzlos, dass er darob das Fünklein Glauben, das er noch hatte, verliert. Vielleicht auch wird er von Unruhe erfasst und klagt sich an, die Warnungen seines Priesters in den Wind geschlagen zu haben. Tauchen Schwierigkeiten auf, so erblickt er darin eine göttliche Strafe. Er gerät in einen zunehmenden Groll hinein, der ihn bis zur Scheidung treiben kann, falls er nicht einen Reueakt vollzieht, die Vergebung seiner Kirche nachsucht und ihr seine Kinder zuführt.

Man ermisst, wohin es in einer Ehe, in der es so bestellt ist, mit der Liebe, dem Glauben, der Einigkeit kommen kann!

Abraham war weise, als er Elieser schwören liess, für seinen Sohn eine Frau aus seiner Heimat, was auch bedeuten kann: aus seiner Konfession, auszuwählen!

PROBE-EHE Die Liebesgeschichte Isaaks und Rebekkas weist einen Einzelzug auf, der manchen Leuten ziemlich ungewöhnlich erscheinen mag. Es wird wörtlich gesagt: «*Das Mädchen war sehr schön von Ansehen, eine Jungfrau*». Und als hätte der Verfasser des heiligen Textes befürchtet, man verstehe ihn nicht oder glaube ihm nicht ganz, stellt er fest: «*Noch kein Mann hatte sie berührt*». Diese schlichte Mitteilung ist Goldes wert. Gibt es nicht viele, denen sie erstaunlich vorkommt? Denn es ist für niemand ein Geheimnis, dass, wie in gewissen Komödien, «heute alles anders ist». Ziemlich selten sind die jungen Menschen, die jungfräulich in die Ehe treten. Eine weit verbreitete Meinung verlangt sogar, dass man in keinem Fall ohne vorherige Probe heiraten solle. Was steckt hinter dieser Vorsichtsmassnahme? Ist sie Weisheit oder einfach Verirrung?

Um dies zu erkennen, ist es wichtig, die Beweggründe der Leute, die dafür eintreten, zu untersuchen. Ihre Forderung stammt einmal aus einer gewissen Ungeduld. Das Triebleben ist ja kein leeres Wort, sondern eine Wirklichkeit, und es gibt Zeiten, besonders beim jungen Mann, wo es sich schwer vergessen lässt. Bilder, Literatur, gemischtes Zusammensein bei der Arbeit und in der Freizeit, Kleidung, Benehmen der Mitmenschen — alles trägt zu einer Schwächung der Selbstbeherrschung bei, die man sich bewahren möchte. Dieser Umwerbung nachgeben, würde Verlust der inneren Freiheit bedeuten. Das wird von denen vordemonstriert, die ihr erlegen sind. Und ihre angebliche Weisheit ist nichts als ein naiver Versuch, vor andern und in ihren eigenen Augen sowohl ihre Schwäche als auch die daraus folgende Knechtschaft zu rechtfertigen.

*

Diese angebliche Weisheit fusst auch auf einer falschen Auffassung der Sexualität. Man vergisst, dass die Geschlechtskraft Mann und Frau im Blick auf die Gemeinschaft in der Liebe gegeben ist; man lenkt sie von diesem Zweck ab, um sie in den Dienst eines selbstsüchtigen Genusses zu stellen, der, obschon mit einem andern geteilt, doch bloss auf das eigene Ich bezogen bleibt. Ein Beispiel hiervon ist der Flirt. Bei diesen Liebeleien dient jeder einfach dem Vergnügen des andern in einem Spiel, das zu nichts verpflichtet und nur so lange währt, als man ihm Zeit widmen will. Das geht vom einfachen Kuss bis zur gewagtesten Liebkosung, ja bis zum Moment, wo die Ueberreizung der Sinne ihre Befriedigung verlangt. Das kann in der tiefsten Entwürdigung, sei es gegen Lohn oder nicht, enden: in der Prostitution.

Es ist ohne Zweifel möglich, dass sich hinter diesem ungeduldigen Spiel ein wirklicher Wunsch nach Liebe verbirgt. Der Hunger nach Liebe, der auch ein Verlangen nach Zärtlichkeit, Zuneigung, Austausch, Hingabe ist, wurzelt tief im Herzen jedes normalen Menschenwesens. Ist das aber ein Grund, ihn unter irgendwelchen Umständen zu befriedigen? Man kann sehr durstig sein und trotzdem, statt abgestandenes Wasser aus einem Graben zu trinken, imstande sein, zu warten, bis die frisch sprudelnde Quelle sich zeigt.

*

Die falsche Weisheit hält aber noch raffiniertere Argumente in Reserve. Sie lässt im Herzen des jungen Mannes oder des jungen Mädchens eine Art Furcht entstehen. Indem sie vor ihren Augen das Scheitern so vieler Ehen, das niemand erwartet hätte, vorüberziehen lässt, flüstert sie ihnen ein, dass der wahre Grund dafür in der Unerfahrenheit der Gatten zu suchen sei. Das ist eine ganz plumpe Falle! Bewusst werden da Unwissenheit und Unerfahrenheit verwechselt. Ein einfaches Beispiel wird den Unsinn dieser Beweisführung klarmachen.

Es gibt Schulen für Säuglingspflege. Aber in keiner solchen wird vom jungen Mädchen, das sich auf die Mutterschaft vorbereiten will, verlangt, dass es zuerst ein Kind zur Welt bringe. Man fängt es gescheiter an. Man unterrichtet das Mädchen und gibt ihm Anweisungen, die ihm später, zur Zeit der Schwangerschaft, der Niederkunft und des Stillens eine grosse Hilfe bedeuten. Das gute Aussehen der heutigen Kinder bestätigt den Wert eines solchen Unterrichts. Ja, man soll die Jugend sorgfältig aufklären, sie aber nicht glauben machen, ohne vorherige Probe hätte sie keine Aussicht auf Erfolg.

Es gibt Kinder, die trotz der besten Bemühungen zart oder gar gebrechlich bleiben. Das bedeutet eine schmerzliche Prüfung im Leben der Eltern. Sie zu tragen, kann die Verbundenheit der Eltern noch vertiefen. So kann auch in der Ehe das körperliche Zusammenstimmen trotz aller Belehrung schwer zu finden sein und selbst die hundertfache Erfahrung manchmal nichts daran zu ändern vermögen. Die enge Gemeinschaft der Eheleute kann in dieser Prüfung statt einer gefährlichen Erschütterung eine Vertiefung erleben.

*

Damit ist gesagt, dass die heute als «Probe-Ehe» angepriesene, angeblich notwendige, ja unentbehrliche Erfahrung nur eine bequeme Beweisführung solcher ist, die für ihren jetzigen oder früheren Lebenswandel eine Rechtfertigung suchen.

Und wenn wir die Bibel befragen, finden wir, dass sie den jungen Männern und Mädchen einen eindeutigen Weg vorzeichnet. In der ganzen Schrift werden sie in keiner Form eine Billigung oder Duldung eines ausserhalb der strikten Grenzen der Ehe vollzogenen Liebesaktes finden. Im Gegenteil, ein solcher wird als schwerer, mit Unzucht oder Hurerei bezeichneter Ungehorsam hingestellt. Damit ist nicht nur das einfache und selbstsüchtige Trachten nach sexuellem Vergnügen wie etwa im Flirt, sondern selbstverständlich auch jede Form einer Probeehe gemeint.

Bedeutet diese Haltung nun nicht eine unerträgliche Engherzigkeit in unserer zivilisierten, fortschrittlichen und hochentwickelten Welt? Tatsächlich gelangen heute, weil sie miteinander versprochen und ihrer Liebe und gegenseitigen Verpflichtung gewiss sind, zahlreiche Verlobte zu der Auffassung, dass ihr Heiratsversprechen ihnen volle körperliche Freiheit gewähre. Und sie machen davon Gebrauch, oft mit dem besten Gewissen. Sie können scheinbar allerlei Entschuldigungen anführen: Wohnungskrise, finanzielle Schwierigkeiten, längere Ausbildung, Berufsgründe, Ungewissheit der Zukunft, Aufreizung der Sinne durch eben diese praktizierte Freiheit. Keiner dieser Gründe kann aber vor dem Wort Gottes bestehen, das absolut bleibt in seinem Grundsatz und dessen Anwendung: die Geschlechtsvereinigung gehört einzig in den Rahmen der Ehe.

Für diese Forderung gibt die Bibel nur eine einzige, aber ausreichende Begründung: ausserhalb der Ehe ist der Liebesakt *eine Lüge.*

*

Erstens eine Lüge an die Adresse der Freude und der Einheit.

Wir setzen weder die Liebe noch das Brot herab, wenn wir den ehelichen Liebesakt mit einem Brot vergleichen, dessen Wohlgeschmack zu zweit entdeckt und stets neu gekostet wird. Das hängt aber von Bedingungen ab, die man nicht ungestraft übersieht. Das Bild des Brotes macht dies verständlich. Welch schmeichelhafte Betitelungen bekäme ein Bauer zu hören, der, unter dem Vorwand, hungrig zu sein, im hohen Juli Weizen mähen würde, der frühestens im August reif ist! Mit solchem Korn könnte er höchstens eine Grünsuppe herstellen, die den Namen Brot nicht verdiente. So ist es auch mit der vorzeitig gelebten Liebe.

Im Leben der Gatten findet sich der intime Verkehr vor einen Hintergrund und in einen Rahmen gestellt, die ihm seinen ganzen Wert verleihen. Die Vorbereitung dazu ist das gemeinsame Leben, wo einer in Gegenwart des andern steht, wo die Liebesverbindung in die täglichen Freuden und Mühen hineinklingt, sich darin erneuert und sie krönt. Wie könnte man die flüchtige Handlung von Liebhabern, ohne wirkliche Vorbereitung genossen, in einem ebenso rasch aufgelösten wie begonnenen Verhältnis einen Akt der Liebe oder eine Vorbereitung auf die Ehe nennen? Sie ist deren schimpfliche Entwürdigung! Von gegenseitigem Sichschenken kann nicht die Rede sein. Sie ist ein Diebstahl, eine Lüge gegenüber der wahren Freude und der echten Gemeinschaft, die Karikatur des einen wie des andern.

Wollte man dazu noch vorgeben, die solcherweise erworbene sexuelle Erfahrung erleichtere das spätere Eheleben, so wäre das eine weitere Lüge. Wenn es gut geht, lehrt uns diese Erfahrung nichts, als was wir im normalen ehelichen Leben ebensogut oder sogar besser gelernt hätten. Hingegen besteht die Gefahr, dass das spätere Verhalten zum vorneherein verfälscht wird, weil man meint, eine solche Erfahrung, ob erfolgreich oder nicht, müsse sich in der gleichen Art wiederholen, wenn auch der Partner ein ganz anderer ist. Als ob wir serienmässig hergestellte Nummern wären!

*

Zweitens ist diese «Weisheit» eine an das Leben gerichtete Lüge.

Vor allem andern ist der eheliche Liebesakt erfülltes Einssein. Die Gatten lieben sich in erster Linie nicht im Blick auf eine Kinderzeugung. Um im Wahren zu bleiben, muss aber in jedem Akt die Möglichkeit zur Uebernahme der damit verbundenen Verantwortung vorhanden sein. Gottes Gebot ist klar: «*Seid fruchtbar und mehret euch!*» Ehegatten, die Gott treu sein wollen, können diesen Befehl nicht übergehen. Was hat aber das Verhältnis eines Liebespaares mit freudiger Unterwerfung unter den göttlichen Willen zu tun? Es kennt ja nur eine Furcht: das Kind! Koste es, was es wolle — das muss verhindert werden. Und darum bemüht man sich auf geschickte, durchtriebene, wenn nicht eines Tages verbrecherische Weise. Der Verlobte oder der Liebhaber findet sich vielleicht ohne allzu grosse Mühe mit dieser Art Leben ab, denn der von Natur selbstsüchtige Mann kümmert sich oft nur um sein eigenes Vergnügen. Es gibt aber kein junges Mädchen, keine Verlobte, die bei der Notwendigkeit, diese Form der Lüge leben zu müssen, wirklich glücklich wäre. Trotz ihrer jeweiligen Einwilligung entgeht sie nicht einem in ihr aufsteigenden unbestimmten Groll, der gelegentlich zum Abscheu vor ihrem Gefährten führen kann. Ihr sind Tage voller Angst, Gewissensbisse oder gar Verzweiflung beschieden, weil «Verspätungen» eintreten und sie «monatlich» mit dieser Furcht vor dem Kinde leben muss, was doch gegen ihre wahre und tiefere Natur geht.

*

Es handelt sich, kurzweg und ohne Beifügung, um eine Lüge! Eine Lüge gegen die Familie, wenigstens dann, wenn die Eltern nicht ohne weiteres zugeben, dass die Verlobten in einem Liebesverhältnis leben. Es gibt glücklicherweise noch viele solche Familien!

Andernfalls ist es eine Lüge gegen die Gesellschaft, in der man als Brautpaar gilt. Ob man will oder nicht, man kann im Leben nicht einfach die Mitmenschen ignorieren. Die menschliche Solidarität leidet unter den Schwächen ihrer Glieder. Und die Lüge der Liebhaber trägt ihrerseits dazu bei, dass das Gemeinschaftsleben zu einem Dschungel wird, wo das Vertrauen verbannt ist und einer organisierten Betrügerei Platz gemacht hat.

Diese Lüge findet auch anderwärts ein Echo: in der Gemeinde. Sind die beiden gläubig, so werden sie dort ihre gegenseitigen Verpflichtungen bejahen und feierliche Versprechen ablegen. Auf welcher Grundlage? Derjenigen des Gottes der Wahrheit, auf dessen Segen sie meinen zählen zu können?

Man spottet Gottes nicht. Man kann Ihn nicht betrügen oder Sein Gesetz Lügen strafen. Jede Uebertretung trägt ihre Frucht. Man sehe nur, zu welchen Resultaten die Praxis der mehr und mehr anerkannten Probeehe heute führt. Wenn man nicht auf Gottes Wort hören will, so sprechen die Zahlen, nämlich die grosse Menge der entzweiten Ehen.

Auf der Suche nach Glück, Freude, Einigkeit im Eheleben ist es heute dringend nötig, Brautleuten nahezulegen, auf dem Grund und Boden der Wahrheit zu bleiben. Er ist auch der Grund und Boden der Jungfräulichkeit!

*

Diese Notwendigkeit erfüllt auch andere Erfordernisse, die zu unterstreichen nicht überflüssig ist. Es lassen sich nicht alle Verlobungen mit derjenigen von Isaak und Rebekka vergleichen. Sie waren sich vom ersten Augenblick an bewusst, unter Gottes Führung zu stehen und füreinander auserwählt zu sein. Eine solche Gewissheit stellt sich nicht immer so rasch ein. Alter, Charakter, Temperament, Neigungen, Familienverhältnisse, erworbene Gewohnheiten lassen meistens die Verlobungszeit zu einer Zeit der Prüfung werden. Und das ist gut so. Denn Verlobungen können aufgehoben werden, wenigstens ist diese Möglichkeit nicht ausser Acht zu lassen. Wenn die völlige gegenseitige Hingabe der Gatten dem Ehestand vorbehalten bleibt, so entbehrt auch eine mögliche Trennung der Verlobten nicht der Loyalität.

Wenn von vornherein die Etappen einer wirklichen Vorbereitung umgestossen werden und nur noch Platz für die gewaltsame und leidenschaftliche Entdeckung der körperlichen

Liebeslust bleibt, werden alle Gesichtspunkte verfälscht, auch der dieser zu früh entdeckten Lust.

Man hat nicht nur der Zeit vorgegriffen, man hat Unwiderrufliches getan. Verloren ist die Freiheit, eine Wahl zu treffen, nach und nach zu entdecken, dass man wirklich und in allen Beziehungen füreinander geschaffen ist. Mit dem Verlust der Herrschaft über seine Sinne wird man blind, man kennt nicht mehr, man sieht nicht mehr das wahre Wesen des andern. Man kennt ihn in seiner Leiblichkeit, aber gerade darum nur oberflächlich. Die körperliche Bezauberung steht so sehr im Vordergrund, dass man nicht mehr recht sieht, was dahinter liegt. Die Verlobung, die als heilsame Probezeit in gewissen Fällen die Notwendigkeit einer Trennung erwiesen hätte, führt nun unerbittlich zur Heirat. Dies um so mehr, falls ein Kind gezeugt worden ist. Da kann es nun geschehen, dass die Probezeit später kommt. Nach den ersten Monaten der Ehe tritt schliesslich die Wahrheit an den Tag. Man spricht dann von Unvereinbarkeit der Temperamente — eine bequeme Methode, nicht eingestehen zu müssen, dass man sich getäuscht hat. Die Gatten werden zu Verbitterten, die sich ertragen müssen, falls nicht einer dem andern durch die Hintertür der Scheidung entweicht. Die grossen Opfer sind die Kinder. Zur Zeit der angeblichen Verlobung hatte man zuallerletzt an sie gedacht!

*

Ein Bruch vor der Hochzeit, auch nachdem man alles ausgekostet hat, ist natürlich denkbar. Wer wollte aber glauben, dass dies eine gute Vorbereitung auf die Ehe sei? In welcher Lage würden sich bei einer Trennung die Liebhaber befinden? Hat die Frucht, von der sie kosteten, nicht Begierden in ihnen geweckt, die nun wohl oder übel wach bleiben? Sind sie nicht fortan Versuchungen ausgesetzt, die sie einem Leben entgegen treiben könnten, in dem die Liebe dem Abenteuer Platz macht? Ist nicht die Freiheit der Wahl geschwunden, weil man eben nur noch «Ueberreste» anzubieten hat? Und wie will man einem «Nachfolger» Achtung zumuten?

Die Bibel weiss, warum sie jedes geschlechtliche Verhältnis auch zwischen Verlobten Lüge und Unkeuschheit nennt.

DIE WAHRE VORBEREITUNG AUF DIE EHE UND IHRE ERFÜLLUNG

Die Geschichte Isaaks und Rebekkas scheint uns über diese wichtige Seite des Problems nichts sagen zu können. Man könnte indessen bei dem Ausdruck verweilen, mit dem die Bibel den intimen Akt bezeichnet, der die Gatten aneinander schmiedet. Sie braucht dafür ein einziges Wort: «*erkennen*». Vom ersten Menschen heisst es: «*Adam erkannte sein Weib Eva.*» Dieses Wort ist voll tiefen Sinnes. Es deutet einen Weg an, den es sich Schritt für Schritt mit Klugheit und Zartgefühl zu verfolgen geziemt.

*

Auf der ersten Wegstrecke machen zwei Menschen *Bekanntschaft* miteinander. Für ihn wie für sie spielen im Augenblick keinerlei Eheabsichten mit. Sie finden einfach Gefallen aneinander; es ist ihnen eine Freude, sich zu treffen, weiter nichts. Und doch haben die beiden von allem Anfang an nicht ganz dieselbe Haltung: *er* weiss, dass er einmal wird wählen müssen; *sie* weiss, dass sie einst gewählt werden soll. Das macht den ganzen Unterschied aus. Denn bevor noch bei ihm ein solcher Gedanke sich regt, hat sie sich schon gefragt: Ist ER es? Sehr zu Unrecht würde sie ihn dies merken lassen, denn mit grösster Scheu hütet er in seinem Innersten den Willen, der Wählende zu sein.

Das Umgekehrte gilt auch: in dieser noch absichtslosen Bekanntschaft unter der Hülle der Kameradschaft oder Freundschaft kann er ihr Schaden zufügen, wenn er sie in den Glauben versetzt, die Wahl sei schon im Gange. Er muss sich von Worten und Gebärden freihalten, die die Phantasie seiner Kameradin allzusehr anregen und, durch seine alleinige Schuld, den wirklichen Umständen einen Charakter verleihen könnten, den er nicht beabsichtigt hatte.

*

Es muss indessen in bezug auf eine solche Wahl bemerkt werden, dass das junge Mädchen doch eine Anzahl Trümpfe in der Hand hält. Es kommt nur darauf an, wie sie sie ausspielt! Derjenigen muss man: «Aufgepasst!» zurufen, die die Partie gewonnen und ihre «Konkurrentinnen» erledigt zu haben meint, wenn sie eine gewisse farbenprächtige Karte hinlegt: den *Sex Appeal!* Wenn sie auf dieser Ebene zum Ziel kommt, ist zu befürchten, dass ihr Sieg von kurzer Dauer sein wird. Das Sprichwort sagt: «Gleich und gleich gesellt sich gern»! In ihrem mit Absicht ausgelegten Netz wird sich eine bestimmte Sorte Fisch verfangen. Wenn einmal die körperliche Anziehung ihren Reiz ausgespielt hat, was wird dann noch zwischen denen übrig bleiben, die sich vor allem auf dieser schwankenden und oft gar hinfälligen Grundlage gefunden haben? Die körperliche Anziehung ist zwar an sich nicht gering zu achten. Das sinnliche Wohlgefallen ist ein Bestandteil inniger Gemeinschaft, es hat seine Aufgabe, und man müsste ebenso laut: «Aufgepasst!» rufen, wenn junge Leute behaupten wollten, dass es für sie keine Rolle spiele.

*

Es gibt ein einfaches Mittel, um die wahren Motive einer gegenseitigen Anziehung zu erkennen. Wir brauchen uns nur zu fragen, welche Seiten unseres Wesens sich regen, wenn der Mensch, den wir lieben, bei uns ist oder wir an ihn denken. Wenn nur unsere Sinne reagieren, wären allerlei Fragezeichen vor diesem Abenteuer am Platz! Mit gutem Grund wäre anzunehmen, dass es tatsächlich um ein solches geht! Der Weg, auf den es führt, wäre dem zu einer glücklichen Ehe genau entgegengesetzt.

Wenn aber der erste getauschte Kuss bedeutete, dass man sich innerlich einig wisse und Pläne für die Zukunft machen dürfe, so ist die folgende Etappe die Zeit, in der man sich von Tag zu Tag immer besser *kennenlernt.* Viele Ehepaare langweilen sich nebeneinander und finden sich schliesslich gegenseitig unerträglich. Sie hatten diese zweite Etappe der Vorbereitung auf die Ehe nicht auszunützen verstanden. Die Zeit, die ihnen zur Verfügung stand, hätten sie noch für anderes als für Küsse und Liebkosungen verwenden sollen. Das Glück eines gemeinsamen Lebens beruht auf einem Austausch von Gedanken, Eindrücken, Empfindungen über die tausendundein Vorkommnisse, Gefühle und Verflechtungen, die das Leben mit sich bringt.

In der Natur gibt es Formen und Farben, die in keiner Weise harmonieren. Sie zusammenzufügen, ist ein Geschmacksfehler und kann peinlich berühren. Sich kennenlernen ist gerade das: ein gemeinsames, oft wiederholtes Vorstossen in alle möglichen Bereiche der Seele und des Geistes, um sich klar zu werden, ob die beidseitige Einstellung einheitsfördernd ist oder nicht.

So wertvoll aber diese Erforschung sein mag, sie ist unbedeutend neben der ungleich notwendigeren Entdeckung des wahren Charakters des oder der Geliebten. Denn viele Gedanken und Gefühle, die man zu haben oder hochzuhalten vorgibt, sind oft nur ein schmucker Aufputz eines hässlichen Innern. Dieses wahre Wesen muss blossgelegt, geprüft und gewissermassen genötigt werden, sich zu offenbaren. Denn so wandelbar Theorien sind — mit 20 Jahren wechselt man sie oft so häufig wie das Hemd! — so treu bleibt sich der menschliche Charakter. Er drückt allem, was gedacht, gefühlt, gesagt, getan wird, sein tiefes und dauerhaftes Zeichen auf. Darum ist es so wichtig, dass in der Zeit, da man sich kennenlernt, dem Charakter reichlich Gelegenheit geboten wird, sich zu zeigen, wie er ist.

Dazu trägt auch ein treu geführter Briefwechsel viel mehr bei als etwa ein wöchentlicher gemeinsamer Kinobesuch.

*

Das Leben der Gatten ist oft in einen sehr gewöhnlichen Rahmen gespannt. Mussestunden, Ferienzeiten, Wanderungen bilden darin meist nur eine gelegentliche Verzierung. Es wäre in gefährlicher Weise unnatürlich und trügerisch, sich einzig bei solchen besonderen Anlässen kennenzulernen.

Wer bietet den Verlobten diesen reellen Rahmen des täglichen Lebens, dessen sie bedürfen, um sich gegenseitig zu entdecken? Wer anders als ihre Eltern? Auch aus diesem Grunde ist deren Einwilligung nötig. Im trauten Familienkreis legt man am ehesten alles vielleicht vorhandene Scheinwesen ab. In der Familie begegnet man Erwachsenen, oft Kindern und sogar Kleinkindern. Das Verhalten der Verlobten in dieser Welt im Kleinen wird dem jungen Mann und seinen Verwandten mancherlei über den Charakter der künftigen Gattin, Mutter, Schwiegertochter und Schwägerin enthüllen, und ebenso dem jungen Mädchen vieles über den Charakter des künftigen Gatten, Vaters, Schwiegersohnes und Schwagers.

Das Leben besteht vor allem aus diesen vielfachen Beziehungen zum Nächsten und nicht aus gemeinsamen Ansichten über einen Hockeymatch, neue Filme oder Abonnementskonzerte. Was nicht ausschliesst, dass sich die beiden auch mit ihrem gegenseitigen künstlerischen, literarischen oder sportlichen Geschmack vertraut machen werden!

*

Seinen tiefsten Wert gibt aber diesem Bekanntwerden der Glaube: in aller Offenheit und Natürlichkeit werden sie von Anfang an den göttlichen Willen für sich zu erkennen suchen.

Die zunehmende Gewissheit ist vorerst Antwort auf ihr persönliches Beten. Die beiden werden sich hüten, allzubald daraus ein gemeinsames Gebet zu machen. Denn unbewusst könnte der Wunsch, miteinander den Willen Gottes zu suchen, ein Fallstrick sein, und am Ende käme bei allem guten Glauben, dass man sich vom Geist leiten lässt, vielleicht nur das Fleisch auf seine Rechnung. Die Freiheit zu diesem Sichkennenlernen soll sich stufenweise entwickeln, auch auf der Ebene des Gebets.

*

Dasselbe gilt auf der Ebene der Sinnlichkeit. Die gewonnene Vertrautheit kann nicht bleibend Sache der Augen, des Verstandes und des Herzens sein. Sie nimmt grössere Freiheiten in Anspruch, bei denen auch der Tastsinn sein Recht verlangt. Wer ist weise genug, keine Station auf diesem Wege zu überspringen, diesem wunderbaren Weg, der bis zur völligen Entdeckung führt? Wer versteht es, immer Herr seiner selbst zu bleiben, ohne je die Grenzen zu überschreiten, die man sich in gegenseitigem Einverständnis gesetzt hat? Nur die, die darüber ganz offen und deutlich miteinander gesprochen haben. Es muss davon geredet sein, und es muss dann ein gemeinsamer Entschluss gefasst werden. Das ist ein kostbares Hilfsmittel.

Doch genügt auch dies nicht. Der Geist ist willig, aber das Fleisch ist schwach.

Die Herrschaft über sich selbst wird in der Bibel nie als eine natürliche Tugend dargestellt. Sie ist eine Frucht des Geistes. Wir müssen also darum bitten, sie wollen, uns bereit halten, sie zu empfangen, und freiwillig auf alles verzichten, was ihr Wachstum hindern oder die schon empfangene Gabe verderben könnte.

*

Dabei muss man menschlich wahr und vernünftig bleiben. Allzu lange Verlobungen können zur Versuchung werden.

Wenn aus bestimmten Gründen noch nicht an eine Heirat gedacht werden kann, wird die Weisheit von oben es deutlich machen, dass das Fortschreiten der Bekanntschaft einem langsameren Tempo untergeordnet werden muss. Vielleicht wäre es sogar gut, eine Unterbrechung einzuschalten, z. B. durch einen Auslandaufenthalt des einen oder andern.

Das wird nicht immer möglich sein. Wie soll dann vorgegangen werden?

Meist sind es materielle Fragen, die junge Leute hindern, ihre Verlobungszeit abzuschliessen. Haben sie es sich wohl überlegt, dass eine Lösung darin bestehen könnte, sich mit einer etwas einfacheren Wohnungseinrichtung zu begnügen?

Könnte ihnen auf andere Weise geholfen werden? Es gibt Umstände, wo liebevolle und verstehende Eltern wahrhaft weise handeln, wenn sie ihren Kindern Beistand leisten. Drei Jahre Verlobungszeit sind das Aeusserste, was normal veranlagte Liebende in Aussicht nehmen sollten; zwei Jahre wären noch vorzuziehen. Da könnte im Notfall eine momentane finanzielle Hilfe der Eltern eine bescheidene Aussteuer ermöglichen. Das wäre hundertmal besser, als das Paar dem gefahrvollen Weg einer unbegrenzt verlängerten Verlobungszeit auszusetzen.

*

Nun beginnt die letzte Etappe des Weges, der die Liebenden bis zum gegenseitigen gänzlichen Sichkennen führt. «*Adam erkannte sein Weib Eva ... Isaak führte Rebekka in seiner Mutter Zelt, und sie ward sein Weib, und er gewann sie lieb.*»

Auch dieser letzte Akt, am Hochzeitsabend oder in der darauffolgenden Woche, ist eine Entdeckung. Wohl haben sie sich miteinander darauf vorbereitet. Aber wir wiederholen es: wenn die Stunde da ist, wo sie nun allein sind, gilt es eine neue Entdeckung zu erleben. Die Freude, die sie erwartet, ist von Gott gewollt, der sie in ihrer beiden Körperlichkeit eingepflanzt hat. Sie haben also nichts zu befürchten. Aber wie man bei der Enthüllung eines mit «zerbrechlich» bezeichneten Geschenkes behutsam und ohne Ueberstürzung vorgeht, so werden sie — besonders der Gatte — eine Haltung voller Geduld, Takt, ja Schamhaftigkeit einnehmen, um das Fest anzubahnen, das sie sich gegenseitig bereiten wollen.

*

Oeffentliche Feste lässt man mit schmetternden Musikklängen eröffnen. Hier ist nichts dergleichen. Dies ist das Fest der innersten Vertrautheit zweier Wesen, in denen die Liebe ihr Lied singt in einer vollkommenen Harmonie von Geist, Seele und Leib. Die heftigen Töne, die ungestümen Gebärden sollen dabei verbannt sein. Sanftheit und Zärtlichkeit sollen den Ton angeben und auch die vollen Akkorde der Freude den Klang inniger Zartheit tragen. Seele und Geist sollen bei diesem Liebesspiel mitwirken. Zarte Worte und leise Gesten helfen ihnen, mitzufeiern.

Dem Gatten kommt die Ehre und die Verantwortung zu, dieses Spiel zu lenken. Seine ungeduldige Mannheit muss sich mehr denn je Zügel anlegen, sich zurückhalten, denn in diesem Augenblick hat er nicht an sich selbst zu denken: für sie ist er da. Diesen all seinen Blicken, all seinen Liebkosungen dargebotenen Leib, den Leib derjenigen, die nun seine Frau wird, er muss ihn vorbereiten. Hat er dies sein Werk mit aller Sorgfalt getan, so wird sie ihn alsobald mit innigstem Verlangen aufnehmen. *Er* ist von Anfang an bereit, seine ganze Männlichkeit kundzutun. *Sie* ist erst beim Vorspiel angelangt. So willig ihr Körper auch sein mag, sich hinzugeben, er muss noch erweckt werden. Es ist wohl möglich, dass das beim ersten Zusammensein noch nicht ganz geschieht. Ist es nötig, so gedulde sich der Gatte bis zum Augenblick, da sie unter den Liebkosungen, die sein eigenes Gefühl entdeckt und zu denen auch sie ihn gelenkt hat, endlich, nachdem ihr Hymen eingerissen ist, seine

Frau wird, die sich mit ihm verschmilzt und die er mit seiner ganzen Manneskraft befruchtet.

In vollkommener Einheit verschlungen, wird ihnen die Freude einer Erfüllung zuteil, die etwas von einem göttlichen Werk an sich trägt und, wie alles solche Wirken, die beiden zu einem Gefühl der Fülle, aber auch der Ruhe und der völligen Erneuerung führt. Sie sind nun auf immer ein Fleisch ... Ausdrücken können sie dies nicht, sie wissen es einfach. In der tiefen Beruhigung, in die sie miteinander gleiten, wissen sie auch um das Pfand und die Verheissung neuer Feste, die sie in der Gemeinschaft mit Gott, der alles neu macht, jedesmal mit gleichem Staunen erleben werden.

*

Erfüllung ist noch nicht Vollendung. Das Leben zu zweit beginnt erst. Es bedeutet eine neue Etappe, die wie die vorhergehenden von beiden einen starken Willen, sich zu kennen und eins zu werden, verlangt. Denn entgegen ihrer Meinung kennen sie sich noch nicht. Mit diesem starken, tiefen Willen zum Einssein ist das Fundament gelegt. Nun muss dieses Einssein Wirklichkeit werden.

Jeder neue Tag bietet Gelegenheit zu diesem Werk. Da ist viel Stoff zu Gesprächen und Erörterungen, manchmal auch Anlass, dass die Meinungen aufeinander prallen. Das ist noch nicht zum Erschrecken. Das Schlimmste, was geschehen könnte, wäre, dass einer von beiden, um Zusammenstösse zu vermeiden, sich in Schweigen hüllte, sich in sich selbst zurückzöge. Die erworbene Einheit wird nämlich nur zu diesem Preise Bestand haben: durch andauernde gegenseitige Offenheit. Wenn einer vom andern sagen müsste: «Er versteht mich nicht mehr», wäre diese Einheit gebrochen.

Nicht Meinungsverschiedenheiten, nicht einmal Zusammenstösse zerstören die Einheit, sondern Herz und Geist, die sich den Gedanken und Gefühlen des andern verschliessen. Sobald die Reaktionen des einen den andern gleichgültig lassen, ist Gefahr im Anzug. Nur der feste, ausdauernde Wille, den andern zu verstehen, kann dem Aufbau der Gemeinschaft wirklich dienen. Aber auch der Sinn dieses Wortes darf nicht zweifelhaft sein. Verstehen heisst nicht, den andern überzeugt zu haben, dass man recht hat, oder aber sich der Meinung des andern anzuschliessen. Rechtes Verstehen bedeutet, den andern anzunehmen, so wie er ist, und ihn so auch zu lieben.

In der ersten Zeit nach der Vermählung müssen wir ständig um diese Gnade des Verstehens bitten, denn es wird durch so vieles in Frage gestellt. Das Leben zu zweien führt zur Entdeckung, wie grundlegend verschieden die Haltung und die Reaktion gegenüber den gleichen Dingen ist.

Das ist schon bei der Liebe der Fall. Die Liebe des Mannes ist von ganz anderer Art als die der Frau. Bei ihm ist sie ein augenblicklicher und deshalb oft umso heftigerer Ausdruck sowohl eines Verlangens als auch eines Gefühls. Die plötzliche Aufwallung bricht ab, sobald das Verlangen befriedigt ist, und unmittelbar darauf kann sich der Mann einer andern ihn interessierenden Sache — Arbeit, Sport, Freizeit — ganz zuwenden.

Wenn die Frau hierfür kein Verständnis aufbringt, so wird sie sehr bald der Meinung sein, dass ihr Gatte sie nicht mehr liebt und sie vernachlässigt. Denn ihre Liebe ist ganz anders. Bei ihr ist die Liebe der alles übertönende Klang mit allen Nuancen, die die wechselnden Umstände ihm verleihen mögen. Er ist begleitet von dem Sehnen nach der geliebten Gegenwart, nach Aufmerksamkeiten, kleinen Diensten, zarten Worten, sanften Liebkosungen. Und er nimmt kein Ende. Wenn der Mann das nicht begreift, hält er seine Frau vielleicht bald für launenhaft und findet, dass sie ihm das Leben erschwere, statt ihm eine Hilfe zu sein.

Dieser Unterschied der Geschlechter zeigt sich auch auf vielen andern Gebieten, etwa bei der Arbeit, der Verwendung des Geldes, der Ausbildung der Kinder, dem Gebrauch der

Freizeit, den menschlichen Beziehungen usw. Wo nicht der Wille zum gegenseitigen Verstehen vorhanden ist, treten die Gatten früher oder später aus dem Kreis der innigen Einheit heraus. Wenn sie sich damit abfinden, leben sie bald nur noch nebeneinander, und ihre Beziehungen sind alle verfälscht.

*

Die im ersten Teil dieses Buches angeführten Briefe sind ein schmerzlich beredtes Zeugnis dafür, welches Missgeschick eine zuvor sehr glückliche Ehe befallen kann.

Wie kann solches vermieden werden?

Wir müssen wiederholen, was weiter oben bereits ausgeführt wurde. Das wahre Sichkennen bleibt an die Gegenwart Gottes im Eheleben, an die Autorität, die Ihm dort eingeräumt wird, gebunden.

Wie könnte man in der Tat den andern verstehen und erkennen, solange man sich selber nicht kennt und sich über die eigenen Reaktionen wundert? Das bekannte Wort von Saint-Exupéry steht hier am rechten Platz: «*Einander lieben heisst nicht, sich gegenseitig anschauen, sondern gemeinsam nach derselben Richtung schauen.*» Man lernt sich selbst nur angesichts des Christus recht erkennen. Er ist es, der dem Menschen das eigene Wesen klar macht und ihn zugleich befähigt, seinen Nächsten zu verstehen.

Auf dem Wege zum Erkennen wird die Gegenwart Christi, den man im Gebet sucht, in Seinem Worte hört, und dem man mit Hilfe des Heiligen Geistes gehorcht, den Gatten dieses Verstehen schenken, in dem Geduld, Verzeihen und gegenseitig gespendete Liebe sich vereinigen. Es wird kein Tag vergehen, an dem sie nicht durch ein Wort, einen Blick, eine Gebärde, eine Vergesslichkeit, ein Schweigen sich als wahrhaft verschieden erkennen müssen. Aber durch die Gnade Gottes, der sie gerade so liebt, wie sie sind, wird ihnen klar, dass Gott aus all dem Uebel, das sie sich hätten antun können, viel Gutes hervorgehen lässt. Mehr noch: mit den Jahren werden sie als solche, die durch die Forderungen des Wortes Gottes und ihren gemeinsamen Willen, sich ihnen zu beugen, miteinander verbunden sind, einander immer ähnlicher werden. Oder aber sie werden sich gerade durch die Verschiedenheiten, die ihnen aufgeprägt sind, restlos beglückt und bereichert fühlen. Die Liebe Christi ist am Werk gewesen. Sie lieben sich «trotz allem»! Ihr Einssein ist Gemeinschaft. Dafür ist der lebendige Christus für immer ihr Bürge.

IV. KAPITEL

Entdeckung der Schwierigkeiten

DIE SCHWIEGERELTERN Die Schwiegereltern als solche sind selten die Ursache von Schwierigkeiten. Dagegen kommt es häufig vor, dass die Mutter des Gatten, oder auch der Gattin, am Ursprung von Konflikten in der jungen Ehe steht. Wir führen einige konkrete Beispiele an, die verschiedene Aspekte solcher Schwierigkeiten beleuchten.

*

Seit einigen Monaten bin ich verheiratet. Meine Schwiegereltern und wir leben miteinander im selben Haushalt. Mein Mann ist sehr lieb zu mir, aber meine Schwiegermutter, die in ihrem Geschmack, ihrer Mentalität und auch in ihren Methoden ganz anders ist als ich, macht mir das Leben schwer. In alles mischt sie sich ein, während sie selbst alles heimlich tut. Das führt zu Streitigkeiten. Mein Mann sagt mir, ich solle die Fehler seiner Mutter übersehen.

*

Meine Eltern hatten sich im Hause der Grosseltern mütterlicherseits eingerichtet, und einige Monate später taten sie sich zu einem gemeinsamen Haushalt zusammen. Wenn der Gedanke auch gut war, so war doch das Resultat für uns Kinder nichts weniger als glücklich. Der Grossvater hatte einen schwierigen Charakter, Grossmutter war zu gütig und schwach, Mutter immer krank. Meine Grossmutter meinte es so gut, dass sie uns vieles versprach, das wir nie gesehen haben! Sie wollte uns wirklich Freude machen; so versprach sie mehr, als sie geben konnte. Der Vater, gutmütig, aber willensschwach, suchte oft das Weite. Er stand zwischen seiner Frau, die das Schifflein lenkte, und seiner Mutter, die Witwe geworden war und im Heim ihres Sohnes gerne denselben Platz eingenommen hätte wie die andere Grossmutter.

Rivalitäten, Konflikte, Eifersüchteleien, jeder meinte das Rechte zu tun ... Ergebnis: auf allen Seiten völliger Mangel an Verständnis füreinander. Mein Vater suchte seine Zerstreuung anderswo. Und wir, die Kinder, mussten dem allem zuschauen. Alle unsere Kinderfreuden wurden uns vergällt durch diese kleinlichen Zänkereien, die wir nicht verstanden, unter denen aber jedes auf seine Weise litt.

Den beiden Schwiegermüttern fehlte die Liebe füreinander. Mehr als einmal haben sie die Lage noch erschwert. Für uns waren es die beiden Grossmütter; wir konnten nicht für die eine oder andere Partei ergreifen. Diese allzu nahe Nachbarschaft der beiden Grossmütter hat manchen Konflikt ausgelöst.

*

Ich liebte meinen Mann allzu sehr, als dass ich ihn in den Augen der Umwelt herabgesetzt hätte, und so sagte ich niemandem etwas. Ich habe alles für mich behalten und ging nur selten aus, aus Furcht, ich könnte irgendwie meinen Kummer verraten.

Ich hatte viel zu ertragen von Seiten meiner Schwiegermutter, die eifersüchtig und ohne Ursache sogar grob zu mir war.

Während zwei Jahren konnten wir nie allein ausgehen, sondern nur mit seinen Eltern! Mein Mann ging so weit, dass er, wenn die Schwiegermutter grob wurde, Scheusslichkeiten gegen mich erfand, nur um sie nicht im Unrecht zu lassen! Nie hat er zu mir gehalten.

Ich verzeihe meinem Mann und meiner Schwiegermutter alles, aber gleichwohl ...

*

Mein Mann war ein Einzelkind. Mit zwölf Jahren wurde er Halbwaise und somit das Zentrum der Welt für seine Mutter, die während der letzten zehn oder fünfzehn Jahre ihrer Ehe von ihrem Mann ständig betrogen worden war. Ihre ganze Liebe übertrug sie auf ihr Kind. Das ist normal, aber wieviel verborgene Gefahren bedeutet das für eine junge Gattin von zwanzig Jahren! Ich hatte meine Schwiegermutter gern, aber das Leben zu dritt lastete bald schwer auf mir. Wir bewohnten das gleiche Haus, und sie trat bei uns ein, wann sie wollte, manchmal ohne dass wir sie hörten! Hatten wir eine kleine Auseinandersetzung, so war sie da und ergriff selbstverständlich Partei für ihren Sohn. Das brachte mich, ich gestehe es, ausser mich. Ein Jahr nach der Heirat erwartete ich mein erstes Kind. Da kam das Drama. Mein Mann fand, er sei zu jung. Meine Schwiegermutter wollte mir einen Haufen guter Ratschläge erteilen. Das empörte mich! Hatte das Kind kein Recht, zur Welt zu kommen? Warum heiratet man denn?

Im Jahre 19... bauten wir ein neues Haus. Natürlich zog die Schwiegermutter mit uns um. Wie sehr hätte ich gewünscht, allein zu sein, unser eigenes Leben zu führen, unsere Erfahrungen allein zu machen, ohne stets die Ansicht der Grossmama mitanhören zu müssen. Ich habe grosse Achtung vor älteren Leuten, aber ich finde es einfach nicht recht, dass wir mit fast vierzig Jahren noch gezwungen sein sollten, vor jeder Entscheidung meine Schwiegermutter um Rat zu fragen. Weshalb ist es so? Weil mein Mann trotz seinem sehr guten Verdienst oft die Grossmama um Geld angegangen hat; und da sie ihm nichts verweigern kann, behält sie eine starke Autorität über ihn.

*

Jeder dieser Briefe macht es klar: hier steht der Konflikt zwischen Ehegatten in Beziehung zur Stellung, welche die Mutter eines der Partner sich bewahren oder erringen will.

Dieses mütterliche Machtstreben fliesst oft aus einer Haltung, die als reines Wohlwollen gelten will, der aber viel Neugierde und Anmassung beigemischt ist. Als richtige Gluckhenne meint die Schwiegermama, ohne sie könne nichts recht gemacht werden. Ihre Methode ist die einzig richtige. So wie in ihrem eigenen Hause will sie es im Heim ihrer Kinder halten. Sie will im Grunde nur das Beste für sie und ahnt nicht, wie unwillkommen ihre Einmischungen sind.

Wie soll man vorgehen, ohne dass Reibereien entstehen?

*

Dem Sohn steht es zu, seine Autorität zur Geltung zu bringen. In sanfter und schonender Weise muss er seiner Mutter verständlich machen, wer in seinem Hause Herr ist. Sieht die junge Gattin, dass ihr Mann sich derart neben und hinter sie stellt, so wird sie künftig ihre Ruhe bewahren können, auch wenn ihre Schwiegermutter noch nicht versteht, worum es geht, und sich weiterhin aufdrängt. Die junge Frau wird an das Wort denken: «*Die Liebe ist langmütig ... Ertraget einander mit Langmut in Liebe*» (1. Kor. 13, 4; Epheser 4, 2).

*

Es können aber noch andere Beweggründe für dieses mütterliche Streben nach Geltung vorhanden sein. Die Verhältnisse in der Familie können die Zuneigung der Mutter zu Sohn oder Tochter in solcher Weise vertieft haben, dass die warme Gattenliebe im jungen Haushalt ihr wie eine Verletzung der Kindesliebe vorkommt. Ohne es auszusprechen, erblickt sie doch in ihrer Schwiegertochter eine Rivalin, die sie ihrer Rechte berauben will. Um diese zu schützen oder neu zu erobern, kann sie bis zur Intrige schreiten. Sie mischt sich ständig, und bis in die stillen Stunden der Vertraulichkeit, in die junge Ehe ein. Durch ihre Anwesenheit oder ihr Geschwätz vergiftet sie geringe Meinungsverschiedenheiten, ruft sogar solche hervor, um damit ihrem Sohn den Glauben beizubringen, sie verstehe ihn viel besser als seine Frau. Sie kann sogar so weit gehen, ungute Meinungen oder Schwächen ihres Sohnes zu begünstigen, nur um ihn zu diesem Preis noch in ihrer Gewalt zu behalten.

*

Es kann auch vorkommen, dass die Schwiegermama, eifersüchtig auf die Liebe, mit der ihre Tochter überhäuft wird, ihren sentimentalen Anteil daran haben möchte. Wie ein Kind sich bei der Ankunft eines Neugeborenen zurückgesetzt fühlt und unausstehlich wird, zeigen sich nun auch bei ihr unschöne Charakterzüge. In Tat und Wahrheit kann sie es nicht ertragen, in der Liebe ihrer Kinder auf den zweiten Platz verwiesen zu sein.

*

Wie ist solchen Situationen zu begegnen?

Klar und deutlich ist Gottes Weisung für jeden, der sie hören will: «*Der Mensch wird seinen Vater und seine Mutter verlassen und seinem Weibe anhangen, und die beiden werden ein Leib sein.*»

Man soll nicht weiser sein wollen als Gott und aus Sentimentalität, um jeden Preis, den Eltern einen auserwählten Platz einräumen. Gewiss, es steht geschrieben: «*Ehre deinen Vater und deine Mutter, auf dass du lange lebest in dem Lande, das der Herr, dein Gott, dir geben will.*» Aber diese Ehrerweisung darf nicht bis zur Missachtung des göttlichen Willens gehen, der die ehrerbietige Liebe zu den Eltern der Einheit des Ehepaares unterordnet. Wenn Gott dem Gatten befiehlt, das Elternhaus zu verlassen, sich mit seinem Weibe zu verbünden, so ist das Glück der neuen Familie an den Gehorsam diesem Gebot gegenüber geknüpft.

*

Wer diese Weisung in die Praxis umsetzen will, begegnet manchmal rein äusseren Schwierigkeiten, besonders auf dem Lande. Immerhin, wenn auch eine gewisse Entfernung zwischen den Wohnungen der Eltern und der Kinder ihrem Glück dienlich ist, so ist sie doch nicht ausschlaggebend. Man kann Seite an Seite leben und trotzdem die Persönlichkeit des andern respektieren. Die Mutter kann sich dem göttlichen Gebot unterordnen und sich jedes Eingreifen versagen, zu dem sie nicht aufgefordert wurde. Und wenn sie um Hilfe angegangen wird, so denke sie daran, dass es nicht ihre Aufgabe ist, Partei zu ergreifen, sondern für die Einheit der Jungen zu wirken, die einzeln oder gemeinsam an sie und ihren Rat appellieren.

*

Nochmals ist zu unterstreichen, dass in alledem der männliche Ehepartner seine Stellung als Haupt des Hauses ernst nehmen soll. Der göttlichen Voraussicht sind die auftauchenden Schwierigkeiten bekannt, und sie hat zu ihrer Abwehr den *Mann* angewiesen, in gewissem Sinne von seiner Mutter Abstand zu nehmen und mit seiner Gattin eine neue Einheit zu schaffen.

Darum muss sich der Sohn in jedem Konflikt mit der «Schwiegermutter», was auch ihre Schuld sein mag, sagen, dass er dafür die Verantwortung trägt. Vielleicht ist seine Anhänglichkeit an die Mutter auf einer knabenhaften Stufe geblieben. Oder er hat es zugelassen, dass sie in seinem Heim einen Platz eingenommen hat, der ihr nie zukam. Oder er hat es nicht verstanden, seine Frau zu der liebevollen Achtung zu führen, die sie der Mutter ihres Gatten schuldet. Oder er hat sich sogar erlaubt, vor seiner Mutter Bemerkungen zu machen oder ein Verhalten zu bekunden, die dem göttlichen Willen widersprechen. Wenn Mutter und Sohn sich daran erinnern, dass der verheiratete Sohn mit seiner Frau e i n Leib ist, so trifft jedes nachteilige Reden über die letztere zugleich ihn selbst. Er sollte es daher nicht über sich bringen, unfreundliche mütterliche Aeusserungen über seine Frau beifällig anzuhören oder selbst in geringschätziger Weise über seine Gattin zu reden.

*

Abschliessend ist es am Platz, zu betonen, dass es in erster Linie Aufgabe der Eltern ist, dem göttlichen Befehl zu gehorchen. Dass dies geschehe, ist umsomehr zu wünschen, als sie die Aelteren sind und man von den Eltern mehr erwarten darf als von den Kindern.

Gewiss kann es vorkommen, dass das Verhalten der Neuvermählten gegenüber ihren Eltern recht enttäuschend ist. Die Rücksichtslosigkeit und Undankbarkeit der Jungen übersteigt manchmal auch die am weitesten gezogenen Grenzen. Nicht ohne Grund wird uns im Zentrum des Evangeliums (Lukas 15) die Geschichte des *verlorenen Sohnes* erzählt. Und im Mittelpunkt dieser Geschichte sehen wir deutlich, auf welchen Zweiklang das Vaterherz abgestimmt ist. Er heisst: Liebe — Vergebung.

Man muss damit beginnen, den Kindern das zu geben, was man von ihnen zurückerwartet. Besonders dann, wenn sie in Undankbarkeit befangen sind. Handelt nicht Gott ohne Aufhören so mit Seiner Kreatur?

EHESCHEIDUNG Ein schreckliches Wort! Ein abscheuliches Wort! Wer könnte je alle Leiden aufzählen, die dahinter stehen, all die bejammernswerten Folgen schildern, die damit verbunden sind?

Scheidung! Bei diesem Wort denkt man zunächst oft nur an einen Bruch zwischen zwei Gatten. In Wirklichkeit steht es am Anfang unendlich vielen Elends, das weit über den Rahmen der Ehe hinausgeht.

Erstens einmal für die Frau!

Sie wird in Zukunft allein das schwere Gewicht zahlreicher Nöte zu tragen haben. Gefühlsmässige Nöte, manchmal verschlimmert durch quälende Erinnerungen, durch Versuchungen aller Art, die die Einsamkeit täglich verstärkt. Die Gesellschaft hat nie viel Rücksicht für die alleinstehende Frau. Man erlaubt sich bisweilen gegen die geschiedene Frau Freiheiten, die an freche Respektlosigkeit, ja Verachtung grenzen.

Zu all diesen Belastungen kommen in den meisten Fällen noch materielle Umstände hinzu, die besonders schwer wiegen, wenn die geschiedene Frau ein oder mehrere Kinder aufzuziehen hat. Gewiss, das Gesetz verlangt vom Vater, zu ihrem Unterhalt beizutragen. Die Väter müssten aber ihre finanziellen Verpflichtungen auch pünktlich erfüllen! Und selbst, wo es geschieht, steht die Frage noch offen, ob eine Frau mit mehreren Kindern wirklich mit diesen minimalen Zuschüssen auskommen kann.

Daraus folgt dann bald, neben all den Sorgen um die Erziehung der Kinder, die Notwendigkeit, sich nach Arbeit umzusehen. So wird die geschiedene Frau mit Kindern zu einer Existenz gezwungen, die an Sklaverei grenzt, denn in der Werkstatt, im Laden, in der Fabrik, im Büro hat sie das Pensum eines Mannes zu erfüllen. Zu Hause erwartet sie dann noch die übliche Arbeit einer Familienmutter. Darüber hinaus kommt ihr die Rolle des Familienhauptes zu, in der sie Fähigkeiten, eine Lebensfreude, eine unverwüstliche gute Laune aufweisen muss, die mancher Mutter, die keinen Mangel kennt, fehlen.

Unter diesem Gesichtswinkel betrachtet, erscheint die von einem Mann und Familienvater veranlasste, gewollte, gebilligte Scheidung so schwerwiegend wie ein Verbrechen.

Dieses Verbrechen hat noch weitere Folgen. Nicht nur die Gattin hat Schweres zu tragen. Wer vermag die Leiden der Scheidungskinder zu schildern?

*

Schon sehr jung, mit acht Jahren, musste ich das Elternhaus verlassen. Es war kein normales Heim, das mir die nötige Erziehung oder ein Vorbild hätte geben können.

Meine Kindheit verbrachte ich einmal da, einmal dort, in Instituten, Waisenhäusern, Erziehungsheimen, usw. Seit ich von Hause wegkam, wurde ich also von einem Ort zum andern geschoben, von Anstalt zu Anstalt, ohne von diesem ständigen Wechsel grossen Gewinn davonzutragen.

Bei meinem schwierigen und leicht beeinflussbaren Charakter war es überall das schlechte Beispiel, das mich reizte, und jedesmal musste ich meine unüberlegten und törichten Handlungen mit Gewissensbissen bezahlen.

Alle diese Schwachheiten und Fehler sind darauf zurückzuführen, dass mir Elternhaus, Liebe und Verständnis fehlten, denn niemand kann den Charakter eines Kindes besser führen und beeinflussen als eine Mutter.

Auch verschiedene Laster haben sich meiner bemächtigt: Ich habe gelogen, gestohlen, mich schlecht aufgeführt, all das, ohne mir wirklich Rechenschaft zu geben, was ich tat, kam es mir doch wie eine Art Entschädigung vor für das viele, was mir fehlte.

*

Ich möchte versuchen, Ihnen mit diesen Zeilen meine Lage zu schildern. Bis zum zehnten Altersjahr lebte ich mit meinen Eltern und meinem Bruder zusammen. Als mein Vater aber eine andere Frau kennenlernte, wurde unser Familienleben unhaltbar. Alles, was ich kannte, waren Zornesausbrüche, Streitigkeiten, eine Szene nach der andern. Von klein auf musste ich die Familiensorgen mit meiner Mutter teilen. Mein Vater liess sich scheiden und heiratete wieder. Um seine Kinder kümmerte er sich kaum mehr. Ich war sehr empfindsam und litt innerlich sehr, doch verabscheue ich es, meine Gefühle zu zeigen. Nach aussen scheine ich härter, als ich in Wirklichkeit bin.

Es schmerzt mich, wenn ich andere von ihrem harmonischen Elternhaus reden höre.

Vor vier Jahren ist meine Schwester auf tragische Weise, durch Selbstmord, gestorben. Seither sind wir immer traurig. Meine Mutter ist verbittert.

Weil ich niemand hatte, dem ich mich anvertrauen konnte, habe ich mir unwillkürlich, fast unbewusst, ein Idealbild gemacht von einer Person, die vielleicht einmal ein wenig meinen Vater ersetzen wird.

*

Meine Eltern wurden geschieden, als ich 18 Jahre alt war. Das Unrecht lag auf Seiten meines Vaters, der meiner Mutter und mir viel Leiden verursachte. Ich will nichts weiter von diesem Mann sagen, der mein ganzes Leben verpfuscht hat.

Warum Kinder auf die Welt stellen? Um sie zu quälen?

*

Die folgenden Ausführungen des Direktors einer Sekundarschule ergänzen diese persönlichen Zeugnisse:

Das Kind, Frucht der Liebe seiner Eltern, verträgt keine Disharmonie zwischen ihnen und noch viel weniger ihre Trennung. Der Riss in der Familie greift bis in sein Innerstes, erschüttert sein seelisches Gleichgewicht, sein Vertrauen, sein Herz, seinen Geist. Es stellt allein noch den letzten Rest einer Einheit dar, die ringsum bereits in Auflösung ist. Das ganze Gewicht seiner auseinanderfallenden Familie drückt auf seine schwachen Schultern. Das ist viel verlangt von ihm. Es trägt sein Leiden in die Schule. Um nichts in der Welt lässt es sich etwas davon anmerken. Aber von nun an ist es bedenklich zerstreut. Unruhig, ohne genügende Aufsicht zu Hause, macht es seine Aufgaben unsorgfältig, isst und schläft schlecht, kommt zu spät zur Schule. Da das Elternhaus es nicht mehr anzieht, verspätet es sich nach der Schule. Im Innersten gedemütigt, begibt es sich in Gesellschaft von weniger guten Kindern. Gereizt und nervös, sucht es Ablenkung, führt seine Kameraden mit grosstuerischer oder frecher Miene irre; es zeichnet sich durch sonderbares Benehmen aus, tritt keck und prahlerisch auf, überschreitet die Grenzen.

Die Strafen setzen ein und damit das schlechte Gewissen. Auch Krankheit kann dazukommen. All das bedeutet Rückgang und Niederlage. Der Anschluss wird verfehlt, und das Schuljahr muss wiederholt werden. Das Kind kennt die Bitterkeit des Versagens. Die Kurve geht oft so steil und unaufhaltsam abwärts, dass das Studium aufgegeben werden muss.

Solch ein Kind wird schwerlich die Lebensfreude wieder finden, die unbeschwerte Heiterkeit, die es braucht, um lieben, bewundern, arbeiten zu können, die Begeisterung, das Gefühl der Sicherheit und Rückendeckung, die ein allmähliches Höhersteigen durch die Studien ermöglichen. Ein Problem — sein Problem — stellt sich ihm in allen Dingen entgegen. Frühreifes Misstrauen, vielleicht (allzu natürlicher) Neid seinen scheinbar glücklicheren Mitschülern gegenüber, verborgene Sehnsucht, Einsamkeit, die zur Schwermut werden kann, all das nimmt ihm den Halt und das Mass der Dinge.

Das Kind, dessen Eltern auseinandergehen, ist ein verwundetes Kind, das an seiner Wunde sterben kann oder könnte. Im besten Fall wird es ein Krüppel bleiben, der über seinen verstümmelten Zustand triumphiert hat.

*

Es ist bekannt, dass ein bedeutender Teil der an die Jugendgerichtsbarkeit überwiesenen Kinder gerade aus solchen, durch Ehescheidung zerstörten Familien stammt. Durch die Haushälterin oder die neue Frau des Vaters erzogen, rächen sie sich manchmal an der Gesellschaft für den in all den Jahren, da sie die Liebe vermissen mussten, angesammelten Groll.

Andere stehen in der Fürsorge ihrer Mütter, die manchmal nicht fähig sind, ihnen eine rechte Erziehung zu geben. Wer will solchen Müttern ihre Gereiztheit vorwerfen, wenn etwa der Sohn sie ständig an den abwesenden, verhassten Gatten erinnert? Wer will sie anklagen, wenn sie im Ueberschwang der Gefühle ihre Kinder mit Zärtlichkeit überhäufen? Wer wundert sich, wenn das Kind zu einem Götzen wird, bald aber zu einem Tyrannen, der seinen Willen einer Mutter aufzwingt, die der Aufruhr in ihrem Gefühlsleben blind oder feige gemacht hat?

*

Unter dem Verbrechen der Scheidung hat endlich der Geschiedene selbst zu leiden, besonders, wenn die Gattin ihn und die Kinder verlassen hat. Und wieviele Männer sinken im entgegengesetzten Fall, als Folge ihrer Scheidung, auf die Stufe von Schurken oder Feiglingen herab!

Die Auflösung der Familie zieht vermehrte materielle Schwierigkeiten nach sich, mit denen der Mann nicht gerechnet hatte. Er sah nur die kritische Situation, aus der die Scheidung ihn scheinbar befreien konnte. Er hatte sich die Folgen nicht genügend überlegt. Gewöhnlich übersteigen sie seine Möglichkeiten. Dann sucht er sich ihnen feige zu entziehen. Dazu ist ihm alles recht: Erpressung, Flucht ins Ausland, falsche Erklärungen, erfundene Krankheiten oder Gebrechen, ständiger Wechsel des Arbeitsplatzes. Er ist auf eine Lügenbahn eingeschwenkt, auf der er zum Schuft wird, auch wenn ihm niemand diesen Namen anhängt.

Alldem stehen natürlich Beispiele von geschiedenen Männern und Frauen gegenüber, die ihre Verantwortung auf sich genommen haben, ihre Kinder in würdiger Weise erziehen und sich gegen ihren ehemaligen Partner durchaus ehrenhaft benehmen. Aber diese Ausnahmen bestätigen nur die Regel, und diese Regel ist für die, die sie praktisch kennenlernen, von unerbittlicher Härte.

*

Christus wusste das, als er zu den Juden über die Ehescheidung sprach und dabei feststellte: «*Mit Rücksicht auf die Härte eures Herzens hat Mose euch erlaubt, eure Frauen zu entlassen; von Anfang an aber ist es nicht so gewesen*» (Matth. 19, 8).

Die Herzenshärte! Ja, sie ist schuld an den geschilderten beklagenswerten Situationen. Ach, sie ist ja dem natürlichen Menschen eigen! Daran muss man sich erinnern, wenn einen Empörung erfassen will über die Unzahl der Scheidungen und der Ruinen, die sie hinter sich zurücklassen.

Die Ehescheidung ist nur eines der Anzeichen der Auflehnung des Menschen gegen Gott. Darin liegt ihre tiefste Ursache. Und nur die Versöhnung jedes einzelnen Menschen mit Gott könnte die Scheidung von unserer Erde verbannen.

*

Das Zivilgesetz steht auf dem Boden der Realität. In den Verpflichtungen, welche die Ehegatten übernehmen müssen, macht es die Heirat zu einem Vertrag, der die Möglichkeit einer Auflösung vorsieht. Es ist eben so: solange der Mensch bleibt, was er von Natur ist, muss der Staat notwendigerweise eine solche Trennung der Gatten in Rechnung ziehen und im Namen des Gesetzes sanktionieren, wenn sie allem Anschein nach unüberbrückbar ist.

In Seiner Weisheit duldet es Gott, dass das menschliche Gesetz in der durch die Herzenshärte der Menschen gestifteten Unordnung eine gewisse Ordnung aufrecht erhält. Und die Obrigkeit, die diese Gesetze anwendet, ist Dienerin Gottes. Ihre Beamten haben übrigens volle Freiheit, alles vorzukehren, um Heim und Familie zu schützen, unwiderrufliche Schritte zu verhindern, die Gatten zu beraten, mit einem Wort: sie wieder miteinander zu versöhnen — zu ihrem eigenen und ihrer Kinder Wohl. Zahlreiche Friedensrichter verwenden sich dafür mit Erfolg.

*

Sehr häufig verlangt ein Ehepartner die Scheidung, wenn er erschöpft und mit seinen Nerven am Ende ist, wenn sein Blick durch Leiden getrübt wird, wenn schlechte Ratschläge oder ein verzerrtes Bild der Wirklichkeit ihn in unheilvoller Weise beeinflussen. Es gibt gedankenlose Verwandte und schlechte Freunde oder Nachbarn, die sich darin gefallen, Ehestreitigkeiten zu schüren, ein Versagen masslos zu übertreiben, das zwar schwer sein mag, mit etwas Geduld jedoch hätte überwunden werden können. Ihre Gewohnheit, die Klagen eines Gatten mit Wohlgefallen anzuhören und in allem das Ungute hervorzuheben, trägt dazu bei, dass ein Zustand, der bis dahin wohl seine unglücklichen Seiten hatte, mit einem Mal kritisch wird. Dabei hätte manchmal ein ermunterndes Wort, eine Mahnung zur Geduld oder ein Appell an den gesunden Menschenverstand genügt, damit der abgespannte Gatte sich wieder in die Gewalt bekomme, durchhalte und hüte, was zu hüten wert ist. Denn es gibt Situationen, die, wenn auch unbefriedigend, von weniger schweren Folgen bedroht sind als eine Scheidung, die doch angeblich die Lösung sein sollte. Zahlreiche Geschiedene könnten sich nach einigen Jahren wie Frau X äussern:

In Ihren Briefen ist oft die Rede von unglücklichen Ehegatten, die fragen, was sie tun sollen. Gewiss gibt es schwierige Fälle. Ich weiss es, denn ich bin geschieden. Aber heute, nach mehreren Jahren, sehe ich die Sache objektiver an und gebe mir Rechenschaft, dass es nie so weit gekommen wäre, wenn ich besser beraten, besser aufgeklärt worden wäre, auch über mich selbst. Freilich hatte mein Mann grosse Fehler, doch auch ich war nicht fehlerfrei. Aber ich war so jung und unerfahren!

*

Christus hat wahr gesprochen: Die Ehescheidung ist vor allem eine unmittelbare oder verspätete Frucht der Herzenshärte.

Dass Unwissende, dass Verhärtete zur Scheidung greifen, ist nicht verwunderlich. Dagegen muss man sich wundern, dass auch Christen sie als ein Heilmittel für eine schwierige Situation betrachten oder nach heidnischer Weise davon Gebrauch machen im Blick auf eine ihnen passender erscheinende Wiederverheiratung.

Christen sind ja Bürger des Himmelreiches und erwarten die Wiederkunft Christi. Bis dahin aber danken sie Gott für die Gesetzgebung ihrer irdischen Heimat und für die Obrigkeit, die ihre Anwendung überwacht (Röm. 13, 1—5). Darum begeben sie sich am Tag ihrer Vermählung, in Achtung des Gesetzes, zum Zivilstandsamt. Das «Ja», das sie dort aussprechen und mit ihrer Unterschrift beglaubigen, bindet sie aneinander in einem lebenslänglichen Kontrakt, den der Staat verbürgt. Sie erfassen den vollen Wert dieser Verpflichtung. Sie wissen aber auch, dass die Aufrichtigkeit eines Versprechens seine Erfüllung nicht unbedingt garantiert. Darum suchen sie anschliessend die Gemeinde auf. Was sie wollen, ist klar. Da sie die Brüchigkeit auch der besten Absichten kennen, kommen sie, um vom Herrn die Gnade zu erbitten, ihre Gelübde halten zu können.

Ihre Anwesenheit inmitten der für die Hochzeit versammelten Gemeinde bedeutet nicht nur Bitte. Sie bedeutet auch einen *Akt des Glaubens* und einen *Entschluss.* Sie wissen, welchen Platz die Ehe im Erlösungsplan Christi innehat. Sie haben die Berufung, die Gott an sie richtet, vernommen. Auf diesen Ruf möchten sie antworten. Sie begehren, dass ihr Heim ein Haus werde, in dem der Heilige Geist wohnt (Epheser 2, 22), dass ihre Liebe ein Abbild der Liebe Christi für Seine Gemeinde und der Beugung der Gemeinde unter Jesus Christus sei (Eph. 5, 24 und folgende). Dies zu verwirklichen, wird das Werk Christi sein, als Frucht ihrer gemeinsamen Unterstellung unter Seinen Geist.

In Seinem Vorhaben ist Er die Treue selbst. Daran glauben sie unentwegt. Deshalb hat das vor Gott und der Gemeinde ausgesprochene Ja einen ganz andern Inhalt als ihr Ja vor dem Bürgermeister oder Zivilstandsbeamten.

Dort handelte es sich um einen Vertrag. Hier geht es um eine feierliche, unwiderrufliche Verpflichtung unter Anrufung Gottes und zur Ehre Christi, in dessen Namen sie göttlichen Beistand und Segen erbitten, um einer dem andern treu zu bleiben «in Freud und Leid, in gesunden und kranken Tagen, in Glücks- und Trübsalszeiten, bis der Tod sie scheidet».

*

Christus hat Seine Gemeinde nie verleugnet, auch dann nicht, wenn sie Ihm untreu war. Und so wie Er Seine Kirche nicht auswechselt, ist es auch für einen Christen, Mann oder Frau, ein Ding der Unmöglichkeit, den Ehepartner auszutauschen. Sein Gelübde vor Gott ist eine lebenslängliche Verpflichtung, ein im Glauben an Christus, der zu allem stark macht, gefasster Entschluss.

Es ist deshalb erstaunlich, dass Christen, die einen solchen Entschluss besiegelt haben, es wagen, leichthin einen Scheidungsantrag zu stellen. Wohl kann auch ein Konflikt, ja ein schwerer Bruch zwischen christlichen Gatten entstehen. Das nicht zugeben, hiesse die Existenz des Teufels, des grossen Feindes und Bekämpfers jeder Einheit, vergessen oder leugnen.

Konflikte, Unverträglichkeiten, selbst ein vollzogener Bruch, sollten Christen, die wirklich Christen sind, niemals zur Scheidung führen, sondern in erster Linie dazu treiben, geduldig und bussfertig die Ursache ihrer gegenwärtigen Entzweiung zu erforschen. Diesen Weg will der lebendige Christus, einen Weg, der durch die Erkenntnis der eigenen Fehler zur Bereitwilligkeit führt, sich gegenseitig zu verzeihen, und zum Willensentschluss, wieder aufzubauen, was Herzenshärte und Ungehorsam zerstört hatten.

Wer im christlichen Glauben lebt, kann nur eine provisorische und in einem Gefühl der Demütigung vollzogene Trennung ins Auge fassen.

Diese Trennung sollte von den uneinigen Gatten als eine Zeitspanne betrachtet werden, die dem Geist Gottes Raum schafft, um sie einzeln, vielleicht auch gemeinsam, zur Reue, zur Vergebung und zum Trachten nach einer Wiedervereinigung zu führen. Denn es geht klar aus den Glaubenslehren und den vor Gott auf sich genommenen christlichen Verpflichtungen hervor, dass die Scheidung in keinem Fall als eine Erlaubnis betrachtet werden kann, an eine neue, von der Kirche besiegelte Ehe zu denken.

— Aber das Zivilgesetz ermächtigt doch dazu, wird der Leser einwenden.

Ohne Zweifel ist das der Fall, indem nach dem Wortlaut des Gesetzes der Ehestand ein kündbarer Vertrag ist! Gegenüber Ungläubigen, die die Wirklichkeit nur auf der sozialen Ebene sehen, gibt es da nichts einzuwenden. Aber für Christen, die Jesus Christus untertan sind, sieht die Sache ganz anders aus. Das Neue Testament drückt sich darüber in den Episteln und Evangelien deutlich genug aus.

Wer seine Frau entlässt und eine andere heiratet, begeht ihr gegenüber Ehebruch (Markus 10, 11; Lukas 16, 18).

Und wenn sie ihren Mann entlässt und einen andern heiratet, begeht sie Ehebruch (Markus 10, 12).

Wer eine von ihrem Mann Entlassene heiratet, begeht Ehebruch (Lukas 16, 18).

Die Frau, die einem Mann angehört, ist durch das Gesetz an ihren Mann gebunden, solange er lebt ... Also wird sie, solange ihr Mann lebt, eine Ehebrecherin geheissen, wenn sie einem andern Mann zu eigen wird (Röm. 7, 2—3; 1. Kor. 7, 39).

Den Verheirateten gebiete nicht ich, sondern der Herr, dass eine Frau sich von ihrem Manne nicht trennen soll. Wenn sie sich aber doch getrennt hat, so bleibe sie unverheiratet oder versöhne sich wieder mit ihrem Manne (1. Kor. 7, 10).

Klarere Auskunft als diese gibt es nicht!

*

Es gibt allerdings zwei Texte im Evangelium Matthäus, die diese absolute Klarheit einzuschränken scheinen. In der Tat sagt Christus dort:

«*Jeder, der seine Frau entlässt, ausser wegen Unzucht, gibt Anlass, dass ihr gegenüber Ehebruch begangen wird. Wer eine*

Entlassene heiratet, begeht Ehebruch (5,32). Ich sage euch: Wer seine Frau entlässt, ausser wegen Unzucht, und eine andere heiratet, begeht Ehebruch» (19,9).

In Wirklichkeit unterstreicht diese Einschränkung umso deutlicher die Klarheit der Lehre Christi. In diesem Doppelwort wird ausdrücklich zwischen Entlassung und Wiederverheiratung unterschieden. Die Entlassung ist nur im Fall von Untreue eines Partners gestattet; man setzt ihn dabei nicht der Gefahr aus, Ehebrecher(in) zu werden, denn er ist es schon.

Dagegen bestätigen diese beiden Aussprüche in vollkommener Uebereinstimmung mit den oben zitierten Stellen die eine Tatsache: Wiederverheiratung ist Ehebruch in allen Fällen, wo der Ehepartner noch am Leben ist.

*

Soll das heissen, dass alle, die eine Scheidung durchgemacht und sich wieder verheiratet haben, für immer verurteilt sind?

Nein! Man müsste einfältig und mit der christlichen Wahrheit nicht im geringsten vertraut sein, um so zu urteilen.

Es steht nämlich keinem Menschen und vor allem keinem Christen zu, seinen Nächsten zu verurteilen.

Dagegen ist sehr zu wünschen, dass die Wortverkündiger der Kirche diese Grundwahrheiten klarer ausrichten. Manche Geistliche finden sich heute bereit, den Segen Gottes auf Ehepaare zu erbitten, von denen der eine oder gar beide Geschiedene sind. Sie tun das auf ihre eigene Verantwortung.

Die Römisch-Katholische und die Anglikanische Kirche, ein Teil der Lutheraner, Freikirchen und Gemeinschaften weigern sich aus Treue zur Lehre Christi, ein Brautpaar einzusegnen, wenn einer der Partner geschieden war. Im Gegensatz dazu haben die reformierten Kirchen bisher keine standfeste Stellung einzunehmen vermocht. Allerdings zeichnet sich seit einigen Jahren eine Neubesinnung ab, im Bewusstsein eines Ungehorsams gegenüber der Lehre Christi, nicht nur im Blick auf die

Wiederverheiratung Geschiedener, sondern auf die Ehe überhaupt.

Es ist wohl das Bemühen, allen alles zu sein und niemandem wehzutun, das zuerst dazu geführt hat, dass man allzu bereitwillig die Gelübde von Eheleuten entgegennahm, die ohne wirklichen Glauben waren und denen der Sinn und die Tragweite ihres Gelöbnisses nicht zuvor klargelegt wurden. Dieses Fehlen einer klaren Belehrung über den tiefen Sinn der Ehe, verbunden mit einer falschverstandenen Menschenliebe, in der eine Segnung im Namen des Vaters, des Sohnes und des Heiligen Geistes ohne Vorbereitung des Brautpaares und unter beliebigen Umständen ausgesprochen wird, ist ohne Zweifel in starkem Masse mitschuldig an der Oberflächlichkeit, mit der heute so viele Ehen geschlossen und wieder aufgelöst werden.

Die Neubesinnung hat begonnen. Unsere Kirchen haben wieder den Nachdruck auf den Ernst des Versprechens «bis zum Tode» gelegt.

Sie laden die künftigen Eheleute ein, sich mindestens drei Wochen vor der Hochzeit anzumelden, damit zwischen ihnen und dem Pfarrer, der sie trauen soll, eine Unterredung stattfinden kann.

Gewisse Kirchen haben eine Kommission eingesetzt, welche die Fälle von Wiederverheiratung Geschiedener überprüft und alsdann die Erlaubnis zur Vornahme der kirchlichen Feier erteilt oder verweigert.

Andere lassen jedem Geistlichen die Freiheit, nach seinem eigenen Gewissen zu handeln.

*

Man darf den Ernst, mit dem diese Neubesinnung geschieht, nicht geringschätzen, trotzdem dabei oft auf halbem Wege stehen geblieben wird.

Es ist kein Beweis echter Liebe, wenn man den Geboten Christi gegenüber Winkelzüge macht. Die Herzenshärte des Menschen und alle Verirrungen, die daraus erwachsen, ermächtigen die Kirche niemals, die Belehrungen des Wortes Gottes abzuschwächen. Wo das Gebot nicht ernst genommen wird, ist auch die Gnade nicht mehr Gnade.

Manche werden Anstoss nehmen und sich empören über eine solche Bindung an nach ihrer Meinung überholte und allzu strenge Gesetze. Sie mögen wissen, dass sie mit diesen Einwänden nicht die ersten sind. Schon die Jünger, mit denen Jesus über die Ehe und ihre Unauflöslichkeit gesprochen hatte, lehnten sich auf. «*Wenn die Sache des Mannes mit dem Weibe so steht*», riefen sie aus — d. h. wenn wirklich die Heirat endgültig ist, ohne jede Möglichkeit, sich freizumachen oder ein neues Leben mit einem andern Partner zu beginnen — «*so ist es nicht gut, zu heiraten!*» (Luk. 19, 10). Der weitere Verlauf der neutestamentlichen Geschichte zeigt, dass die Jünger schliesslich verstanden haben.

*

Gott schenke, dass auch die heutigen Christen zu diesem Verständnis gelangen!

Bis dieser Tag kommt, trägt sich kein Diener Christi mit der Absicht, irgend jemand zu verurteilen, nicht einmal, jedwede Form einer Wiederverheiratung auszuschliessen.

Es gibt ja leider Situationen, in denen eine blosse Trennung nicht ausreicht und wo aus juristischen Gründen eine Scheidung unvermeidlich ist.

Christen sind es sich schuldig, die Lasten derer mitzutragen, die manchmal in einer drückenden, bittern Einsamkeit kämpfen müssen. Gegen Geschiedene wie gegen alle geprüften Menschen ist ihnen immer ein brüderliches und weitherziges Verständnis geboten.

Es gibt sogar Umstände, unter denen eine zweite Heirat als ein Zeichen der Barmherzigkeit Gottes betrachtet werden kann, und wo der Aufbau einer nochmaligen Ehe, in Busse und Glauben, den Segen von oben erfahren darf. Es muss deutlich ausgesprochen werden: der Segen Gottes ist nicht abhängig von menschlichen, auch christlichen, auch kirchlichen Entscheiden. Aber eine solche Möglichkeit ändert in keiner Weise die Treuepflicht, die die Gemeinde dem Herrn und Seinem Wort schuldet.

Auf die Gefahr hin, unverstanden zu sein, sollte ein Diener Gottes sich zu einer Enthaltung bekennen, wie sie ein Waadtländer Pfarrer mit folgenden Worten für gläubige Menschen umschrieben hat:

«Und wenn du nun schliesslich zu mir kämest und mir erklärtest, dass du dich trotz den Verpflichtungen deiner ersten Heirat und den Lehren Christi vor Gott frei fühlst? Es steht mir nicht zu, weder dich freizusprechen noch dich zu verurteilen. Du willst wieder heiraten? So tue es, *aber auf deine alleinige Verantwortung.* Verlange nicht von der Kirche eine Mitwirkung, bei der sie nur sich selbst verleugnen würde.

Dein Pfarrer weiss wohl, dass einst im Reich Gottes manch ein Geschiedener normal verheiratete Leute weit hinter sich zurücklassen wird. Er wird weiterhin für dich beten, mit dir zusammentreffen, dich am Tisch des Herrn empfangen; du bleibst sein Gemeindeglied. Allein — so wahr seine Liebe zu dir ist — er kann es unmöglich auf sich nehmen, im Namen Jesu Christi und Seiner Gemeinde ein zweites Mal Zeuge einer lebenslänglichen Verpflichtung zu sein. Wenn du deine Bibel kennst, wirst du das ohne weiteres verstehen. Ein Diener Jesu Christi ist es sich schuldig, durch seine Handlungsweise wie durch seine Worte in Erinnerung zu rufen, dass, *wenn wir untreu sind, Er treu bleibt, denn Er kann sich selbst nicht verleugnen* (2. Tim. 2, 13).»

DIE GEBURTENBESCHRÄNKUNG Es ist eine heikle Sache, an dieses Problem heranzutreten. Man kann es aber nicht berühren, ohne dass sich sofort die Frage nach einer Lösung aufdrängt, die sowohl der Lebenswirklichkeit als auch dem Willen Gottes, dem wir Treue schulden, Rechnung trägt. Es mag wenige Ehen geben, in denen nicht diese Schwierigkeit zeitweise, und vielleicht ernstlich, die Einigkeit der Gatten beeinträchtigt hat.

Diesem Problem gegenüber gibt es zwei Auffassungen, die sogleich abzuweisen sind, weil sie beide als Feinde der ehelichen Liebe und der Familie gelten müssen und gleichzeitig der elementarsten christlichen Wahrheit widersprechen, nämlich: Einerseits die völlige Passivität bei der Festsetzung und Gestaltung des geschlechtlichen Verkehrs, d. h. die Fortpflanzung ohne jede Kontrolle. Anderseits die zügellose Empfängnisverhütung, d. h. die selbstherrliche Begrenzung der Kinderzahl durch künstliche Mittel.

Die meisten Leute haben dieser Frage gegenüber keine ausgesprochene Einstellung. Das hat seine Gründe! Bis vor wenigen Jahren blieb, ausser in der Römisch-Katholischen Kirche, die eine klare Stellung bezogen hatte, die Frage «wieviele Kinder?» dem freien Erwägen und der alleinigen Verantwortung derer, denen sie sich stellte, überlassen. So beantwortete sie jeder nach seinem beschränkten persönlichen Urteil. Und dieses wirkte sich nicht immer im Interesse der Familie, der Liebe und der ehelichen Harmonie aus. Viele Ehepaare hätte die Frage, ob ihre Entschlüsse im Einklang mit dem göttlichen Willen standen, wohl sehr in Verlegenheit gebracht. Entweder hatte sich ihnen diese Frage nie gestellt, oder aber sie waren zum Schluss gekommen, ohne jedoch davon überzeugt zu sein, dass Gott mit ihrer Weise, die Sache zu erledigen, einverstanden sei.

Es ist wahr, dieses Problem ist nicht leicht zu lösen. Und dennoch, wenn es ein Gebiet gibt, wo wir einer klaren Offenbarung des göttlichen Willens bedürfen, so ist es hier! Gibt es eine tiefere, folgenschwerere Verantwortung als die, Kinder in die Welt zu setzen? Jesus Christus ist gekommen, um uns die liebende Fürsorge Gottes zu offenbaren, Seinen Willen, sich um alle unsere Schwierigkeiten zu kümmern und uns zu helfen, sie zu lösen. Wie könnte Er gegenüber dieser besondern Lebensfrage stumm und unbeteiligt bleiben?

Eine Klarstellung ist schon zu Beginn unerlässlich. Sozialwissenschafter, Humanisten, Ethnologen, Politiker, Aerzte, sie alle könnten wir einladen, sich an unserer Untersuchung zu beteiligen, ihre Sicht des Problems und ihre Methode, es zu lösen, darzulegen. Es wäre bestimmt interessant, sie anzuhören. Aber ihre Ausführungen können dem Thema nicht gerecht werden, wenn sie die Frucht ihrer blossen menschlichen Weisheit sind. Denn die Aussagen auch der bestorientierten Wissenschaft sind für einen Christen nur soweit von Wert, als sie dem Willen Gottes Achtung zollen. Christus ist die Wahrheit. Beim Suchen nach einer Antwort und vor jeder Entscheidung wird der Christ zuerst Christus befragen.

Die Bibel enthält nun wirklich Richtlinien, die präzis genug sind, um in ihrem Licht das Problem herauszuarbeiten und den Willen Gottes deutlich zu erkennen. Vor dieser Untersuchung sind aber noch einige Feststellungen zu machen.

*

Eine Familie aufzuziehen, hat zu jeder Zeit Mühe und Arbeit gekostet, was zwar durch die erlebten Freuden weit aufgewogen wird. Aber heutzutage einen Familientisch zu decken, an dem zahlreiche Kinder ihre Speise erwarten, allwöchentlich jedem sein Teil an Wäsche und Kleidern — ohne die Schuhe zu vergessen! — bereitzuhalten, das ist für manches Ehepaar längst keine vergnügliche Beschäftigung mehr. Und wenn es dank Arbeit und Gebet so wäre, bliebe doch das grösste Problem noch ungelöst. Denn dieses «Problem» unzähliger Familien besteht darin, für die Kinder Raum zu schaffen, d. h. sie unterzubringen: es ist die Wohnungsfrage!

Wer nicht ein eigenes, zweckentsprechendes Haus besitzt, steht heute vor der schwierigsten der Fragen: Wo finde ich eine Wohnung für meine zahlreiche Familie? Denn heute denken die Eigentümer von Mietshäusern an alles: Heisses Wasser, Zentralheizung, Kehrichtschacht, Aufzug, Badezimmer usw. — kaum aber an Familien mit Kindern. Gewiss haben sie sie nicht gänzlich ausser Acht gelassen. In den Bauplänen räumt man ihnen einen Platz ein, vorausgesetzt, dass die Eltern sich entsprechend den «Normen» der Eigentümer und der übrigen Mieter «vernünftig» verhalten, nämlich im Maximum zwei bis drei Kinder aufweisen!

Wenn Sie also diese Ziffer überschritten haben, gehören Sie zur Kategorie der Unvernünftigen, die sich dem Fortschritt nicht anpassen und in die subventionierten «Häuser für grosse Familien» abgeschoben werden.

Glücklicherweise sind die Wohnungen in solchen Blöcken Ihrem Geldbeutel ungefähr angepasst, wenn auch die Grösse und die Mauerstärke nicht befriedigen können.

Die Angehörigen solcher zahlreicher Familien pflegen allerdings meist nicht die Heiklen zu spielen. Zufrieden, irgendwo untergekommen zu sein, sind sie froh, vier Mauern um sich zu haben, auch wenn sie die Gespräche der Nachbarn durchlassen.

Aber auch die Familien mit einer «vernünftigen» Anzahl von Kindern müssen vorsichtig sein. Selbst wenn sie nur zwei Kinder haben, dürfen sie dies nicht allzu laut sagen, besonders dann, wenn sie auf der Suche nach einer Wohnung von einer Agentur zur andern laufen. Meldet sich nämlich gleichzeitig ein Mieter ohne Kinder, so wird ihm der Vorzug gegeben, mag er auch von zwei Hunden begleitet sein! Warum ist das so? Weil es in der zivilisierten, wohlorganisierten Welt, welche für die realistischen Menschen von heute Geltung hat, beinahe ein Verbrechen ist, eine Kinderschar zu besitzen. Auf alle Fälle ist es ein Unsinn!

Sie verstehen das nicht? Aber die Kinder, die beschädigen ja die Tapeten! Und in der heutigen «geräuschlosen» Welt, der Welt der Strassenbahnen, der Automobile, der Flugzeuge, der

Motorräder, da machen die Kinder doch Lärm! Die Motoren wären noch zu ertragen, aber Kindergeschrei? Nicht auszuhalten! Darum ist Hunden der Vorzug zu geben. (Tragt es ihnen nicht nach, sie können nichts dafür!)

Das ist der Hintergrund, vor dem sich für ungezählte Ehepaare die Frage stellt: wieviele Kinder?

Eine kleine Bemerkung ist hier nicht zu unterdrücken. Familien mit Kindern sind manchmal selber schuld an ihren Schwierigkeiten auf dem Wohnungsmarkt: ihre Kinder sind so schlecht erzogen, dass auch der geduldigste Hauseigentümer den Mut verliert. Der nachfolgende Brief mag dies zeigen:

Schlecht erzogene Kinder sind die Plage der Mietshäuser und der Schrecken der Hausbesitzer. Diese grausame Erfahrung habe ich soeben gemacht. Vor einigen Monaten gab ich bei der Vermietung einer Wohnung einer Familie mit zwei Kindern den Vorzug. Die Auskünfte über die Eltern waren sehr gut; aber trotz der Richtigkeit einer Auskunft muss man mit den Leuten zusammenleben, um sie wirklich kennen zu lernen.

Die beiden Kinder von drei und vier Jahren haben unser ruhiges Haus in die reinste Krachbude verwandelt, derart hämmern sie auf den Möbeln und andern tönenden Gegenständen herum! Dazu balgen sie sich und kreischen den lieben langen Tag.

Das ganze Haus wird durch diesen Spektakel gestört. Ich habe Mieter, die seit zwanzig Jahren, andere, die seit fünfundvierzig Jahren hier wohnen. Diese Leute haben ebenfalls ein Recht auf Ruhe, umsomehr, als sie eine zahlreiche Familie in unserem Haus auf anständige Weise grossgezogen haben. Folglich habe ich die Schuldigen gemahnt, und wenn es nicht besser wird, werde ich handeln! Aber ein andermal weiss ich, was ich zu tun habe.

Wenn die jungen Eheleute ihre Kinder nicht mehr erziehen können, nun gut! Dann sollen sie Häuser bauen, wo sie nach Belieben alles auseinandernehmen können, das ist dann ihre Sache.

Dieser Hausbesitzer hat völlig recht. Seine Bemerkungen sollten als Same in die Herzen aller Eltern gelegt werden!

*

Nach diesen Vorbemerkungen kehren wir zur Frage zurück: Wie soll ein Christ das Problem der Geburtenbeschränkung lösen? Als erstes müssen die verschiedenen Seiten der Wahrheit, von denen aus jeder Einzelfall seine Lösung finden kann, klar definiert werden.

Für den Christen ist immer das richtig, was Gott will, und zwar, *was Er heute will.* Gott kann kraft Seiner Souveränität und Liebe für ein bestimmtes Ehepaar heute etwas wollen, das morgen nicht mehr Seinem Willen entspricht. Er, der Vater, kennt Seine Kinder. Seine Anforderungen ihnen gegenüber können verschieden sein, nicht weil Er parteiisch wäre, sondern weil Er in Seiner Liebe Seine Ansprüche ihren verschiedenen Möglichkeiten, ihrer Eigenart, ihren Umständen anpasst.

Ist nun das, was Gott will, das einzig Richtige, so fragen wir, ob in Seinem Wort ein klar ausgesprochener und zu allen Zeiten und für alle Ehen gültiger Wille zum Ausdruck kommt.

Es genügt, die Bibel beim ersten Kapitel des ersten Buches Mose aufzuschlagen, um eine solch klare Weisung zu vernehmen. Dort heisst es in der Tat: «*Gott schuf den Menschen, ihm zum Bilde ... als Mann und Weib schuf er sie. Und Gott segnete sie und sprach zu ihnen: Seid fruchtbar und mehret euch ...*» (1. Mose 1, 27—28).

Dies ist ein bestimmter Befehl. Für alle Ehepaare gilt, dass der göttliche Segen an den Gehorsam diesem Befehl gegenüber gebunden ist. Aber es muss betont werden: der Glaube macht den Menschen nie zu einem Wesen ohne Verantwortung. Jeder Christ wird Rechenschaft ablegen müssen (Röm. 14, 10; 2. Kor. 5, 10) über das, was er in voller Kenntnis des göttlichen Willens gedacht, gesprochen, getan hat. Das Evangelium beruft den Menschen dazu, ein vollmündiges Geschöpf zu werden, das den Willen Gottes ernst nimmt und sich vor dem Herrn und Seiner Gemeinde persönlich dazu bekennt.

Wenn nun also Gott die Familie will, so ist es an den Eltern, diesen göttlichen Willen in Freiheit zu erfüllen. Täuschen wir uns nicht über die Tragweite dieses freien Gehorsams. Gott macht aus dem Ehepaar nicht eine Maschine zur Erzeugung von Kindern. Wenn Gatten ein Kind erwarten, so haben sie dafür die Verantwortung vor Gott übernommen. Ein Tier ist an seinen Instinkt gebunden. Der in der Abhängigkeit von Gott stehende Mensch bewahrt sich die Herrschaft über sich selbst und seine Sinne. Nie wird er behaupten können, dass Gott allein verantwortlich sei für das gezeugte Kind. Denn wenn es zur Zeugung kommt, so hat der Mensch die Verantwortung dafür zu tragen.

Nicht ohne Grund wird Christus der Bräutigam der Gemeinde genannt. Ein Gatte nach Gottes Willen macht seine Frau nicht zu einer Sklavin, die sich allem unterwirft, was ihm gefällt, ihr aufzuerlegen. Denn wenn er in irgendeiner Weise seine Frau der persönlichen Freiheit berauben wollte, so wäre seine Liebe, auch wenn sie echt ist, eine Tyrannei. Neben einem Gatten, der dieses Namens würdig ist, bleibt die Gattin verantwortlich für alles, was sie denkt, sagt, tut, beschliesst, auch wenn sie in ihm ihr Haupt anerkennt und seine Autorität hochhält. Sollte sie etwas gegen Gottes Willen tun, so dürfte sie nie wiederholen, was Adam und Eva vorbrachten.

Als Gott den Adam zur Rede stellte, nachdem er seine Freiheit missbraucht hatte, antwortete dieser mit einer feigen Anklage gegen seine Frau: Sie hat mir die verbotene Frucht angeboten. Bei ihrer Befragung zeigte auch Eva nicht mehr Mut und klagte in gleicher Feigheit, statt zu ihrer Verantwortung zu stehen, die Schlange an.

Diese Ablehnung persönlicher Verantwortung ist ein Merkmal der gefallenen Welt. In dieser Welt der Finsternis, der Unwissenheit und Sünde, einer von Gott gelösten, Christus feindlichen, dem Heiligen Geist verschlossenen Welt, einer Welt voll Feigheit, Hochmut und Lüge klagt man sich gegenseitig an und will die Verantwortung für die eigenen Taten auf andere oder auf Gott abwälzen.

*

Mit anderen Worten: Wenn Gott die Familie will, so muss das Ehepaar die Verantwortung, sie mit Ihm zu wollen, auf sich nehmen. Zu allen Zeiten bleiben die Eheleute voll verantwortlich für alle Kinder, die ihnen geboren werden.

Noch anders ausgedrückt: Das Paar kann, im Gehorsam gegen Gott, beschliessen, für eine Zeit keine Kinder zu haben. Es kann ferner beschliessen, die Familie sei nun vollzählig, und gemeinsam, im Gehorsam gegen Gott, die Verantwortung auf sich nehmen, keine weiteren Kinder zu haben.

*

Wie können die Gatten aber erkennen, dass ihre Entscheidung dem Willen Gottes wirklich entspricht?

Da Gott die Familie will, müssen sie prüfen, ob ihre Gründe, in einem gewissen Augenblick oder für immer auf ein Kind zu verzichten, im Licht der ganzen in der Schrift geoffenbarten Wahrheit gültig sind.

Die Prüfung einiger konkreter Fälle wird uns wegweisend dienen.

*

Die Gatten Z haben sich vor kurzem vermählt. Sie haben beschlossen, mindestens fünf Jahre lang kein Kind zu haben. Sie sind Sportsleute und Bergsteiger. Sie wollen frei bleiben und ohne Hindernis über ihre ganze Zeit, ihre Abende, ihre Sonntage verfügen können.

Was ist von dieser Einstellung zu halten?

Sicher ist es nicht unbedingt notwendig, dass jede junge Frau sich vom ersten Monat ihrer Ehe an durch das Unbehagen einer Schwangerschaft behindert fühlt. Andererseits sind die oben geltend gemachten Gründe durch eine ganz gewöhnliche Selbstsucht eingegeben. Diese Gatten leben im Rausch eines falschen Paradieses. Ihr einziges Interesse ist die Befriedigung ihrer Wünsche. Gottes Wille ist das letzte, das sie kümmert. Ihre nächste Bergbesteigung, eine geplante Skitour gilt ihnen viel mehr.

Ein solcher Start ins Leben zu zweien wird kaum vom göttlichen Segen begleitet sein. Diese Ehegatten haben den Weg Gottes verfehlt. Denn Er hat gesagt: *Seid fruchtbar, mehret euch,* und nicht: Sucht euch selbst in gegenseitiger Bewunderung, in egoistischem Genuss, und weicht den damit verbundenen Verpflichtungen aus!

*

Da sind die Eheleute X. Sie haben sehr einfach geheiratet, haben im Kleinen angefangen. Das bald eingetroffene Kind hat nicht gerade zur finanziellen Entlastung des Haushalts beigetragen. Das hindert nicht, dass Herr und Frau X weiter ihre Ambitionen hätscheln. Der Pelzmantel, der Sportwagen, dann die Stereoanlage und der Farbfernseher, all das figuriert in der Liste der möglichst bald zu erfüllenden Wünsche. Wie dazu gelangen?

Madame hat beschlossen, den Erstgeborenen in die Kinderkrippe zu geben und sich Arbeit zu suchen ... Gesagt, getan.

Von nun an kommt bei den Eheleuten kein zweites Kind mehr in Frage. Sein Kommen würde die Frau am Verdienen hindern und die herrlichen Pläne: Pelzmantel usw. usw., gefährden. Offen gesagt, die Leute denken nur an sich selbst und ihren Komfort. Es besteht keine Beziehung mehr zwischen ihrem gierigen Materialismus und Gottes Absichten. Sein Wille, die Familie, hat keinen Raum in ihren Gedanken.

In Tat und Wahrheit sind sie im Götzendienst befangen. Gewiss, sie haben keine Ahnung davon, obschon ihr Nein zum Kinde ein deutliches Zeichen dafür ist. Wie könnte der göttliche Segen sich mit soviel Begehrlichkeit und Ungehorsam verbinden?

*

Es gibt aber noch andere Formen des Materialismus. Die Eheleute Y besitzen einen einträglichen Landwirtschaftsbetrieb.

Bei der ersten Schwangerschaft der Frau hoffte der Mann sehr auf einen Sohn. Es war ein Mädchen. Er hat sich darob bald getröstet, da nach zwei Jahren der erwartete Sohn erschien.

Von da an haben Herr und Frau Y begonnen, sich allerlei Berechnungen hinzugeben. Sie wogen das Pro und das Kontra ab. Sie zögerten lange und beschlossen dann, die Geburt eines dritten Kindes zu riskieren. Sie hofften, es würde nochmals eine Tochter sein. So müsste der Sohn das Gut mit niemandem teilen. Käme aber nochmals ein Knabe, so müsste man die Sache neu erwägen. Aber Herr Y sorgte vor: Wenn es ein Knabe ist, gut, so soll aus ihm ein Lehrer werden!

So wird in diesem Heim im voraus gerechnet, eingerichtet, entschieden, alles im Namen einer rein menschlichen Klugheit sehr materieller Art. Nur im Licht dieser persönlichen Interessen wird über die Zukunft disponiert, ohne jemals zu fragen, ob Gott nicht andere Ziele, andere Wege haben könnte. Wer weiss, ob Er nicht unter all den Kindern, die in dieser Familie hätten zur Welt kommen sollen und abgelehnt wurden, Arbeiter auswählen wollte, die einen andern Samen säen und ernten sollten als den, womit diese Landwirte hantierten!

*

X, Y, Z. Es sind typische Fälle, denen man noch die vielen Ehen zur Seite stellen müsste, wo das Kind aus Furcht vor der Zukunft abgelehnt wird. Als wäre Gott nicht der, welcher, wenn es nottut, das Brot vermehren, den Oelkrug füllen, Wasser aus dem Felsen sprudeln lassen, den Wüstenboden mit Speise bedecken kann! Das heisst nicht, dass der Mensch Gott versuchen und soviele Kinder haben soll, als irgend kommen mögen, in der Meinung, Gott solle sie kleiden und ihnen das tägliche Brot sichern. Ist aber nicht andererseits die Ablehnung des Kindes aus Furcht vor der Zukunft eine schwerwiegende Form des Unglaubens, eine Verleugnung des gläubigen Gebets: *Unser Vater im Himmel, gib uns heute unser tägliches*

Brot, bei dem der Beter glaubt, dass Gott hört, erhört und das Erbetene schenkt? Hat Er nicht gesagt: *Gold und Silber sind mein ... Ich bin bei euch alle Tage ... Euch wird nichts mangeln!*

Bedenken wir noch eines: Wenn es Kinder gibt, die angesichts der Verhältnisse, in die sie gestellt wurden, nie hätten zur Welt kommen sollen, so haben sehr viele nie das Licht der Welt erblickt wegen der Selbstsucht der Mutter oder des Vaters, zuweilen auch wegen der Grosseltern!

Die nachfolgenden Briefe mögen diese grausame Seite der Wirklichkeit beleuchten.

*

Seit bald zehn Jahren sind wir verheiratet. Mein Mann ist sehr lieb zu mir, er könnte gar nicht netter sein.

Unser erster Bub wurde nach zehnmonatiger Ehe geboren, unser zweiter fünfzehn Monate später. Nach zwei Jahren hatten wir das dritte und wieder zwei Jahre später ein viertes Kind. Nun schien es endlich, dass es dabei bleiben würde. Wir hofften es umsomehr, als meine Eltern uns beim dritten und vierten gescholten hatten.

Aber nun taucht nach sechs Jahren eine neue Sorge auf. Seit einigen Tagen fühle ich mich sehr schlecht. Als ich letzte Woche darüber nachsann, was mir bevorstehe, war ich fest entschlossen, einen Arzt aufzusuchen, um diese neue Schwangerschaft zu verhindern. Mein Mann sagte mir, dass er lieber ein Kind mehr hätte, als mich krank zu sehen. Er war nicht ruhig.

Auch ich war nicht ruhig, aber ich konnte nicht auf die Stimme hören, die in meinem Herzen redete. Ich wollte nach X. gehen, um einen Arzt aufzusuchen, aber der Heilige Geist wirkte in mir, und die Furcht vor einer Strafe hielt mich vor diesem Schritt zurück. Mein Mann ist mir beigestanden und hat mich ermutigt. Trotzdem bleibt eine grosse Sorge auf mir lasten.

Morgen verreise ich nach Z., um meine Mutter zu pflegen. Wenn sie etwas merkt, wird sie mir Vorwürfe machen. Meine Eltern sind gut gestellt, aber sie können nicht begreifen, dass wir soviele Kinder haben. Sie sind wie die Leute vom Dorf, die bei der Geburt des vierten sagten, wir seien verrückt, einfältig ...

*

... Vor einigen Monaten teilte mir diese junge Frau ihre Besorgnis mit: sie glaubte, ihr viertes Kind zu erwarten, war aber nicht ganz sicher! Sie hätte gerne diese Schwangerschaft unterbrochen, da der Mann das Haus verlassen würde, wenn noch ein viertes Kind ankäme.

Vorgestern hat sie geboren. Nachdem ihr Mann sie während der Nacht in die Frauenklinik gebracht hatte, ist er aus Wut nicht mehr nach Hause gekommen. Er hat sich nicht um die drei andern Kinder zu Hause gekümmert, hat nach der Arbeit seine Frau nicht besucht und ist nicht einmal heute, am Sonntag, zu ihr gegangen.

*

Beim Lesen Ihrer Auslegung über die Pflichten der Ehegatten sind mir die Tränen in die Augen gestiegen, und ich wurde von Schluchzen geschüttelt, wie damals — oder noch mehr — als mein Arzt meinen Mann zu sich rief, um mit ihm zu reden. Beide, Arzt des Leibes wie Arzt der Seele, sagen Sie mir klar und deutlich, dass ich normal, gesund, «im Recht» bin, aber aus dem Gleichgewicht geraten, weil mein Mann die Gesetze der Natur zu überlisten suchte.

«Zwei Kinder genügen, wir wollen auf keinen Fall mehr», sagte mein Mann. Und er betrog mich mit dem Liebesakt. Das dauerte Jahre, bis schliesslich mein Körper sich dagegen wehrte, krank und kraftlos wurde, und meine Seele ausgehöhlt durch den Gedanken, dass der einzige Wert, den ich noch hatte, darin bestand, dem physischen Hunger meines Mannes zu dienen.

Bei alledem glaubte mein Mann, zu unser aller Wohl zu handeln. Er war deshalb sehr verärgert, als ich schwanger wurde, und noch mehr, als mein Arzt, der von einer Unterbrechung der Schwangerschaft nichts wissen wollte, mich beglückwünschte und mich ermutigte, mein Kind mit Stolz zu tragen, trotz den Befürchtungen meines Mannes.

«Wenn es da ist, wird er es gernhaben», sagte er mir, und ich fasste neuen Mut.

Aber die ganze feindliche und nervöse Haltung meines Mannes zehrte an mir, und ich hatte eine Fehlgeburt.

Ich verliess die Klinik mit zerrütteten Nerven, und mein Mann versprach mir, «ein anderes zu bestellen», sobald ich wieder stärker sei. Dieses Versprechen gab er allerdings sehr leichtsinnig, denn er schnaubte vor Wut, als ich wieder schwanger wurde. Mit aller Gewalt wollte er die Schwangerschaft unterbrochen haben, und er wendete seine ganze Ueberredungskunst an, um mein Einverständnis zu erlangen.

«Dein Arzt ist katholisch, deshalb hat er nur eine Sorge: soviele Kinder als möglich zur Welt zu bringen. Aber er bezahlt ja nicht dafür!»

«Sei vernünftig: zwei Kinder, das ist doch gar nicht schlecht. Wir haben schon genug Geldsorgen und Erziehungsschwierigkeiten. Das wäre zu viel, wir kämen überhaupt nicht mehr zum Schnaufen. Denk an die Kinder, die du hast, entziehe ihnen nicht durch Egoismus einen Teil deiner Liebe und unserer finanziellen Mittel, indem du ein drittes Kind auf die Welt setzest.»

Seine Worte taten mir nicht weniger weh, als wenn man mir ein Messer durch die Brust gestossen hätte. Aber eine innere Stimme sagte mir: «Er hat unrecht, ein drittes Kind wird uns retten.»

Während der ganzen Schwangerschaft schöpfte ich meine Kraft aus der Ueberzeugung, dass ich «im Recht» sei und dass Gott mir helfen werde, und das an der Seite eines unbeugsamen Mannes, der fest entschlossen war, «mich die Folgen meines Eigensinns alleine tragen zu lassen».

Unser drittes Kind ist geboren. Es ist das schönste und kräftigste von allen und gleicht mehr und mehr seinem Vater. Dieser verfällt mehr denn je — dem Stolz der Vaterschaft! Wir sind auf dem guten Weg ...

*

Jawohl, gerade so kann es gehen! Aber auf *eine* Frau mit kühnem Mut fallen so viele andere, die nur auf ihre Bequemlichkeit bedacht sind. Wie manchen fehlt auch der Mut, ein neues Kind zu erwarten ... um ihres Gatten willen. Grobe, grollende Männer gibt es, die es ihren Frauen übelnehmen, wenn sie in Erwartung sind. Als ob sie daran unbeteiligt wären! Zugleich Feiglinge und Tyrannen, nehmen solche manchmal die Schwangerschaft ihrer Frau sogar zum Vorwand, um einen Weg der Untreue zu beschreiten.

Und was soll man von Verwandten, Müttern oder Schwiegermüttern halten, die sich erlauben, ihren Kindern Vorwürfe zu machen, weil sie wieder Familienzuwachs erwarten? Man sollte doch meinen, dass eine Mutter sich über ein solches Ereignis freuen und ihre Tochter oder Schwiegertochter zuvorkommend und fürsorglich umgeben würde. Leider kommt es vor, dass solche Frauen nie hässlichere Bemerkungen im Munde führen oder sich nie unchristlicher benehmen als unter solchen Umständen. Vielleicht aus Eifersucht oder aus unbewussten Verdrängungen heraus!

Vergessen diese unwürdigen Gatten oder Grosseltern, dass sie eines Tages Rechenschaft abzulegen haben?

Es ist verständlich, dass junge Frauen durch solches Verhalten in der Familie entmutigt werden. Aber einem gläubigen Menschen macht es der freiwillige Gehorsam möglich, durch den Glauben sowohl die Furcht vor der Zukunft als auch den Widerstand der Ungerechten zu überwinden. Keine Frau, die Gott vertraut, soll das je vergessen. Denn auch hier darf sie ihre Verantwortung nicht abstreiten und nach der Weise Adams und Evas sagen: «Nicht ich, sondern mein Mann und meine Schwiegermutter sind schuld!»

*

Man könnte sich wundern, dass die herangezogenen Begründungen bisher aus materiellen Erwägungen oder äusseren Umständen stammen, während in Wirklichkeit diese Gründe selten vorgebracht werden, sondern weithin die Frage der «Gesundheit» vorgeschoben wird.

Man müsste erst einmal all die Frauen, die aus gesundheitlichen Gründen ein Kind ablehnen, fragen, ob ihr krankhafter Zustand wirklich durch einen Arzt festgestellt oder nicht etwa von A bis Z durch ihre Selbstsucht erfunden worden sei. Man müsste auch prüfen können, ob ihr mangelhafter Gesundheitszustand, auf Grund dessen sie kein Kind wollen, nicht gerade mit dieser Weigerung zusammenhängt, denn Ungehorsam gegen Gott kann unter anderem auch schlechte Gesundheit zur Folge haben. So kann es denn auch vorkommen, dass der Gehorsam, zu dem man sich entschliesst, eben die Annahme einer Kindeserwartung, einer Frau, die ihre Schwächlichkeit geltend machen wollte, die volle Gesundheit zurückgibt!

*

Aber lassen wir betrügerische Argumente beiseite. Wir müssen uns den Frauen zuwenden, denen der Arzt allen Ernstes gesagt hat: «Frau X, Sie müssen auf unbestimmte Zeit eine Schwangerschaft vermeiden.»

Einem Arzt ist Achtung entgegenzubringen, Vertrauen zu schenken und zu gehorchen. Allerdings unter einer Bedingung: dass er Arzt bleibt und nicht im Leben seiner Patienten Gottes Stelle einnimmt. Denn auch Aerzte sind nur Menschen. Die meisten tun ihre Arbeit gewissenhaft, oft mit Aufopferung. Allein auch sie können sich täuschen. Beispiele gibt es im Ueberfluss — die Aerzte selber führen sie an. Wenn deshalb der Arzt sagt: «Frau X, keine Kinder mehr!», so sollten diese Frau und ihr Mann, falls sie sich ihrer Zugehörigkeit zu Christus bewusst sind, sich einige Fragen stellen.

Aus ihrem Glauben an Christus heraus müssten sie sich zum Beispiel fragen, ob der Urteilsspruch des Arztes die Souveränität Gottes in Betracht zieht, oder ob für ihn nur seine Wissenschaft massgebend ist. Sie müssten daher nach dem Willen Gottes forschen, bevor sie sich diesem Spruch unterwerfen.

Dafür gibt es noch einen weitern Grund.

Der Arzt könnte ein Werkzeug in Gottes Hand sein, um ein Ehepaar zu einer Glaubenstat aufzurufen. Denn im Glauben an Christus leben heisst, *mit einer festen Zuversicht auf das, was man hofft, zu warten.* Auch der Arzt war fest in seinem Urteil. Auf Grund der wissenschaftlichen Einsicht erklärte er, dass man sich keiner Erwartung oder Hoffnung mehr hingeben solle. Nun kann aber der Herr ganz andere Gedanken über uns haben und Seine Jünger dazu rufen, dem Arzt für seine Warnung zu danken und auf einen Pfad des Gehorsams und des Glaubens zu treten. Nicht um dem Arzte Trotz zu bieten, sondern um Gott das Vertrauen zu schenken und Ihm Gelegenheit zu geben, den Glauben Seiner Kinder zu ehren.

*

— Und wenn es darum geht, eine Schwangerschaft zu unterbrechen?

Die Antwort erheischt eine abgestufte Formulierung.

Das Leben eines Kindes beginnt mit dem Tage seiner Zeugung. Es braucht keine langen Kommentare, um diese Erkenntnis glaubhaft zu machen. Die Psalmen 139 und 22 unterstreichen sie auf ihre Weise:

Vom Mutterleib an bist du mein Gott.
Denn du hast meine Nieren geschaffen,
Hast mich gewoben im Mutterschoss.
Ich danke dir, dass ich so herrlich bereitet bin,
So wunderbar; wunderbar sind deine Werke.
Meine Seele kanntest du wohl,
Mein Gebein war dir nicht verborgen,
Da ich im Dunkeln gebildet ward,
Kunstvoll gewirkt in Erdentiefen.
Deine Augen sahen alle meine Tage,
In deinem Buche standen sie alle.
Sie wurden geschrieben, wurden gebildet,
Als noch keiner von ihnen da war!

Dieses klare Zeugnis zwingt den Christen, anzuerkennen, dass die freiwillige Unterbrechung einer Schwangerschaft in Wirklichkeit die Vernichtung eines Lebens bedeutet, mit andern Worten: ein Verbrechen! Und die Unbekümmertheit, mit der heute die Abtreibung praktiziert wird, ist das traurige Zeichen einer durch den reinsten wissenschaftlichen und gottesleugnerischen Materialismus beherrschten Geisteshaltung. Dem kann kein seines Namens würdiger Christ beistimmen, weder in der Theorie noch mit der Tat.

Man sage indessen nicht, dass die Aerzte die Anstifter sind! Das wäre eine weitere Lüge.

Wahr ist vielmehr, dass allzuviele Aerzte in ihren Konsultationszimmern schwangere junge Mädchen und Frauen vorbeidefilieren sehen, die inständig und mit Anführung schwerwiegender, ja jammervoller Umstände um «Befreiung» bitten.

Es wäre allzu einfach, mit einem Federstrich diese oft dramatischen Fälle zu erledigen: Unverheiratete, die an einen verheirateten Liebhaber gebunden oder von einem kurzfristigen Freund im Stich gelassen sind; Frauen in der Scheidung; Familienmütter, deren Ehebruch durch das Kind offenbar würde; Opfer einer Notzucht, usw.

Wie soll sich da der Arzt verhalten?

Hier ist die Antwort eines solchen: «So schwer auch die Verwirrung und das Leid einer Frau sein mag, es ist Aufgabe des Arztes, für ihre Not Verständnis zu haben und ihr beizustehen, indem er sie dazu führt, das Kind, dessen sie sich entledigen wollte, anzunehmen.» Und er erklärt weiter: «Der Arzt ist zu einem Werk des Lebens und niemals des Todes berufen, seine Aufgabe kann nur sein, eine Abtreibung zu verhindern, und nicht, dazu beizutragen.»

In dieser Ueberzeugung weigern sich manche Aerzte, ihre Wissenschaft und Kunst in den Dienst dieser bisweilen gesetzlichen, aber darum nicht weniger frevelhaften Form des Kindesmordes zu stellen. Sie wissen, dass der Menschenleib nicht einfach Materie zur Verfügung der Aerzte ist. Jedes Geschöpf ist sowohl Leib als auch Geist und Seele. Sie wissen, dass, was den einen Teil angeht, zugleich den andern berührt. Angenommen, die Unterbrechung einer Schwangerschaft ziehe keine ungünstigen Folgen für den Körper nach sich — ist man aber dessen so sicher? —, so wissen sie doch, dass die Auswirkungen der Operation im Geist und in der Seele ihrer Patientin nicht vorauszusehen sind.

Zwei Zeugnisse mögen dies jenen klar machen, die es noch immer nicht wahrhaben wollen.

Wie sehr haben Sie recht, wenn Sie sagen, dass ein solcher Eingriff nicht ohne moralisches Leiden abgeht. Ich musste das selber durchmachen. Ich habe ein krankes Herz und vier Kinder, von denen zwei aus der ersten Ehe meines Mannes stammen. Ich kann Ihnen sagen, dass das körperliche Leiden vorübergeht, aber das moralische Leiden dauert jahrelang an. Wie musste ich kämpfen, bis ich mich mit dem Gedanken abfinden konnte, das kleine Wesen auszulöschen, dem ich noch heute, nach acht Jahren, nachtraure. Unaufhörlich ringe ich weiter ...

*

Die Gewissensbisse und der Verlust des seelischen Gleichgewichts, die durch eine Abtreibung entstehen, sind unermesslich.

Ich habe diesen Fehler früher begangen, und zwar, offen gestanden, ohne mir wirklich Rechenschaft zu geben, was ich tat. Ich war einzig und allein vom Gedanken getrieben, dem Schuldigen nicht zu schaden. Mein Partner hat deshalb auch nie irgendwelche Strafe erleiden müssen.

Es ist wahr, dass man mir das Kind wahrscheinlich hätte wegnehmen müssen, da ich zu jener Zeit krank war. Das ist meine einzige Entschuldigung. Aber seither suche ich umsonst mein seelisches Gleichgewicht. Alles, was ich unternehme, um zu heiraten, schlägt fehl.

*

Tatsächlich ist es nicht vor allem der Arzt, an den Warnungen und Vorwürfe zu richten wären. Die Warnung ergeht in erster Linie an die Männer und Frauen, die sich an den Arzt gewendet haben und ihr Gewissen entlastet glauben, weil dieser sich bereit erklärt hat, die Schwangerschaft zu unterbrechen.

Wir haben es schon betont: Abtreibung ist eine Form von Kindesmord. Das Sühnopfer Jesu Christi spricht auch von dieser Uebertretung frei und tilgt die Schuld dessen, der sie Ihm bekennt und Ihn um Vergebung bittet.

«*Gehe hin und sündige nicht mehr!*» ruft Christus jedem bussfertigen Sünder zu. Das Wort gilt für den Arzt wie für seine Patientin. Es lässt uns auch diese Wahrheit erfassen und ihr zustimmen: *Jedes gezeugte Kind muss ausgetragen werden.*

Aber so eindrücklich diese Wahrheit ist, muss ihr doch folgende nähere Erklärung zur Seite gestellt werden: Jedes gezeugte Kind muss ausgetragen werden, es sei denn, der Arzt erkenne das Vorhandensein einer ernsten Gefahr für seine Patientin und halte deshalb die Unterbrechung der Schwangerschaft für unausweichlich.

Es gibt tatsächlich Fälle, die indessen heute dank der bedeutenden Fortschritte der Medizin und Chirurgie selten sind, wo die Lebensgefahr für die Mutter so gross ist, dass es gewissenlos wäre, darüber hinwegzugehen und nicht eine Opferung des Kindes ins Auge zu fassen.

Angesichts dieser schmerzlichen Notwendigkeit ist es wiederum dringend nötig, sich über den Willen Gottes klar zu werden. Denn so gewissenhaft und kompetent der Arzt sein mag, sein Urteil sollte nicht angenommen werden, ohne dass ein christliches Ehepaar auch persönlich seine Verantwortung vor Gott auf sich nimmt. Es gibt Situationen, die so notvoll sind, dass sie eine unmittelbare Aufforderung zu einer Glaubenstat bedeuten. Was die Wissenschaft als gefahrvoll und unmöglich erklärt, kann für den von oben erleuchteten Glauben durchaus im Bereich des Möglichen liegen.

Wie ist diese gläubige Gewissheit zu gewinnen? Ein praktisches Beispiel mag dies zeigen.

Bei der Geburt ihres zweiten Kindes waren die Eheleute X von ihrem Arzt gewarnt worden, der schlechte Gesundheitszustand der Frau erlaube es nicht, eine weitere Schwangerschaft in Aussicht zu nehmen. Sie hatten diese Feststellung ernst genommen, sich jedoch nicht genügend daran gehalten, da nach einigen Monaten die Frau sich wieder in Erwartung befand. Der Arzt konnte sein früheres Urteil nur bestätigen. Was nun?

Ein lebendiger Glaube lässt sein Licht auf den Weg des wahren Gehorsams scheinen. Angesichts des schweren Entschlusses, der zu fassen war, verlangten die Eheleute eine Bedenkzeit von acht Tagen. Sie wussten, dass ihr persönliches Beten, zusammen mit dem Gebet einiger Glaubensgeschwister, die sie sofort ins Vertrauen zogen, eine deutliche Antwort von dem empfangen würde, der *alle Erdenkinder sieht und Seine Kinder erhört, die Ihn anrufen.*

Tatsächlich konnte eine Woche später Frau X ihrem Arzt mitteilen, dass sie ihn aller Verantwortung enthebe. Mit ihrem Gatten hatte sie die innere Gewissheit erhalten, dass Gott ihr beistehen würde, um diese Schwangerschaft, die ihre Gesundheit bedrohte, zu einem glücklichen Ende zu führen. Und das ist auch wirklich geschehen.

Zuerst nach der Hilfe und dem Willen Gottes fragen: so sollten alle Christen es halten! Die Antwort wird zwar nicht immer gleicher Art wie beim genannten Ehepaar sein. Um wirklichkeitsnah zu bleiben, muss auch ein anderes Paar angeführt werden, das in einer ähnlichen Lage in Gemeinschaft mit vielen Brüdern und Schwestern im Glauben vor Gott getreten ist und nach einigen Tagen des Gebets zur Ueberzeugung kam, dem Arzt gehorchen zu müssen. Das Leid, sich einem solchen Eingriff unterziehen zu müssen, war deswegen nicht geringer; doch wurde ihnen das kostbare Gut zuteil, die Bereitschaft dazu im innern Frieden und unter der Tröstung des Geistes gefunden zu haben, der sie allen schenkt, die im Vertrauen auf Gott eine Prüfung durchschreiten.

*

Statt eine Schwangerschaft unterbrechen zu müssen, wäre es einfacher, die Empfängnis zu verhüten. Und dies führt uns zum Kern der in diesem Kapitel behandelten Frage zurück:

Ist es möglich, die Geburten zu beschränken?

Wir haben oben die schlechten Begründungen kennengelernt, die zur Rechtfertigung einer Einschränkung angerufen werden. Vergessen wir aber nicht, dass es auch sehr gute Gründe für einen solchen Wunsch geben kann.

Dabei handelt es sich keineswegs nur um gesundheitliche Gründe! Viele Katholiken und die anglikanischen und reformierten Kirchen im allgemeinen anerkennen heute, dass die

Ehe nicht in erster Linie «Werkzeug der Fortpflanzung», sondern in ihrer geistig-körperlichen Ganzheit «das Mittel für zwei Wesen bildet, sich zu begegnen und völlig zu vereinigen».

Ehe er der Zeugung dient, bedeutet der Liebesakt ein Mittel der Gemeinschaft, eine Quelle gegenseitig sich gespendeter Freude, einen Born der Erneuerung. Nach dem göttlichen Willen schliesst dieser Akt naturgemäss die Möglichkeit der Zeugung in sich. Aber ehe das Paar diesem Naturgesetz untertan ist, ist es Gott untertan, der zwischen den Gatten die Einheit durch die Liebe gewollt hat. Gottes Absicht mit der ehelichen Liebe ist nicht zuerst, das Menschengeschlecht fortzupflanzen, sondern eine Seite Seiner Herrlichkeit kundzutun.

Die eheliche Liebe ist, wie wir früher darlegten, ein Abbild der Liebe Christi zu Seiner Gemeinde und der Liebe der Gemeinde zu Jesus Christus. Unter diesem Gesichtspunkt, und keineswegs unter demjenigen der Zeugung, kommt das Neue Testament wiederholt auf die Ehefrage zu sprechen.

Mehr noch: so wahr Gott die Familie will, so bestimmt ist es auch Sein Wille, dass sich die Gatten einander nicht verweigern (1. Kor. 7,5).

Er will, dass der Mann die Gattin mit aller Fürsorge umhege (Eph. 5,29) und ihr nicht Geburten bis zur völligen Erschöpfung aufzwinge.

Seinem Willen entspricht es, dass sie gemeinsam die Verantwortung für die Kinder tragen, die sie zur Welt bringen. Es ist nicht genug, ihnen das Leben geschenkt zu haben. Sie müssen erzogen werden, es müssen günstige Lebensbedingungen für sie geschaffen werden. Auch hier hat das biblische Wort: «*Ihr Väter, reizet eure Kinder nicht zum Zorn!*» seine vielseitige Bedeutung (Eph. 6,4; Kol. 3,21). Eine Familie mit sehr vielen Kindern kann auch für diese selbst eine grosse Belastung werden, und die Verhältnisse, in die sie hineingestellt sind, können für sie eine fortwährende Ursache der Gereiztheit sein.

*

Es darf mit allem Nachdruck gesagt werden, dass Gott die Eheleute beruft, in geschlechtlicher Einheit zu leben, ohne dass jedesmal eine Zeugung erfolgt.

Pfarrer Roland de Pury spricht darüber mit Autorität und Humor: «Das Menschenpaar ist nicht wie ein Tierpaar, das seine Jungen ohne jede Verantwortung hervorbringt, sondern eine Zweiheit von Menschen, die für die ihnen von Gott geschenkten Kinder verantwortlich sind, die nicht einem fremden Entscheid unterworfen sind, sondern ihn selber fassen und deshalb die Anzahl ihrer Kinder kontrollieren.

Dass über die Zahlen einer Beschränkung und besonders über die Mittel dazu diskutiert wird, ist normal. Die Sache selbst aber in Frage stellen zu wollen, ist ein übler Scherz. Anders gesagt, ich gebe zu, dass man mir vorwerfen könnte, nicht zwölf Kinder oder sogar sechzehn zu besitzen; wenn aber jemand mir den Vorwurf machen wollte, nicht sechsundzwanzig zu haben, so erlaube man mir, ihn als einen Hanswurst zu betrachten. Vorausgesetzt, dass meine Frau es überlebt hätte, würden wir für sechsundzwanzig Kinder zu sorgen haben, nicht nur für acht, falls wir nicht die Geburten eingeschränkt hätten und dies weiterhin täten. Es wäre darum gescheiter, nicht über dieses Gebiet zu reden, wenn man nichts zu sagen hat, und lieber ein für allemal zuzugeben, dass eine vernünftige Beschränkung der Geburten auf Grund eines gegenseitigen, in der Liebe und im Vertrauen zu Gott wurzelnden Einverständnisses einen notwendigen Faktor einer christlichen Ehe bildet. Nur Alkoholiker, nur Verantwortungslose zeugen Kinder wie die Tiere ihre Jungen.»

(Zeitschrift *Réforme* 3. 3. 1956.)

*

Das Evangelium ist die frohe Botschaft von der Liebe Gottes zu allen Kreaturen. Diese in Jesus Christus offenbarte und verkörperte Liebe vergibt, errettet, erneuert jeden Menschen, der sie annimmt, und erfüllt ihn mit neuem Leben, mit ewigem Leben.

Der Mensch wird Christ, wenn er dem lebendigen Christus persönlich begegnet. Christus ist die Antwort auf alle menschlichen Probleme, inbegriffen dasjenige der Geburtenregelung.

Durch Christi Geist geleitet, kommt ein Paar zur Klarheit über seinen Auftrag; ausserhalb von Christus ist der Mensch ein Irrender, der sich selbst betrügt und seine eigene Lage und die der andern ständig verschlimmert.

Was Roland de Pury «ein Einverständnis in der Liebe und im Vertrauen zu Gott» nennt, ist eben diese Gemeinschaft mit dem auferstandenen Christus. Sie erneuert sich Tag für Tag durch das Gebet und im Ausführen des Willens Gottes, wie er in der Heiligen Schrift offenbart ist.

So liegt denn die letzte Entscheidung über diese Einschränkung bei niemand anderem als beim Ehepaar selbst in seiner freiwilligen Unterstellung unter Gott. Die Kirche hat ihm keine Gebote zu erteilen. Sie kann nur Gott bitten, die Ehepaare auf dem Weg des Gehorsams im Glauben zu bewahren.

*

Die Mittel zu dieser Beschränkung müssen der vollen Freiheit wie auch der vollen Verantwortung der Gatten überlassen bleiben. Das beste wird sein, sie lassen sich von einem gut orientierten Facharzt beraten.

Man muss indessen wissen, dass die Römisch-Katholische Kirche jedes empfängnisverhütende Mittel völlig verurteilt. Eine Enzyklika des Papstes Pius XI. bezeichnet die Kinderzeugung als das Hauptziel der Ehe. Es entspräche aber nicht der Wahrheit, dies als eine Aufforderung zur systematischen, schrankenlosen Geburtenfreiheit aufzufassen. Nein! Das Wesentliche ist für die Römische Kirche, dass der Geschlechtsakt — auch wenn er Ausdruck der Einheit ohne bewusste Zeugungsabsicht ist — nie eine Verweigerung des Kindes bedeuten darf. Eine Zeugung absichtlich zu verhindern, hiesse die Ehe ihrer eigentlichen Bedeutung zu berauben.

Die nichtrömische Christenheit fällt kein Urteil über die angewandten Mittel. Da das Prinzip der Freiheit in der Zeugung zugestanden ist, betrachtet sie die Wahl des einzuschlagenden Weges als sekundär gegenüber dem Zweck, den man mit seinem Vorgehen im Auge hat.

Allerdings sind nicht alle Mittel ohne Unterschied zu empfehlen. In einem Buch unserer Art kann es nicht darum gehen, in alle Einzelheiten einzutreten. Der Arzt wird sie den ihn konsultierenden Ehepaaren gern erläutern.

Es ist aber am Platz, folgendes in Erinnerung zu rufen: Die geschlechtliche Enthaltsamkeit ist einer der Gehorsamswege, die Gott vor den Schritten Seiner Kinder öffnet. Er wird sogar aus einem doppelten Grunde anempfohlen: ... «*um der bevorstehenden Not willen*» (1. Kor. 7, 26) und ferner: ... «*eine Zeitlang, um Musse zum Gebet zu haben*» (1. Kor. 7, 5). Der erfahrene Apostel fügt aber bei: « ... *um nachher wieder zusammenzukommen, damit euch nicht der Satan wegen eurer Unenthaltsamkeit versuche*».

Vor ungefähr 25 Jahren haben gleichzeitig ein Oesterreicher, Dr. Knaus, und ein Japaner, Dr. Ogino, ein naturgegebenes Gesetz formuliert, das seither unter diesem Doppelnamen bekannt ist. Anhand dieser Regel kann mit ziemlicher Genauigkeit für jede Frau die Periode der monatlichen Befruchtungsmöglichkeit bestimmt werden. Wesentlich verbessert wird diese «Kalendermethode» durch die «Temperaturmethode». Obwohl nicht unfehlbar, haben sich diese Methoden doch in zahlreichen Fällen bei exakter Befolgung als wirksam erwiesen. Sie machen es zum mindesten möglich, die Geburten in grösseren Abständen eintreten zu lassen.

Wo indessen aus den verschiedensten Gründen das gewünschte Ergebnis nicht erzielt wird, mögen die Gatten den Rat eines gewissenhaften Facharztes einholen. Er wird ihnen Verhaltungsmassregeln geben können, die ihre Gemeinschaft gewährleisten und dem Liebesakt den Ehrenplatz bewahren, den Gott ihm einräumen wollte. Denn es darf durchaus nicht sein, dass dieser Akt, der dazu bestimmt ist, die Eheleute zu beglücken, ihre Einheit zu erneuern und zu besiegeln, wegen der befürchteten Folgen zur Ursache einer von Aerger und Anklagen begleiteten Entzweiung wird.

Im 38. Kapitel des 1. Mosebuches ist die Geschichte Onans erzählt. Fälschlicherweise hat er seinen Namen der Selbstbefriedigung (Onanie) gegeben, während er sinngemäss die Unterbrechung der ehelichen Vereinigung bedeutet. Diese muss verurteilt werden, weil sie den ehelichen Akt herabwürdigt, der Gattin die natürliche Freude, nach der sie verlangt, versagt und schliesslich die Gatten seelisch und körperlich aus dem Gleichgewicht bringt. Der Arzt Dr. G. Richard schreibt: «Die Unterbrechung einer geschlechtlichen Vereinigung vor ihrer Vollendung gleicht dem Unfug, einem dürstenden Wanderer einen Becher frischen Wassers hinzustrecken und im Augenblick, da er zu trinken beginnt, wieder zu entreissen. Nur handelt es sich hier um einen viel verwickelteren Vorgang, der den ganzen Menschen in Mitleidenschaft zieht und das Symbol alles dessen ist, was die Frau körperlich und seelisch von ihrem Mann erwartet. Welche Enttäuschung! Selbst wenn die Frau bewusst einverstanden ist, lehnt sich doch ihr Unbewusstes auf. Und für den Mann, der die Gewohnheit annimmt, seine Befriedigung zu finden, ohne auch der Gattin die ihre zu spenden, wird sie zu einer Schule der Selbstsucht.»

Die Operation, die ein Arzt vorschlagen kann und die in einer Unterbindung der männlichen Samenleiter oder der weiblichen Eileiter besteht, kann als ein den andern ähnliches Mittel angesehen werden. Aber mit einem Unterschied: Die Operation nimmt den Gatten für immer die Möglichkeit eines Familienzuwachses! Sie kann deshalb nur nach langer, ernsthafter, von Gottes Geist erleuchteter Ueberlegung ins Auge gefasst werden. Auf keinen Fall sollten Ehegatten sich dazu entschliessen, bevor sie nicht im Gebet die Sache reiflich erwogen und ältere Mitchristen zu Rate gezogen haben. Sie könnten sonst Gefahr laufen, für den göttlichen Willen zu halten, was nur Ausdruck eines schwachen Glaubens ist, Sorge um das eigene Wohlbehagen oder ... Modeweisheit!

*

Geburtenbeschränkung ... Es treten manchmal Umstände ein, bei denen dieses Problem plötzlich in einem ganz andern Licht erscheint. Zum Beispiel beim Tod eines Kindes.

Zu solcher Stunde verstehen manche Eltern, was sie bis dahin nie erfasst hatten.

Es wird ihnen klar, dass die Kinder nicht ihr Eigentum sind, sondern zuerst dem Schöpfer alles Lebens angehören.

Es wird ihnen auch klar, dass die Mühe, Arbeit, Ermüdung, die Schmerzen, die ein Kind kostet, eigentlich wenig bedeuten im Vergleich zur Freude und zum Reichtum, die es mit sich bringt und hinter sich zurücklässt.

Es wird ihnen vor allem klar, dass all diese Arbeit, all die Mühe, alle Schmerzen nicht vergeblich sind. Andere Mühen, andere Leiden, andere Arbeit, für die sich der Mensch so intensiv hingibt und ausgibt zu dem einzigen Zweck, reich zu werden und sich einen Namen zu machen — all das ist eitel! Denn von allem, was der Mensch unternimmt, bleibt, nach dem Zeitraum einiger Jahre oder Jahrhunderte, nichts übrig als mitunter einige Ruinen.

Ein einziges hat ewigen Bestand: die lebendigen Seelen all derer, die in der Erkenntnis des lebendigen Christus auferzogen und durch Ihn dem Tod entrissen und zum ewigen Leben wiedergeboren worden sind.

Ob dies ins Bewusstsein der Eltern gedrungen ist? Wissen sie, dass dies ihre wahre Aufgabe und Verantwortung ist: den heiligen Gott vor ihren Kindern zu bezeugen und sie so frühzeitig als möglich zu einer persönlichen Erkenntnis Christi zu leiten? Er bestimmt sie für das ewige Leben. Ihnen steht es zu, sie darauf vorzubereiten.

Wieviele Kinder werden für die elenden Herrlichkeiten dieser Welt aufgezogen!

Wievielen Kindern geben die Eltern alles ausser dem, was am wichtigsten ist. In der Person seines Vaters sollte das Kind lernen, Gott, den allmächtigen Vater, zu lieben. In der Person seiner Mutter sollte ihm die fürsorgende, geduldige und ausdauernde Liebe Gottes begegnen. Und angesichts der gegenseitigen Liebe seiner Eltern sollte es auch seinerseits lernen, zu lieben.

Es gibt glückliche Gatten. Solche Ehepaare sind bestimmt von Gott berufen, viele Kinder in ihren Familienkreis aufzunehmen. Sie werden zu Seiner Ehre erzogen werden und nicht für die blossen Eitelkeiten einer Welt, die umso sinnloser wird, je mehr sie sich gegen Gott auflehnt.

Sollte ein christliches, kinderloses Ehepaar finden, dass ihm eine derartige Gnade vorenthalten sei, so soll es sich das Beispiel des Apostels Paulus in Erinnerung rufen. Am Tage des Herrn wird er sich, umringt von einer zahllosen Familie, vor Gott einfinden: all den Menschen, die er im Auftrag und mit dem Beistand Christi zum ewigen Leben gezeugt hat.

Für solche übernatürlichen Geburten sucht Gott Väter und Mütter. Zu diesem herrlichen und fruchtbaren Dienst ruft Er Familienväter und -mütter, aber gleicherweise auch kinderlose Gatten und unverheiratete Christen.

DIE KEUSCHHEIT Mit Absicht ist dieses Thema hier in das Kapitel der Schwierigkeiten aufgenommen worden. Jeder normal veranlagte Mensch kennt vom Pubertätsalter an den bisweilen täglichen Kampf um die Bewahrung seiner Keuschheit. Geben wir es ehrlich zu: Wer ihn siegreich bestehen will, hat sich keine leichte Aufgabe gestellt. Ja, manchmal scheint es, als werde sie von Tag zu Tag schwieriger.

Wie kann einer in der Tat seine Keuschheit wahren in einer Welt, in der die Bildreklame unermüdlich die Aufmerksamkeit auf all das lenkt, was den Sex-Appeal angeht; wo die Freiheit der Sitten, der Sprache, des Benehmens sich ständig an der Grenze der Sittenlosigkeit bewegt; wo diese ihre Verbündeten in der Literatur, in zahlreichen Filmen, in einem grossen Teil der Theaterstücke, Lieder, Szenen und Spiele findet, mit denen Radio und Fernsehen die Familien überschütten?

Dieser Kampf hat noch einen andern Feind, nämlich den volkstümlichen Spruch, dass «Jugend sich austoben muss», ein Spruch, der die Ledigen glauben machen will, dass Keuschheit der Gesundheit schädlich sei und dass zur rechten Vorbereitung auf die Ehe sexuelle Erlebnisse nicht entbehrt werden können.

Es gibt Schlagwörter, die ein zähes Leben haben. Wer sie kolportiert, findet in ihnen eine Art Rechtfertigung für sein eigenes sittliches Versagen.

Weit davon entfernt, dem späteren Eheleben zu schaden, ist die Keuschheit im Gegenteil seine wahre Vorbereitung. Sich jeder «Gelegenheit» auszuliefern, ist kein Erweis von Männlichkeit oder von echter weiblicher Wesensart, sondern von Feigheit. Die wahre Schulung zur Ehe zielt auf die Bildung eines erprobten Charakters, eines festen Willens, der entschlossen ist, allen Schwierigkeiten zum Trotz auf dem Weg der Treue zu verharren.

Das Bibelwort ist deutlich genug:

«*Das ist der Wille Gottes, eure Heiligung, dass ihr euch nämlich der Unzucht enthaltet, dass jeder von euch sich seine Frau zu erwerben weiss in Heiligung und Ehrbarkeit, nicht in Leidenschaft der Begierde sich einen Umgang suchen soll wie die Heiden, die Gott nicht kennen ... Gebt euch mit euren niedern Trieben in den Tod: Unzucht, Unkeuschheit ... Fliehet die Unzucht»* (1. Thess. 4, 3—5; Kol. 3, 5; 1. Kor. 6, 18).

Die Unzucht tötet die edleren Gefühle, steigert die Sinnlichkeit und führt den, der sich ihr hingibt, dazu, das Glück mit der Geschlechtslust zu verwechseln.

Die Unzucht ist eine wahre Schule des Ehebruchs. Sie begünstigt die genussgierige Selbstsucht. Was sie an Kenntnissen über Mann und Frau vermittelt, ist ein völlig verzerrtes Bild. Sie stempelt das andere Geschlecht zu einem blossen Werkzeug der Lust. Von Güte, Achtung des Nächsten, Rücksicht und Zuvorkommenheit weiss sie nichts. Sie verfälscht die Gefühle, die Worte, ja selbst die Gebärden der Liebe, weil sie aus dieser nicht eine Gabe, sondern eine Art Raub macht.

*

Man müsste seltsam naiv sein, um zu glauben, dass die Keuschheit der Gesundheit schädlich sei.

Aus eher gesundheitlichen als sittlichen Gründen hatte ein militärischer Führer, der die Gefahren der Unsittlichkeit erkannte, in einer Kaserne, weithin sichtbar, eine Tafel aufhängen lassen mit den Worten: «Die Keuschheit bringt nur Narren zum Lachen!»

Hier sind zwei Aeusserungen von Aerzten:

«Die üblen Folgen der Unzucht sind bekannt, unbestritten; diejenigen, die die Keuschheit verursachen soll, untergeschoben, eingebildet. Das geht daraus hervor, dass zahlreiche und umfangreiche wissenschaftliche Werke den ersteren gewidmet sind, während der Berichterstatter der letzteren noch zu suchen wäre.»

«Ich fordere jeden und alle heraus, in der Geschichte der Medizin aller Völker eine einzige Krankheit zu finden, an der die Enthaltung von geschlechtlichen Beziehungen schuld wäre.» (Zitiert von Dr. Carnot in «Im Dienst der Liebe».)

*

Wie kann ein Bursche, wie kann ein zum ledigen Stand genötigter Erwachsener seine Keuschheit bewahren?

Vor allem müssen wir an sie glauben als eine Berufung, die wir von Gott erhalten haben.

Im göttlichen Plan spielt die Geschlechtlichkeit eine dreifache Rolle: sie prägt unsere Persönlichkeit und bestimmt unser Wesen. Im Rahmen der Ehe, und da allein, ist sie Mittel engster Gemeinschaft mit einem andern Menschen. Endlich ist sie Werkzeug der Fortpflanzung.

In Erwartung der Ehe oder ausserhalb von ihr ist folglich die Keuschheit von Gott gewollt. Jede Unenthaltsamkeit ist eine Form von Abgötterei (egoistische Befriedigung des eigenen Ichs, knechtische Unterwerfung unter die Geschlechtskraft) oder ein Ungehorsam gegen das Gesetz der Liebe (Verletzung der Unversehrtheit einer fremden und der eigenen Person).

Wir müssen noch auf eine andere Weise an sie glauben.

Wer nämlich nicht überzeugt ist, dass es möglich ist, rein zu bleiben, hat die Schlacht bereits halb verloren. Eine Last ist umso schwerer zu tragen, als man an den eigenen Kräften zweifelt. Um ihn zum Sieg zu führen, verlangt Gott vom Menschen den Glauben an den Sieg.

*

Auf allen Lebensgebieten spielt der Wille eine überragende Rolle. Das weiss der Teufel wohl, der seine aktive Herrschaft im Menschen genau in dem Mass ausüben kann, als dieser sich passiv verhält. Und Gott selbst ruft den durch Jesus Christus frei gewordenen Menschen auf, in der Freiheit zu leben, indem er *will, was Gott will.*

In Verbindung mit diesem Willen ist Keuschheit möglich. Denn wenn der junge Mann und das junge Mädchen es wollen, können sie Herr ihrer Triebe bleiben und jeden Kompromiss mit der Unkeuschheit verweigern.

Sie können es umsomehr, als Gott das, was Er verlangt, selbst schenkt. Paulus sagte: «*Ich vermag alles durch Christus, der mich mächtig macht.*» Gott kennt die Kämpfe, in die jeder gestellt ist, der den Willen zur Reinheit hat. Als Antwort auf das Gebet schenkt Er jedem Kraft zum Ueberwinden, der in Achtung vor sich selbst, vor den andern und vor dem Herrn, der uns erlöst hat, den Kampf führt.

Dieser Wille, der von Gott den Sieg erwartet und Ihn darum bittet, muss aber der eigenen Verantwortung bewusst sein. Man kann nicht mit Gottes Hilfe rechnen, wenn man nicht selber alles ins Werk setzt, um Ihm diesen Beistand zu ermöglichen.

Es gibt Willfährigkeiten, die der Wille zur Keuschheit nicht dulden kann.

Bacchus ist ein gefährlicher Weggeselle.

Gewissen Kameradschaften, Lektüren, Zerstreuungen muss der Abschied gegeben werden.

Die schweifende Phantasie kann allerlei Verirrungen anstiften. Der Wille zur Reinheit muss ihr Zügel anlegen.

Auch der Müssiggang ist zu fliehen.

Besser noch ist es, sein Leben auszufüllen. Das geschieht am einfachsten, indem man es in den Dienst der Mitmenschen stellt in einer Hingabe, die vom lebendigen Christus ihren opferfreudigen Ansporn und ihre Ausdauer empfängt. In dieser Hingabe ist eines von vornherein auszuschliessen: das Mitleid mit sich selbst, das immer am Beginn eines Versagens steht. Aber Gottes Gnade ist eine Wirklichkeit. Sie fordert den Gestrauchelten auf, seinen Irrtum einzugestehen, an die Vergebung zu glauben, die der Gekreuzigte verbürgt, alle Bereitschaft gegenüber dem «Bösen» zu fliehen und sich im Gehorsam gegen den heiligen Gott aufs neue entschlossen auf den Weg der Freiheit zu begeben.

*

Es hat eine Zeit gegeben, wo der ledige Stand unter dem Titel «Fehlen sexueller Erfahrungen» von der Gesellschaft im allgemeinen und von vielen Unverheirateten im besonderen als eine Art minderwertiges, wenn nicht gar verfehltes Leben betrachtet wurde.

Glücklicherweise ist die Zeit vorbei, die solche Abgeschmacktheiten glaubte. Sie konnten nur in einer Gesellschaft aufkommen, die die biblische Wahrheit aus eigener Schuld nicht kannte.

Mit der Ehe verglichen, hat das Ledigsein nichts von einer wertvermindernden Existenz. Im Gegenteil, wenn es als eine Berufung gelebt oder nachträglich als solche angenommen wird, so bietet es einmalige Möglichkeiten. Lebt der Ledige nicht unbeschwert, ohne die Lasten des Ehestandes? Hat er nicht den Vorteil unbeschränkter Freiheit, so dass er nach Belieben über seine Zeit, sein Geld, seine Kräfte verfügen kann? Gewiss hat dieser Stand auch seine Nachteile. Man vergesse aber nicht, dass auch das Eheleben solche kennt.

Es wäre müssig, diesen und jenen Stand gegeneinander auszuspielen, dabei kämen höchstens Neid und Eifersucht auf ihre Rechnung. Trotzdem muss man sich nicht scheuen, die Vorrechte des Ledigseins zu unterstreichen, auch wenn es mit dem Kampf verbunden bleibt, der den Willen zur Keuschheit begleitet.

Für den Weg des christlichen Dienstes betont der Apostel Paulus diese Privilegien, wenn er schreibt: «*Der Unverheiratete sorgt sich um die Dinge des Herrn, wie er dem Herrn gefallen möge. Der Verheiratete dagegen sorgt sich um die Dinge der Welt, wie er seiner Frau gefallen möge*» (1.Kor.7,32—33).

Wie wunderbar frei zum Dienst der Christ ledigen Standes ist und welche Vorrechte er besitzt, geht aus Christi eigenen Worten klar hervor, wenn er sagt: «*Es gibt Menschen, die von Geburt an unfähig zum Heiraten sind; andere sind durch Menschenhand unfähig gemacht; andere verzichten um des Reiches Gottes willen von sich aus auf das Heiraten. Wer das fassen kann, der fasse es!*» (Matth. 19, 12, Uebersetzung Pfäfflin).

IRRENDE TRIEBE

Unter den Schwachen, denen die Keuschheit wieder vor Augen gestellt werden muss, befinden sich auch die Opfer der Selbstbefriedigung.

Die grosse Mehrheit der Burschen, aber auch viele junge Mädchen kennen diese Versuchung — und unterliegen ihr. Man darf die Bedeutung dieser Abwegigkeit nicht verharmlosen. Trotzdem wäre es eine Verfälschung der Wahrheit, ihre Folgen in einem furchterregenden Licht darzustellen. Wer unter dem Vorwand einer Warnung die Wirklichkeit solchermassen übertreibt, dem gelingt es oft nur, bei leichtgläubigen Hörern eine höchst überflüssige Psychose zu erzeugen und ihnen mehr Schaden zuzufügen als das Laster, das er blossstellen wollte.

Gewiss, diese üble Gewohnheit kann, wenn im Uebermass betrieben, ungute Folgen haben, die sogar das Eheleben beeinträchtigen können. Es handelt sich aber dann bereits um Missbräuche, die ans Pathologische grenzen.

Mit den Burschen und Mädchen muss man in einer Weise reden, die der Wahrheit näher steht.

In «Erziehung zur Liebe» von Dr. Brot spricht ein Vater mit seinem Sohn. Statt ihm Schrecken einzuflössen, erklärt er ihm in kluger Einsicht: «Mache dir keine Sorgen. Gott hat unsern Organismus erschaffen. Er hat ihm abwehrende und erneuernde Kräfte gegeben, die es ihm ermöglichen, manche Abirrungen, manche Masslosigkeiten auszuhalten.» Und er fügt bei: «Allerdings würden dir Störungen nicht erspart bleiben, wenn du in dieser Zügellosigkeit weiterführest.»

Es wird freilich keinen jungen Menschen geben, der sich nicht bewusst wäre, wie sehr diese Handlung ihn in seinen eigenen Augen herabwürdigt. Wenn sein schlechtes Gewissen ihn bis zur Qual beunruhigen kann, so steht dahinter die vielleicht unklar, aber doch stark empfundene Einsicht, dass dieses naturwidrige Treiben ein Zeichen seiner Versklavung ist. Er sieht sich an das Trugbild einer lockenden Lust gekettet, das ihn doch jedesmal leer und mit dem Wunsch, nicht wieder zu beginnen, zurücklässt.

Vorwürfe an diesen jungen Menschen bieten ihm keinerlei Hilfe. Höchstens wird dadurch seine Aufmerksamkeit, sein Denken und Wollen noch stärker auf seine Schwachheit hingelenkt. Das wäre das sicherste Mittel, ihn aufs neue zu Fall zu bringen. Einen vom Schwindel Bedrohten muss man nicht auf die Tiefe des Abgrundes aufmerksam machen! Man muss ihm vielmehr helfen, auf einen andern Punkt zu schauen und seinen Willen an ihn zu klammern.

Es geht also darum, den jungen Leuten Sinn und Wert des Geschlechtstriebes wieder in Erinnerung zu rufen. Wenn die geschlechtliche Beglückung zu den Freuden gehört, die Gott dem Menschen gewährt, so darf sie nicht ungestraft ihrem Ziel entzogen werden. Die Selbstbefriedigung ist eine Prellerei, weil sie den von Gott für die Zeugung gegebenen Samen seines Zweckes beraubt und in selbstsüchtiger Weise einen Genuss an sich rafft, den Gott für die Beglückung zweier Wesen in einzigartiger Einheit bestimmt hat. Sie ist daher eine der hässlichsten Formen der Eigenliebe.

Auf der andern Seite haben sich junge Menschen ihres Geschlechtstriebes nicht zu schämen; sie sollen ihn vielmehr als «eine Wohltat, eine Kraft des Lebens und der Gemeinschaft» anerkennen und ihn nach Gottes Auftrag für die von Ihm verordnete Bestimmung gebrauchen.

Anstatt den Akt der Selbstbefriedigung anzuschwärzen, wollen wir den Weg eines nach Gottes Willen geordneten Lebens deutlich aufzeigen und auf diesem Weg die Geschlechtlichkeit und die Keuschheit an ihren richtigen Platz stellen.

*

In diesem Buch ist so viel über die Heiligkeit eines dem Willen Gottes untergeordneten Sexuallebens gesagt worden, dass jede Bemerkung, insbesondere jede Warnung in bezug auf die Prostitution sich erübrigt. Letztere ist eine solche Schmach, eine solche Entwürdigung des Nächsten, dass sie ohne weiteres unter die Dinge eingereiht werden kann, von denen Paulus sagt, dass sie «bei euch, wie es Heiligen geziemt, nicht einmal genannt werden» sollten (Eph. 5, 3).

Hingegen ist es notwendig, einer schmerzlichen Seite der Lebenswirklichkeit, der Homosexualität, einige Zeilen zu widmen. Dies drängt sich umsomehr auf, als diese Entartung heute durch eine jedermann zugängliche Literatur angepriesen wird und in allen Klassen der Gesellschaft, besonders in den sogenannten kultivierten Kreisen, Eingang zu finden beginnt. Ein Arzt behauptet deshalb: «Die grösste Gefahr der Homosexualität ist ihre Werbekraft.»

Ohne in Einzelheiten einzutreten, die Sache der Medizin und der Sexualwissenschaft sind, ist es wichtig, drei Arten von Homosexuellen zu unterscheiden.

*

Manche sind pervers geworden, weil sie, durch ihre ungehemmte Vergnügungssucht verführt, Geschmack am Laster gefunden haben. Zu ihnen gehören auch Frauen, die in ihrer Ehe enttäuscht wurden. Ueber solche Menschen schreibt Paulus:

«*In den Gelüsten ihrer Herzen schändeten sie ihre Leiber untereinander, sie, die die Wahrheit Gottes mit der Lüge vertauschten und den Geschöpfen Anbetung und Verehrung darbrachten statt dem Schöpfer ... Darum gab sie Gott dahin in schändliche Leidenschaften ... Wie sie es verworfen haben, Gott recht zu erkennen, so gab sie Gott in einen verworfenen Sinn dahin, zu tun, was sich nicht geziemt*» (Römer 1, 24—28).

Ein Sklave dieser Entartung wird von dem Augenblick an davon befreit, da er darnach trachtet, seine wahre Natur wiederzufinden, und in Reue und Glauben den Beistand Christi erbittet, der gekommen ist, den Menschen von der Knechtschaft der Sünde zu erlösen.

*

Man muss sich nun aber hüten, zu verallgemeinern und in die gleiche Verurteilung auch Menschen einzuschliessen, die bereits aus eigenem Antrieb gegen ihre unnatürliche Veranlagung ankämpfen und nur zu gern von ihr befreit wären.

Bei vielen Invertierten liegt die Ursache ihres traurigen Zustandes in ihrer falschen Erziehung. Ihr Drang zu Menschen gleichen Geschlechts kann eine Flucht vor dem andern Geschlecht sein, d. h. eine Art Auflehnung gegen den von Mutter oder Vater eingenommenen Platz, ihren übermässigen Einfluss oder ihre Tyrannei. Noch öfter, besonders beim Manne, ist dieser Zwang die Auswirkung eines Leides: sie haben nie einen Vater gehabt, sind auf der Suche nach einem solchen. Sie wollen endlich einmal von einem Manne geliebt werden.

Sollte etwa kein Zusammenhang bestehen zwischen dem skandalösen Versagen so vieler Männer in Sachen Verantwortung für die Familie und der eingestandenen oder auch nicht eingestandenen verkehrten Triebrichtung unzähliger junger Männer? Muss man nicht den Krebsschaden blosstellen, dass der auf tausenderlei Weise durch Sport, Vereine, Komitees, Kameraden, Vergnügungen in Anspruch genommene Mann keine Zeit mehr hat, Vater zu sein? Soll man nicht leidenschaftlich gegen die Feigheit unzähliger Männer und ebensovieler Frauen und ihrer Mitschuldigen protestieren, welche die eheliche Untreue, die wilde Ehe, die Scheidung gar so leicht hinnehmen und den legitimen Gattinnen die Mühe und gewaltige Verantwortung überlassen, die des Vaters beraubten Kinder aufzuziehen?

Diese Pflichtvergessenheit verkörpert, was Paulus in den oben zitierten Worten ausgedrückt hat: «*Wie sie es verworfen haben, Gott recht zu erkennen, so gab sie Gott in einen verworfenen Sinn dahin, zu tun, was sich nicht geziemt*».

Das eine ist die Frucht des andern. Die Kinder tragen gewiss keine Schuld am Vergehen ihres Vaters, der sich hochmütig weigert, sich Gott zu unterstellen, aber die Folgen fallen trotzdem auf ihr Haupt.

Und doch ist die Schuld der einen keine ganze Entschuldigung für die Abwege der andern. Das muss den Invertierten gesagt werden, die nach Heilung streben. Eine solche wird nicht wie ein Wunder durch das Mittel einer Heirat eintreten. Manche haben das zu ihrem Nachteil und zum Schaden der Frau oder des Mannes geglaubt, die sie auf diese Weise ungewollt mit sich auf einen Leidensweg gezogen haben. Nein, bevor man an eine Heirat denkt, muss man sich bereitfinden, sich als krank zu erkennen und von einem Arzt der Seele und des Geistes betreuen zu lassen. Mehr noch: In dem Gestrüpp von Verdrängungen, in dem einer verstrickt ist, kann Christus, der *alle unsere Krankheiten* am Kreuz getragen hat, ihm einen Weg zur Ruhe und Erneuerung eröffnen. Das Wort bezeugt es: «*Ist jemand in Christus, so ist er ein neues Geschöpf*» (2. Kor. 5, 17).

*

In diese Wahrheit sind auch die Invertierten eingeschlossen, die nicht aus Lasterhaftigkeit oder falscher Erziehung, sondern durch eine angeborene Triebabweichung so veranlagt sind. Man kann mit dieser Wesensart zur Welt kommen, wie man blind oder taub geboren werden kann. Seit Christus körperlich hienieden weilte, und ebenso, seit Er durch Seinen Geist gegenwärtig ist, hat Er vielen Blinden die Augen und Tauben das Ohr geöffnet. Er hat aber auch andere in ihrer Blindheit und Taubheit belassen und sie berufen, Ihm in ihrem Gebrechen zu dienen, Ihn zu lieben und so die Freiheit, die sie in Ihm gefunden haben, zu bezeugen.

Noch heute kann Christus einen Invertierten vollständig heilen und einen neuen Menschen aus ihm machen. Er kann aber auch von ihm fordern, Ihn gerade in seinem Leiden zu verherrlichen. Das bedeutet: dieser durch die Gnade erleuchtete und Hilfe empfangende Mensch muss es erst einmal annehmen, «krank» zu sein. Ferner muss ihm, wie vielen andern Kranken oder den zahlreichen Menschen, die zur Ehelosigkeit genötigt sind, die Kraft gegeben werden, keusch zu bleiben. Das kann ein Opfer bedeuten; um es anzunehmen, muss er viel ins Gebet gehen und den Beistand seiner Gefährten im Glauben erbitten. Er soll daran denken, dass das Selbstmitleid ein schlechter Ratgeber ist und dass die Freiheit, die Christus schenkt, von unschätzbarem Wert ist im Vergleich zu den versklavenden Genüssen, die ihn von Gott entfernen und zu denen seine krankhafte Veranlagung ihn immer wieder treibt.

So wenig die Unsittlichkeit durch ein erzwungenes Ledigsein zu rechtfertigen ist, so wenig sind naturwidrige Handlungen des Invertierten durch sein angeborenes Gebrechen entschuldigt. Christus ist gekommen, nicht um Gesunde, sondern um Kranke zu befreien, und sowohl Homosexuelle wie Unzüchtige können — wenn sie danach verlangen — in Ihm die Kraft und das Glück eines Lebens in Reinheit und Freiheit finden.

V. KAPITEL

Entdeckung des Sieges

Unter den Büchern, die das Eheleben zum Gegenstand haben, gibt es wenige, die sich mit der geistlichen Gemeinschaft der Gatten befassen. In manchen Hochzeitsliturgien ermahnt die Kirche die Eheschliessenden mit Apostelworten: «Trachtet darnach, *eine Behausung zu werden, da Gott im Geiste wohnt, ... betet miteinander*». Doch die Bücher sind selten, die es sich zur Aufgabe machen, Eheleute über diese Gemeinschaft im Glauben und die Wege zu ihrer Aufrechterhaltung und Vertiefung zu belehren.

Viele Ehepaare, auch unter denen, die nach Gottes Willen leben möchten, straucheln in ihren Bemühungen um geistliche Einheit und die Pflege der Frömmigkeit unter sich oder im Familienkreis.

Es ist schon so: dieser Gemeinschaft stehen etliche Hindernisse im Wege.

Es genügt nicht, die Einheit zu wollen, um sogleich die wahren Freuden, die sie verspricht und die sich unter gewissen Bedingungen auch unverzüglich einstellen können, zu erleben. Zwei magere Beutel ergeben zusammengelegt noch keinen Schatz. Wenn man auf ein Gemeinsames zielt, muss jeder etwas beizusteuern haben. Das geistliche Leben des Paares ist die Frucht des Innenlebens jedes Einzelnen.

Ein Wort Wilhelms des Schweigsamen findet hier treffende Anwendung: «Es tut nicht not zu hoffen, um etwas zu unternehmen, noch Erfolg zu haben, um auszuhalten». Wer seine geistliche Armut zum Vorwand nehmen wollte, um gar nicht nach einem Weg zur Gemeinschaft im Glauben zu suchen, wäre so töricht wie einer, der nicht ins Wasser gehen will, bevor er schwimmen kann. Der Gehorsam trägt seinen Lohn in sich.

Um im Rahmen der Familie die erwünschte und gesuchte Einheit im Geist zu verwirklichen, stehen die nachfolgenden drei Hilfsmittel zur Verfügung.

DAS BIBELLESEN Der Glaube kommt aus dem Hören. Wenn die Gemeinde den Gatten bei der Traufeier eine oft schön ausgestattete Bibel überreicht, so gibt sie ihnen das wahre Mittel in die Hand, um ihren Glauben zu begründen, zu stärken, zu erleuchten, zu vertiefen und zu mehren. Genauer gesagt: die Bibel ist nicht nur ein Buch zum Lesen; man muss sich darein vertiefen, man muss auf seine Botschaft hören. Der Apostel Paulus schrieb seinem jungen Freund Timotheus:

«*Jede von Gottes Geist eingegebene Schrift ist nütze zur Lehre, zur Ueberführung des Sünders, zur Besserung, zur Erziehung in der Gerechtigkeit, damit der Mensch Gottes vollkommen sei, zu jedem guten Werke völlig ausgerüstet*» (2. Tim. 3, 16. 17).

Die Kirchen, die Christlichen Vereine Junger Männer, der Bibellesebund stellen den Einzelnen und den Familien Lesepläne für das regelmässige Bibellesen zur Verfügung. Sie ermuntern sie, den Tagestext treu zu lesen, seinem allgemeinen Sinn nachzuspüren, sich in seine Belehrung, seine Anwendung für den Einzelnen, die Familie, das soziale Leben zu vertiefen. Als Hilfe dazu schlägt der Bibellesebund vor, sich nach dem Lesen folgende Fragen zu stellen:

a) Habe ich etwas Neues über die Person und das Werk Gottes, des Vaters, des Sohnes, des Heiligen Geistes gelernt?

b) Lenkt der Text meine Aufmerksamkeit auf eine Sünde, von der ich mich trennen oder gegen die ich wachsam sein muss?

c) Weist der Text auf eine Verheissung, eine Gabe, eine Gnade hin, die ich mir für jetzt oder für später aneignen darf?

d) Enthält er ein Beispiel, das ich befolgen oder ablehnen soll?

e) Steht darin ein Gebet, das ich zu meinem eigenen machen kann?

f) Bringt er mir Antwort auf eine Frage, die ich mir gestellt habe, auf ein Problem, das mich beschäftigt, auf eine Prüfung, deren Sinn ich zu verstehen suche?

g) Sind mir andere Bibeltexte in Erinnerung, die dem Gelesenen ähnlich sind?

*

Heisst es die Wirklichkeit verkennen, wenn man den guten Willen im voraus mit Fragezeichen versieht? Es soll nicht verschwiegen werden, dass auch mit Hilfe der obigen Fragen die Auslegung der Texte durch die Leser oft ärmlich bleibt.

Ueber diese Armut brauchen wir uns nicht zu wundern. Welche Ehepaare sind für eine solche Disziplin des Lebens zu zweit vorbereitet worden? Wo hat man sie gelehrt, einen Text zu überdenken, die Gedanken, die ein Abschnitt hervorruft, in Worte zu fassen? Deshalb beschränkt sich auch in den meisten Familien, wo die Bibel noch vorgelesen wird, die Schriftbetrachtung auf einige zögernde Schritte in der Richtung des mutmasslichen Sinnes und der praktischen Bedeutung des Textes.

Der Fehler liegt nicht darin, einen Versuch gemacht zu haben, der wenig eingetragen hat, sondern darin, dass man sich nur an einige unsichere eigene Bemerkungen gehalten hat. Auf allen Gebieten der menschlichen Tätigkeit steht eine Berufslehre, auch die einfachste, stets unter der Kontrolle eines Aelteren, der über Kenntnisse und Erfahrungen verfügt. Auch das geistliche Leben hat seine Meister, seine Lehrer, seine Lehrbücher. Warum soll man nicht von ihnen Gebrauch machen?

Es besteht eine Reihe von biblischen Kalendern; auf jedem Tagesblatt ist ein Text zum Lesen angegeben, der von einer kurzen Besprechung begleitet ist. Wir möchten ihren Gebrauch empfehlen, aber darauf hinweisen, dass es eine üble Methode dafür gibt: viele Gatten lesen das Blättchen, aber ihre Bibel lesen sie nicht!

Letzteres kann auch in bezug auf Andachtsbücher gesagt werden. So wertvoll sie sein mögen, dürfen sie die Menschen doch nicht davon abhalten, selber ihre Bibel zu lesen.

Zwei Arten von Schriften dürfen lebhaft empfohlen werden:

a) Kommentare zu den einzelnen Büchern der Bibel. Diese vielleicht etwas gelehrten Studien werden geistlich fortgeschrittenen Gatten, die ihre Kenntnisse vertiefen möchten, wertvolle Dienste leisten. Das Vorlesen bietet Gelegenheit zum Gedankenaustausch, wobei oft eher der Geist als das Herz angesprochen wird.

b) Für jedermanns Gebrauch bestimmt sind Bibellesehilfen, die sowohl in kirchlichen als auch in freikirchlichen Kreisen verbreitet sind, wie die vom Bibellesebund herausgegebenen Zeitschriften: «Begegnung mit Gott» für Erwachsene, daneben «Geradeaus» für junge Leute und «Guter Start» für Kinder. Diese Schriften führen in den Reichtum des für jeden Tag vorgeschlagenen Textes ein und wollen anhand dieses Textes belehren, klären, zurechtweisen, auf die daraus folgenden Anwendungen aufmerksam machen.

Sehr viele Kinder und Erwachsene, die seit Jahren diese Schriften beziehen, haben auf diese Weise gelernt, einen Bibelabschnitt durchzudenken, Tag für Tag darauf zu horchen, was der Geist der Gemeinde zu sagen hat, und im Glauben an den zu wachsen, den die Heilige Schrift und ihre gelenkte Betrachtung ihnen offenbart hat.

DAS GEBET Das in der Stille betrachtete wie auch das gepredigte Bibelwort ist eine Botschaft des lebendigen Christus an jeden, der hören will. Von den Angesprochenen erwartet Er Antwort. Darum folgt auf jedes Lesen oder Betrachten der Bibel das Gebet, sei es persönlich oder gemeinsam.

Es ist eine Tatsache, dass das Leid unzähliger Ehen im Grunde auf das Fehlen dieses gemeinsamen Gebets zurückgeht. Was ist schuld daran? Nachlässigkeit? Zum Teil, ja. Die Hauptursache liegt aber anderswo: die Eheleute sind durch Schüchternheit und Verlegenheit gelähmt, sie fürchten sich, in Gegenwart des andern einen Lobpreis, ein Geständnis oder eine Fürbitte mit ungeschickten, gehemmten oder gar fehlerhaften Sätzen auszudrücken. Solch armselige Hindernisse bewirken zum guten Teil das Schweigen der Gatten, die Gott zum gemeinsamen Beten berufen hat.

Es ist darum dringend notwendig, deutlich zu sagen: Das gemeinsame Beten will gelernt sein!

Die Lehrzeit beginnt im persönlichen Gebet. Schon auf diesem Boden muss ein wichtiger Sieg davongetragen werden. Satan zeigt sich nie tätiger als zur Stunde des Gebets. Er weiss, wie schwer dieses ihn und sein Reich in Gefahr bringt, und ist es sich schuldig, ihm Hemmklötze in den Weg zu legen.

Er überredet uns, die Gebetszeit auf die Stunde zu verschieben, wo wir dazu aufgelegt sind. Da unsere Tage reichlich ausgefüllt sind, geht gar mancher vorbei, ohne dass wir die Hände gefaltet haben.

Er überredet uns, dass wir unfähig sind, frei zu beten. Er nötigt uns, ein oder zwei bekannte Gebete zu wiederholen, bis wir sie schliesslich mechanisch hersagen, ohne rechte Beteiligung von Geist und Herz.

Er überredet uns, das Ende des Tages abzuwarten, um Gott diese Gabe darzubringen. Zu dieser Stunde bleiben unsere Gebete in Form und Inhalt unfertig, da der Schlaf uns während des Sprechens übermannt.

Er überredet uns, lautlos, «inwendig» zu beten. Dazu braucht es eine starke Konzentration des Geistes, und gerade die bringen wir nicht zustande. Da faseln wir dann etwas zusammen, denn unser Geist ist durch allerlei Gedanken, die mit unserm Beten nichts zu tun haben, zerstreut.

Wie können wir diesen Fallstricken ausweichen?

Das Gebet ist ein Kampf, für den die Klugheit des von einer Schlange angegriffenen Igels uns ein treffendes Vorbild gibt. Er kennt die List seines Feindes und bietet ihm keinen Angriffspunkt, lässt ihn vielmehr seine Kräfte erschöpfen und schliesslich unterliegen. Das hat uns etwas zu sagen.

Es gibt eine gute Art, sich dem Gebet hinzugeben, wenn sie auch nicht zu einer strikten Regel werden darf: Man kniet zum Gebet nieder, mit gefalteten Händen, so dass der Leib, mag er nun müde sein oder nicht, mit unserm Geist in Hingabe und Flehen in Einklang steht. Man schliesst dabei die Augen und spricht mit halblauter Stimme, so dass nichts von aussen her den Geist zerstreuen kann.

Dieses persönliche, leise Beten ist ausserdem die beste Vorbereitung auf das gemeinsame Gebet. Was man für sich sagen gelernt hat, in kurzen, einfachen, deutlichen Sätzen, das wird man dann auch mit und vor andern aussprechen können.

Jeder Gatte, der diese «Lehrzeit» im eigenen Beten gemacht hat, wird imstande sein, sich ohne Mühe von Herzen an einem gemeinsamen Gebet zu beteiligen.

Jesus hat gesagt: «*Wenn ihr betet, sollt ihr kein unnützes Geschwätz machen.*» Welche Gnade, Gott in aller Freiheit Lob, Bekenntnis, Fürbitte darbringen zu dürfen, je nach dem Wandel der Stunden und der Umstände, zusammen mit dem Ehepartner, bald vielleicht mit den Kindern, endlich mit andern uns im Glauben verbundenen Menschen!

*

Dieses Erlernen des persönlichen und gemeinsamen Betens kann auch noch in anderer Form geschehen.

Unter den sechsundsechzig Büchern der Bibel finden wir den Psalter. Die glücklichen oder unglücklichen Umstände, die darin ihren Ausdruck finden, haben nie aufgehört, aktuell zu sein. Darum hat auch die Kirche zu allen Zeiten mit den Worten des einen oder andern dieser hundertundfünfzig Psalmen gebetet. Immer hat sie auch dazu aufgefordert, sie zu lesen. Bei wechselseitigem Lesen zu zweit werden sie zur kostbaren Gelegenheit, miteinander zu beten oder diese Art des Betens zu lernen.

Ein Beispiel. Der im Gebet gesprochene Psalm 103 wird folgendermassen gelesen:

Gatte: *Lobe den Herrn, meine Seele,*
Gattin: *und alles, was in mir ist, seinen heiligen Namen.*
Gatte: *Lobe den Herrn, meine Seele,*
Gattin: *und vergiss nicht, was er dir Gutes getan,*
Gatte: *der dir alle deine Schuld vergibt* usw.

Ohne Zweifel ruft ein solches Gebet, so schön es ist, nach Ergänzung. Drei Worte umschliessen alles, was eine Seele Gott zu sagen hat: Danke! Vergib! Bitte! Die Gatten können in aller Freiheit einen bestimmten und vielseitigen Inhalt in ihr Dankgebet (danke), ihr Schuldbekenntnis (vergib), ihr Einstehen für andere (bitte) legen. Halten wir aber fest: dieses Beten darf nicht zu einem Monolog des einen Gatten werden, während der andere passiv oder sogar zerstreut zuhört. Der Monolog bleibt dem persönlichen Gebet vorbehalten.

Der in den Psalmen übliche Wechselgesang kann uns als Vorbild dienen. Handle es sich um Lobpreis, Busse oder Fürbitte, jedes Familienglied kann am Beten seinen Anteil nehmen, indem das eine für dies, das andere für jenes dankt, usw.

Man kann auch vor Beginn sich auf einen Gegenstand einigen, für den man z. B. Fürbitte einlegen will, und es den Einzelnen überlassen, für die eine oder andere Person, die genannt wurde, oder für irgend etwas, das ihnen am Herzen liegt, zu beten.

Das Beten eines Psalms kann als Einleitung zum freien Gebet dienen oder es abschliessen.

Im Familienkreis, sei es mit oder ohne Kinder, muss auch dem Gesang ein Platz eingeräumt werden, besonders jenen Liedern, die in Form eines Gebetes gehalten sind.

Als praktische Anleitung fügen wir hier einen kleinen Plan für eine Familienandacht bei, wie sie ein Pfarrer seiner Gemeinde vorgeschlagen hat:

1) Anrufung Gottes (abwechselnd gesprochen):
   — Wir rufen dich an, denn du erhörst uns, o Gott!
   — Neige dein Ohr zu uns, vernimm unsere Rede.
   — Zu dir, o Herr, erheben wir unsere Seelen.
   — Auf dich vertrauen wir, lass uns nicht zu Schanden werden.
2) Gesang.
3) Bibellesung mit eigener Besprechung und unter Zuhilfenahme einer Bibellesehilfe.
4) Gebet.
5) Gesang.

Damit die Gemeinschaft mit Christus lebendig bleibe, braucht sie solche Andachten. Sie bedeuten für den Glauben soviel wie die Nahrung für den Leib.

*

Allerdings kann das Gemeinschaftsbeten das persönliche Gebet nicht ersetzen.

Christus ruft jeden Menschen mit Namen. Auch zutiefst einige Ehegatten sind sich der Notwendigkeit des Gebets «im Verborgenen» bewusst. Uebrigens können ihre geistlichen Bedürfnisse ebenso verschieden sein wie ihre Persönlichkeiten. Im Rahmen der Familie und der Gemeinde vermengen oder verwischen sich diese Unterschiede nicht. Wenn es noch denkbar wäre, das Lesen der Bibel nur im gemeinschaftlichen Kreise zu pflegen, so würde dagegen das Gebetsleben sehr bald ob dem

Mangel an Stille zur Verinnerlichung dahinwelken. So wird ein wahrer Christ sich auch mitten im Familienbetrieb seine einsamen Augenblicke zu sichern wissen, ohne dass dabei das gemeinsame Beten zu kurz käme.

DER GOTTESDIENST DER GEMEINDE

«Lasset uns unsere Versammlung nicht verlassen, wie es bei etlichen Sitte ist», hat schon der Verfasser des Hebräerbriefes geschrieben (Hebr. 10,25).

Ehe- und Familienleben sind eine Vorbereitung auf das Reich Gottes. Keiner wird einmal dort Eingang finden, der sich geweigert hat, den Weg, der dahin führt, zu beschreiten. Wenn Christus die Seinen zu sich holt, wird *der eine genommen und der andere zurückgelassen.* Das mindeste, das sich sagen lässt, ist dies: Wer auf eine Zugehörigkeit zur triumphierenden Gemeinde hofft, muss zuvor seinen Platz in der kämpfenden Gemeinde eingenommen haben. In dieser Gemeinde ist uns für den Kampf und das Zeugnis die ganze Fülle des Glaubens gegeben, nämlich: Kenntnis des Wortes, Teilnahme an Abendmahl, Gaben des Geistes, Freude des Dienstes in der Gemeinschaft des lebendigen Christus und der Gefährten im Glauben.

Die Gemeinde — die Gemeinschaft der Auserwählten — ist die irdische und örtliche Form des Leibes Christi. Sie hat nicht überall die gleiche Gestalt und den gleichen Namen. Das Wesentliche ist, dass Christus ihr Haupt und der Heilige Geist ihre Lebenskraft ist; ferner, dass alle, die berufen sind, die örtliche Gemeinde zu bilden, dem Herrn untertan und dem Geiste gehorsam sind.

Die einfachste Forderung dieses Gehorsams ist, dass alle Mitglieder sich treu zu den Versammlungen einfinden, sowohl an den Sonntagen als auch während der Woche.

Das innere Leben der Gatten ist also aufs engste mit dem Leben, dem Dienst, dem Zeugnis der einzelnen Gemeinden verknüpft.

WAHRUNG DER EINHEIT

Aus dem Vorstehenden möchten wir einige Schlüsse ziehen. Es gibt mehrere Wege, um sich persönlich von Tag zu Tag Christus zu nahen. Wichtig ist nicht die Form dieser Begegnungen. Wichtig ist, den Wunsch dazu im Herzen zu tragen und die Mittel, die dazu führen, anzuwenden. In einer Welt, in der der Rhythmus des Lebens — der Arbeit wie auch des Vergnügens — den Menschen in einen tyrannischen Strudel reisst, der bis zur Abstumpfung führen kann, ist diese Gemeinschaft mit Christus unerlässlich. Nur sie ermöglicht es dem Einzelnen, dem Ehepaar, der Familie, nicht in Stücke zu gehen. Mehr noch, nur sie hält die Einheit in der Ehe aufrecht und schafft sie von Tag zu Tag neu. Ausserhalb solcher Gemeinschaft werden die Glieder einer Familie einander rasch fremd. Auch wenn sie beisammen wohnen, führt schliesslich jedes auf seiner Seite ein den andern undurchsichtiges Leben. Darf das sein, dass einer vor dem Wesen, das ihm am liebsten ist, den kostbarsten Teil seines Lebens verbirgt?

Wir haben es ausgesprochen und wiederholt: die tiefste gegenseitige Liebe ist immer nur eine Verheissung der Einheit. Diese muss sich ohne Unterlass erneuern und vertiefen.

Dazu braucht es Zeit — Wochen, Monate, Jahre, in denen es Mangel an gegenseitigem Verstehen, Wunden, Demütigungen, Zornanfälle, Nervositäten geben kann. Ein Paar und seine Kinder sind nicht ein Puzzlespiel, dessen Teile fugenlos zusammenpassen und alsbald ein vollständiges und abgeschlossenes Bild ergeben. Sie sind vielmehr unvollkommene Geschöpfe, mit Ecken und Kanten, mit beschränkten Möglichkeiten; sie reden nicht immer die gleiche Sprache und geben den Worten nicht immer den gleichen Sinn. Daraus ergeben sich Anstösse, Reibungen, manchmal auch Aerger, Zwiespalt, der auf die Länge zu schweren Krisen führen könnte, aber auch lastendes Schweigen, unter dem jeder leidet und sich unverstanden glaubt, ohne zu merken, dass auch der andere leidet.

Christus nachfolgen bedeutet nicht, uns in unserem Leben, so gut es gehen mag, nach einigen ebenso achtbaren wie uns fremden Grundsätzen zu richten. Es bedeutet vielmehr: sich einem Lebendigen nähern, zu Ihm kommen, so wie man ist, von Ihm ein Leben geschenkt bekommen, in dem alles Ausdruck der Liebe wird, die Er zu uns und zu allen Menschen hat.

Wenn sich in freiwilliger, täglicher Disziplin die Gatten persönlich und gemeinsam in das Licht der Wahrheiten des Evangeliums stellen, dann werden die Gedanken, die Geständnisse, die es hervorruft, die Blosslegung ihrer Seelen, der Austausch, das Knien im Gebet, mit einem Wort: diese Gemeinschaft in Christus, zu einer Kraft, in der sie jeden Hochmut, jedes Nachtragen von sich tun und dem andern das Verzeihen und das Vertrauen schenken, deren er bedarf. So führt Christus die Ehegatten in eine von Tag zu Tag tiefere Liebe und Einheit, trotz allem, was ursprünglich in ihnen diese Liebe und Einheit ernstlich bedrohte.

*

Dieses Trachten nach Einheit in Christus kommt noch einer weiteren Forderung entgegen.

Es genügt nicht, dass die Gatten sich lieben und in einem in Christus wurzelnden Glauben ihre Einheit verwirklichen. An diesem Ziel angelangt, haben sie nun nicht einfach einen «Rechtsanspruch» auf ihr gemeinsames und persönliches, zu ihrer Befriedigung täglich erneuertes Glück. Ein Familienglück ist ein reiches, weites Gebilde. Es müsste aber merkwürdig zusammenschrumpfen, wollte es sich nur im eigenen Rahmen und für die eigenen Zwecke auswirken. Die Familie gehört zum Reich Gottes, das im Vergleich zu ihr unermesslich gross ist.

«*Wenn jemand zu mir kommt und nicht seinen Vater und seine Mutter und sein Weib und seine Kinder ... dazu auch sein eigenes Leben hasst, kann er nicht mein Jünger sein*» (Lukas 14, 26). Vor der Liebe zu sich selbst, vor der Liebe zu den Angehörigen, ja, noch vor dem Glück und der Freude, zusammengehören zu dürfen, steht die Liebe zu Gott. Steht Seine Ehre. Steht Sein Dienst. «*Möget ihr nun essen oder trinken oder sonst etwas tun, so tut alles zur Ehre Gottes!*»

Wie soll es uns gelingen, unser Verhalten, unsere Urteile, unsere Entschlüsse, unsere Arbeit, unsere Musse, unser Geld, unsere Gastfreundschaft auch, der Ehre Gottes dienen zu lassen, wenn nicht bei den Familiengliedern alle diese Lebensäusserungen beseelt, gefördert, erleuchtet werden durch *ein* Denken, *eine* Seele und *ein* Herz, als Frucht *einer* Liebe, die auf den Knien allein und zusammen erbeten und geschenkt worden ist?

*

Es gibt keinen Augenblick in unserem Leben, nichts, was wir tun und lassen, das uns nicht auf dem Weg zum Königreich befestigen — oder uns davon abdrängen würde.

Wie sollen wir unsere Kinder zur Entdeckung des Evangeliums leiten, wie es ihnen erklären, wie *Christus in ihnen Gestalt gewinnen lassen,* wenn wir nicht über sie mit dem Herrn reden und sie in anhaltender Fürbitte vor Ihn bringen?

Wie lehren wir sie, ihre Bibel zu lesen, zu beten, das Gebot der Liebe in die Tat umzusetzen, wenn wir nicht eben dies mit ihnen und vor ihren Augen selber tun?

*

Man kann plötzlich entdecken, dass Jünger Jesu sein Risiken in sich schliesst, z. B. die Gefahr, sein Leben zu verlieren, einen guten Posten, eine Möglichkeit, sich zu bereichern, oder einfach den täglichen Verdienst. Jünger sein heisst Kompromisse von sich weisen, bequeme Konzessionen, die der grosse Haufe als selbstverständlich betrachtet, verweigern. Es heisst auch auf Ablehnung stossen und zu einer schwer auf Eltern und Kindern lastenden Absonderung verurteilt sein. Es bedeutet endlich, Trennungen, Leiden, Entbehrungen, Prüfungen auf sich zu nehmen, die dem normalen Familienleben zuwiderlaufen. Als der in seiner Familie und seiner Gesundheit schwergeprüfte Hiob sich weigert, gegen Gott zu rebellieren, und seiner Frau antwortet: «*Das Gute nehmen wir an von Gott, und das Böse sollten wir nicht annehmen?*» (Hiob 2, 10), da ist er ein «Jünger Christi».

Jemand hat gesagt: «Man muss auf die Seligpreisungen hören und sie zur Tat werden lassen, oder aber aufhören, Christ zu sein.»

Im Kampf, in Prüfungszeiten, im Trennungsleid, in Trauertagen bleibt nur solchen Gatten der innere Friede bewahrt, deren Einheit der Seele und des Geistes sich bereits vor Eintritt der Prüfung in der persönlichen und gemeinsamen Begegnung mit dem lebendigen Christus ständig erneuerte. Denn bis in die Trennung hinein vermag Christus die Gemeinschaft der Heiligen zu erhalten. In Ihm, durch Ihn ist die Liebe stärker als der Tod.

Die ersten Seiten dieses Buches haben den Leser vor eine wenig erfreuliche Wirklichkeit gestellt. Obwohl sie Tatsache ist und nur zu oft dem Bilde, das die meisten Ehen bieten, entspricht, ist sie trotzdem unvollständig. Denn es gibt glückliche Ehen.

Ihre Geschichte wird selten geschrieben. Das wahre Glück schreckt davor zurück, vor fremden Augen ausgebreitet zu werden. Es ist die Frucht einer bescheidenen Weisheit, die es verstanden hat, am lebendigen Quell zu schöpfen. In seiner Echtheit und Ungetrübtheit verdankt dieses Glück seine Schönheit nicht denen, die es geniessen, sondern dem, der es ohne Kaufpreis allen spendet, die darnach suchen und willig sind, es zu empfangen.

Das wissen die glücklichen Ehegatten; daher stammt auch ihre Zurückhaltung. Jedes Reden über ihr Glück schiene ihnen an Anmassung zu grenzen und eine Aufmerksamkeit auf sich zu lenken, die nur auf Christus und Seine Weisheit gerichtet sein muss.

In unsern ersten Bemühungen, die Wirklichkeit zu entdecken, hat uns die schmerzliche Geschichte der durch den Menschen und seine Bosheit zerstörten Ehen begleitet. Nun, da wir uns dem Ende unserer Betrachtungen nähern, ist es nur gerecht, eine andere Geschichte zu Gehör zu bringen. Sie ist ebenso wahr wie die erste. Es ist die Geschichte der Ehen, in denen die Gatten vom ersten Tage an über alle Hindernisse gesiegt haben, weil sie miteinander auf den Felsen des Wortes Gottes gegründet waren. Dazu gehört aber auch der Bericht über jene Ehen, in denen der eine Partner in gleicher Weise und aus denselben Gründen, manchmal bis in die finstersten Prüfungszeiten hinein, durchgehalten hat.

Die Zeugnisse der ersten Kapitel sollten zum Nachdenken und zur Erkenntnis der Wahrheit führen. Was wir nun folgen lassen, soll die gleiche Aufgabe erfüllen, aber mit einer glücklichen Abweichung: diese Zeugnisse werden vielen Lesern Freude und Ermunterung bringen.

Die Zahl dieser Briefe wurde mit Absicht eingeschränkt. Sie haben nicht den Zweck, Beweise zu erbringen. Sie sind ganz einfach das lebendige Echo einer treuen, weil vom Heiligen Geist beseelten Liebe.

*

Ich habe drei Kinder. Die Arbeiten im Haushalt besorge ich allein. Es gelingt mir nicht immer, meine Ungeduld meinen lieben Kleinen gegenüber zu meistern, denn manchmal sind sie einfach unausstehlich! Auf Kosten vieler Mühe ermöglicht mein Mann uns ein Leben des Wohlstands. Auch ausserhalb seines Berufes ist er sehr tätig.

Aber e i n seltenes Vorrecht habe ich: mein Mann ist kein Egoist und denkt nicht an seine persönliche Befriedigung. Allein aus christlicher Dienstbereitschaft versieht er so manches Nebenamt. Er hat mich dazu geführt, seinen Glauben zu teilen, und dieser Glaube bildet das unerlässliche und solide Fundament, das viel mehr, als eine rein menschliche Liebe es vermöchte, unauflösliche Bande zwischen uns schafft.

Man könnte fragen: Was wird aus den Kindern einer solchen Familie? Nun, sie sind der erste Grund, weshalb mein Mann draussen kämpft und drinnen Ermutigung sucht. Die meisten Leute geben sich keine Rechenschaft über die materiellen, hauptsächlich aber auch geistigen Schwierigkeiten, durch die unser Land geht, und die Mühe, die wir haben, um den grundlegenden Freiheiten Achtung zu verschaffen, die wir doch um jeden Preis auf allen Gebieten auf unsere Kinder übertragen möchten.

Wir beide sind uns dieser Schwierigkeiten voll bewusst, und deshalb begnügen wir uns nicht mit einem bequemen, selbstsüchtigen Familienglück.

Ich habe bereits geschrieben, dass ich heute den Glauben meines Mannes teile. Ich muss beifügen, dass das nicht von selbst gekommen ist. Ich habe mich während des Krieges verheiratet, ohne weiter zu denken als an die aufrichtige Liebe, die ich zu meinem Mann hegte (was schon nicht so übel ist!). Als er nach Beendigung des Krieges mehr und mehr Nebenbeschäftigungen annahm, habe ich oft aufbegehrt, denn ich habe nicht viel Geduld und bin sehr eigensinnig. Aber etwas hat das Wunder bewirkt: die Geduld ist die starke Seite meines Gatten. Nie hat er mich hart angefahren, er blieb einfach fest. Langsam begann in meinem Gewissen etwas wach zu werden, und Gott hat auf meine Bitten hin mit seiner wunderbaren Gnade an mir nicht gespart, sondern hat mir vor allem gezeigt, wie egoistisch ich war. Unter der Leitung eines begnadeten Seelsorgers sah ich ein, dass ich im Begriff war, das Glück zu zerstören, das ich nur als *Gehilfin* an der Seite meines Mannes erwarten durfte. Nichts war ja falscher als meine Ansicht, ich werde beiseite geschoben. Das ist mir seither deutlich zum Bewusstsein gekommen.

Nach und nach setzte ich mich, zwar nicht ohne Mühe, aufs Laufende über alles, was meinen Mann interessiert. Heute ermutige ich ihn und gebe ihm sogar Ideen. Unsere Kinder verlieren deswegen nichts, denn unser Familienleben ist nicht vernachlässigt, im Gegenteil, es wird dadurch aufrecht erhalten. Allmählich werden sie ihrerseits teilnehmen an dem, was uns beschäftigt, und lernen, manchen Schwierigkeiten entgegenzutreten und allerlei Illusionen, besonders über die Ehe, zu entgehen. Selbstverständlich werde ich, sobald unsere Kinder selbständig sind und ich völlig frei bin, meinen Mann so viel als möglich begleiten.

So habe ich denn meinem Mann nichts mehr vorzuwerfen. Er ist übrigens ein sehr guter Vater und Ehegatte und hilft mir oft in meinen Hausarbeiten. Er selbst wirft mir nie vor, dass ich bei meinem ständigen Wettlauf mit dem Uhrzeiger oft die Geduld verliere. Hingegen bereue ich es immer.

Weil mein Mann wirklich Christ war, ist es ihm durch Geduld und Liebe gelungen, nicht nur das Schlimmste zu vermeiden, sondern auch mich für das gleiche Ideal zu entflammen. Es gibt kein wahres Glück ohne Gott, dessen Barmherzigkeit gegen uns kleine menschliche Wesen unendlich ist.

*

Als wir heirateten, hat mir meine Tante folgende Ratschläge gegeben, die ich stets befolgt habe:

«Lass nie eine ernste Streitigkeit aufkommen. Warte auf deinen Mann, auch wenn er spät heimkommt. Sei bei seiner Heimkehr immer liebenswürdig und sage ihm nie etwas von deinen Haushaltsorgen.»

Diese Ratschläge habe ich nie vergessen. Oft habe ich darunter gelitten, aber ich wurde dafür entschädigt: das Resultat war gut. Bekanntlich ist der Mann Egoist und will sich als Herr und Meister fühlen. Und doch kann ich Ihnen versichern, dass unser Ehebund gut war und das gegenseitige Verständnis immer besser wurde. Je nachdem, was mein Mann sagte oder von mir wollte, wusste ich, dass er unrecht hatte. Aber ich beharrte nie darauf. Ohne es zugeben zu wollen, sah er einige Zeit später selbst ein, dass ich recht gehabt hatte. Aber nie liess ich es mir anmerken, dass ich stolz darauf war. O nein, die Frau muss viel Feingefühl haben und nicht sagen: «ich», sondern: «wir». Natürlich ist das für eine Frau nicht leicht, aber es gehört zu ihrer Berufung.

Noch eine Einzelheit, die ihre Bedeutung hat: nie habe ich weder die Sauberkeit meiner Person noch meine Kleidung vernachlässigt. Wenn mein Mann nach Hause kam, empfing ich ihn lächelnd und guter Laune. Wenn er ausging, begleitete ich ihn mit der grössten Freundlichkeit bis zur Treppe. Ich glaube, dass jeder Mann ob so viel Rücksicht schliesslich weich gestimmt und zufrieden wird.

Ich habe bei der Erziehung meiner Kinder hauptsächlich auf die Entwicklung der Herzensbildung, der Güte und Hilfsbereitschaft geachtet. Ich bemühte mich, sie zu lehren, bei allem die gute Seite zu sehen, auch bei den Menschen. Sie sollten rücksichtsvoll und höflich sein, und zwar wünschte ich jene echte Höflichkeit, die vor allem darin besteht, andern Gutes zu tun. Glücklicherweise ist mir die Erziehung gelungen, und es könnte heute in ihren Familien nicht besser gehen.

Man muss sein Glück aufbauen, und dabei muss die Frau stets das Glück des Mannes ausmachen, ohne an sich selbst zu denken. Das war immer meine Ueberzeugung. Und Sie wissen, wo sie zu schöpfen ist.

*

Auch ich bin eine einsame Frau, mit einem Gatten, der weder seine Abende noch seine Gedanken mit mir teilt. Das ist oft schwer, ich gebe es zu, aber ich habe meine «Philosophie», die ich Ihnen gerne kostenlos weitergebe!

Was ist die Liebe? Es ist die Gabe seiner selbst, und es bedeutet stark genug sein, die Freude des andern anzuerkennen. Wenn er glücklich ist, über seine Freude glücklich sein. Das ist nicht leicht!

Wie die linke Hand sich von der rechten unterscheidet, so müssen auch wir unsere Verschiedenartigkeit hinnehmen, denn auch diese beiden verschiedenen Hände leisten zusammen eine gute Arbeit. Ein Mann, der durch seinen Beruf mit der Welt unmittelbar in Beziehung steht, hat nicht wie eine Hausfrau das Bedürfnis nach Gesellschaft. Das Leben will es so. Aber man darf nicht allzuviel an sich selbst denken und noch weniger die Lösung anderweitig suchen.

Ich trat christlichen Vereinen bei. Einmal im Monat trafen wir uns unter Frauen. Man bereicherte sich geistig, fand Zerstreuung und machte nette Bekanntschaften. So fühlte man sich weniger einsam. Hier, wo ich seit zwei Jahren wohne, erlaube ich mir das nicht mehr. Die Frauen kommen am Freitagabend zusammen, und an diesem Abend gehe ich grundsätzlich nicht aus. Es ist nämlich der Abend, an dem Papa sich verspätet und erst zwischen acht und zehn Uhr nach Hause kommt. Dann braucht er ein williges Ohr, um der Geschichte oder Diskussion zuzuhören, die man soeben am Wirtshaustisch gehabt hat. Für ihn ist das der Anfang der Ruhe des Wochenendes, und ich versuche dann, eine ebenso gute Gattin als Mutter zu sein. Es ist zwar nicht immer besonders interessant. Aber ich sage mir, dass der Augenblick, den er vor der Heimkehr mit seinen Kameraden verbringt, ihn für manche Mühe der Woche entschädigt.

Sooft ich kann, nehme ich an einem christlichen Elternabend teil und schöpfe dort wieder Mut und Licht. Das ist mir Sonnenschein für einen ganzen Monat. Jedesmal, wenn ich vor ernsthaften Schwierigkeiten stand, habe ich den Seelsorger unserer Gemeinde um Rat gefragt. Er ist ein zuverlässiger Freund, und ihm verdanke ich neunzig Prozent des Glücks in unserem Heim.

Ich habe es mir zur Regel gemacht, mich vor der Heimkehr meines Mannes nie aufzuregen. Seine Verspätung mag einen guten Grund haben. Wenn ich mich allzusehr plage, gehe ich schlafen und denke, dass er beim Erwachen dann da sei ... und damit auch die Erklärung. Oft, wenn man noch Grund zum Schelten gehabt hätte, ist man so froh, dass die Sorge vorbei ist, dass man das Schelten vergisst. Ich neige viel eher zum Necken, das wirkt ebensosehr, aber nicht zu jeder Zeit!

Mein Mann gibt mir für den Haushalt so viel, wie wir es beide als nötig erachten, manchmal etwas mehr, je nach seinen Möglichkeiten. Sein Taschengeld bestimmt er selber. Oft kommt mich die Lust an, darüber zu diskutieren. Aber dann erinnere ich mich, wie rasch in meiner Jugendzeit mein Taschengeld jeweils zu Ende war. Im Prinzip verbiete ich mir, seine Art und Weise, das Geld auszugeben, zu beurteilen. Was macht's schon, wenn seine Ausgaben am Monatsanfang ihn dazu zwingen, bis zum nächsten Zahltag den Gürtel enger zu schnallen!

Ich bin froh, dass unsere finanziellen Möglichkeiten ihn zu einem Mindestmass von Weisheit verpflichten.

Ich versuche, ihn so viel als möglich mit den Kindern in Verbindung zu bringen. Und vor allem versuche ich das «Ich» und «Mir» zu vergessen, das doch nur Bitterkeit und Unzufriedenheit verursacht. Daran denke ich bei der Erziehung meiner Kinder, die die «Welt von morgen» sein werden, und lehre sie, das Herz zu öffnen, an andere zu denken und sich gegenseitig zu vertragen.

*

Manche, die meine Verhältnisse kennen, behaupten, dass sie es niemals so lange ausgehalten hätten, dass sie im Gegenteil längst fortgelaufen wären.

Ich will Ihnen sagen, weshalb ich noch da bin, obwohl mein Mann mich schon lange gerne aus dem Haus gehabt hätte, denn, wie Sie sicher schon erraten haben, findet er das, was er braucht, anderswo. Ich glaube an Gott, der nie versagt, dem allein wir vertrauen können und der uns hilft, unser Kreuz zu tragen. Ich habe drei Kinder, die mich nötig haben und um derentwillen ich mit der Hilfe Gottes bis zum Ende durchhalten will.

Ich persönlich bin überzeugt, dass ich Gott nicht gefunden hätte, wenn meine Ehe glücklich gewesen wäre. Doch nun darf ich mir jeden Morgen neu sagen: Der Herr ist ganz nahe bei mir!

*

Auch ich stand vor dieser schrecklichen Frage der Abtreibung, und zwar in einem der schwierigsten Augenblicke meines Lebens.

Wir haben schlecht angefangen. Mein Verlobter, der aus einer Trinkerfamilie stammt — was ohnehin ein trauriges Familienleben bedeutet — war wegen Vertrauensmissbrauch von seiner Stelle weggejagt worden. Ich war schwanger. Man riet mir zu einer Abtreibung, alles würde dann einfacher sein.

Aber ich habe nie gefunden, dass das eine Lösung wäre. Wenn man schlecht anfängt und mit einem Verbrechen weiterfährt, was soll dann die Folge sein?

Wir heirateten also trotz allem mit dem, was wir hatten. Es war nur das Allernötigste.

Ich habe meinen Mann ermutigt und für ein warmes Familienleben gesorgt. Unser Kleiner wurde im März geboren. Ich kann Ihnen unsere Freude unmöglich beschreiben. Das kann man nur erleben. Mein Mann begann manches einzusehen. Er wurde ein anderer

Mensch, ein Gatte im wahrsten Sinn des Wortes. Heute sind wir glücklich.

Aber wenn wir heute so weit sind, verdanken wir es Gott. Er hat uns geholfen, weil wir Ihn jeden Tag darum baten.

Ich muss auch sagen, dass uns meine Mutter auf diesem rechten Weg sehr ermuntert hat.

Darf ich noch beifügen, dass man sich bei einer Heirat unter solchen Umständen niemals darauf einlassen darf, eine Aussteuer auf Abzahlung zu kaufen. Natürlich sagt man sich, es werde schon gehen, wenn man jeden Monat etwas bezahlt. Aber was bleibt nach all den monatlichen Raten noch zum Leben übrig? Und wenn man stets am Hungertuch nagen muss, wird der Mann mutlos. Das ist das Uebel in vielen Familien.

*

Ich habe einen Mann, der ständig abwesend ist. Seit Jahren kommt er am Samstagnachmittag nach Hause und verreist wieder am Sonntagabend. Diese steten Abwesenheiten gaben Gelegenheit zu Bekanntschaften. Es findet sich immer eine Frau, die auf Abenteuer ausgeht, und die Einsamkeit trägt das ihre dazu bei. Beinahe fünfundzwanzig Jahre lang waren wir glücklich. Die Kinder sind gut erzogen, ich bin arbeitsam, und mein Haushalt ist gut geführt. Was gibt es nun Gescheiteres zu tun, als zu schweigen und sich über das Wenige, das wir während seiner Anwesenheit noch von ihm erhalten, zu freuen? In einer einzigen Auseinandersetzung sagte ich, was es zu sagen gab. Darauf Stillschweigen. Ich warte nun, dass er zur Vernunft kommt, und das wird er, denn er kann mir nichts vorwerfen. Wohl verstanden, wir leben in herzlichem Einvernehmen, und niemand ahnt etwas von unserem Riss. Von Trennung oder Scheidung ist keine Rede. Ich habe so viel gebetet, und ich bin sicher, dass Gott mich erhören wird. Er ist mein Trost und mein Vertrauter, wenn das Weh mich übermannen will.

Viele denken, dass man sich daran gewöhne. O nein! Man gewöhnt sich niemals auch nur einigermassen daran, mit Füssen getreten zu werden. Aber dennoch bin ich glücklich, meinen Kindern das Heim erhalten zu haben. Ich freue mich, wenn ich sehe, dass seine Einstellung sich bessert und er sich zu Hause wohlfühlt.

*

Ich habe durchgehalten trotz meines seelischen Kummers während der letzten zehn Jahre. Meine Kinder haben nun ihren eigenen Haushalt. Ich finde, dass man nicht die Scheidung als Ausgangstüre aus der Ehe suchen, sondern durchhalten sollte. Wenn mein Mann nach Hause zurückkehrte, freuten sich die Kinder, denn sie wussten nichts von seinem Leben, und ich tat es ihnen gleich. Wie unbeschreiblich gross aber war meine Verzweiflung nach seinem Weggang, denn ich wusste um sein Doppelleben. Und doch kam der Tag, wo der Ungetreue sein verpfuschtes Leben bereute. Wie glücklich bin ich, diesem Tag zuliebe dem heimischen Herd treu geblieben zu sein.

Und nun verbringen wir unseren Lebensabend in diesem unserm Nest, aus dem alle jungen Vögel ausgeflogen sind. Eine grenzenlose Zärtlichkeit ist an Stelle der Liebe unserer Jugend getreten. Vergeben und nochmals vergeben ist unser menschliches Los, und zwar im Aufblick zu unserem Vorbild: Jesus Christus. Meine Belohnung habe ich erhalten, denn meine Kinder hatten nie Ursache, ihren Vater zu verachten. Zur Konfirmation erhielt ich den Spruch: Halte, was du hast ...

*

Ich bin keine fromme Tante, die viele Worte macht. Ich habe vier Kinder, die ich mit dem Einverständnis meines Mannes in meiner Religion erzogen habe. Seit bald dreissig Jahren sind wir verheiratet, gehören also nicht mehr zu den Jüngsten. Das hindert uns nicht, ebensosehr miteinander verbunden zu sein wie in den ersten Tagen, vielleicht noch mehr. Unsere Kinder machen uns Ehre und Freude. Aber ich muss Ihnen sagen, dass das, was uns stärkte, uns half und hindurchtrug, das Vertrauen zu Gott war, ein starker, echter Glaube.

Oft hatten wir schwierige Tage. Der Verdienst meines Mannes war nicht gross, die Kinder waren klein und brauchten viel. Aber wir verzweifelten nie, sondern hatten Vertrauen. Jetzt hat sich unsere Lage gebessert. Gott segnet uns, und ich kann Ihnen versichern: wenn alle Familien so glücklich wären wie wir — und das trotz gelegentlichen Wolken an unserm Ehehimmel — die Advokaten könnten ihre Büros schliessen, wenigstens die, die von Scheidungen leben. Ja, ich glaube, dass es der wahre Glaube ist, der den Familien fehlt, der Glaube, der alles vor Gott hinlegt, das Gute wie das Böse, die Freuden wie die Prüfungen. So wird alles leichter, und das Leben scheint weniger schwer.

*

Auch ich begab mich auf Abwege, wohl nur für kurze Zeit, aber ich musste einen hohen Preis dafür bezahlen. Ich war soweit, dass ich mir durch Selbstmord ein Ende machen wollte. Ich litt schwer unter meinem Unrecht, denn ich hatte mich mit einem Nachbarn eingelassen, den ich sehr liebte, obwohl ich kein Recht dazu hatte. Er war Witwer, ich Gattin und Mutter, und es gab eine Zeit, wo ich mein Gewissen um des Abenteuers willen zum Schweigen brachte.

Ich fand darin keine wahre Freude, und doch schmerzte es mich, als ich mich entschliessen musste, meine schändlichen Beziehungen abzubrechen. Und dies umsomehr, als die Gewissensbisse und die Schande meiner Untreue mich befielen. Ich konnte nicht mehr beten, denn man kann nicht zwei Herren dienen.

Ich begreife nicht, wie ich ein solches Doppelleben führen konnte. Der Tag kam, wo ich am Ende meiner selbst war, und ich habe meinem Mann mein Herz geöffnet. Welches Kreuz habe ich in diesem Augenblick auf seinem Weg aufgerichtet! Aber mein lieber Gatte griff zur besten Lösung. Er dachte an die Zeit zurück, in der er mich nie anders als treu, vertrauensvoll und glücklich gekannt hatte, und aus Liebe zu unsern drei Kindern hat er mir vergeben und mir die Hand gereicht, damit ich wieder zu mir selber kommen konnte.

Trotzdem gab es dann eine Zeit, wo ich nicht imstande war, mich Gott in Reue zu öffnen und seine Vergebung anzunehmen. Ich war so niedergeschlagen, dass ich in Schwermut fiel. Nun aber bin ich glücklich. Ich habe wieder Frieden im Herzen. Ich bin überzeugt, dass Gott sich über mich erbarmt und mir vergeben hat. Ich will meinen Mann glücklich machen, so wie er es verdient, und ihm helfen, die bösen Tage zu vergessen. Uebrigens hat das Leiden meinen Charakter nur gestärkt. Wieviele Tränen habe ich vergossen! Was wäre geschehen, wenn mein Mann mich fortgejagt hätte? Aber er ist ein wahrer Christ und wusste den richtigen Weg einzuschlagen. Unser Heim ist wirklich ein gerettetes Heim, das neu auf den Felsen gegründet wurde und es bis ans Ende bleiben wird.

*

Sie haben mir so vieles gesagt, dass Sie sich vielleicht fragen, was wohl Frucht gebracht hat und was verloren gegangen ist. Zweifellos sind mir viele kostbare Dinge entgangen. Als Sie mir aber sagten: «Die Menschen sind *schon* gerettet, und zwar *alle,* sie müssen das Heil in Christus nur in Busse und Glauben annehmen», da verstand ich, dass ich bis dahin überhaupt nichts verstanden hatte.

Ich will mich klarer ausdrücken: «Wer seine Seele retten will, wird sie verlieren», bezog sich sehr wohl auf mich (dieser Vers hat mir übrigens schon lange im Kopf herumgespukt). Alles, was ich tat, alles, was ich hatte, jedes schöne Erlebnis trieb mich dazu, mit andern Leuten, die weniger hatten oder konnten, Vergleiche anzustellen. Das wurde geradezu zur fixen Idee. Und da ich mich unfähig fühlte, für meinen Nächsten auf alles zu verzichten, lag ich im Kampf mit den Geboten Gottes, ohne einen Ausweg zu sehen.

Ich muss zugeben, dass ich mir sogar in den Kopf gesetzt hatte, das Heil meines Mannes hänge von mir ab (glücklicherweise hatte ich noch nichts Bestimmtes unternommen, da ich über die anzuwendenden Mittel noch im unklaren war!). Mit andern Worten, ich glaubte, mir den Himmel selbst verdienen zu müssen.

Oder, um auf Ihr Beispiel von Gott, dem Vater, und uns, Seinen Kindern, zurückzukommen, ich tat genau, was meine Jüngste auch tut, wenn sie sagt: «Ich selber machen!» Das Resultat ist oft katastrophal!

Nun, da ich begriffen habe, dass auch ich schon gerettet bin, weiss ich, dass Gott mir die Kraft geben wird, zu tun, was Er von mir in diesem Leben erwartet.

«Gott ist Liebe», das habe ich unzählige Male gelesen, wieder gelesen und gehört. Stellen Sie sich vor, ich habe es nie verstanden oder mich wirklich mit diesem Gedanken befasst. Aber nun ahnte ich, dass sich hier ein neuer Weg auftat. Und wenn ich Ihnen sage, dass ich ganz allein für mich lachen musste und mich wie neugeboren fühlte, werden Sie mich dann nicht für leicht überspannt halten?

Ich bin mir bewusst, dass ich noch manche Etappe zu durchlaufen habe. Aber im Augenblick scheint es mir, als ob ich eine kleine, sehr wohltuende Ruhepause geniesse.

*

Als ich Ihr Studierzimmer verliess, war ich noch ziemlich ratlos und ungewiss über meine nahe Zukunft. Als eingefleischter Alkoholiker machte ich mir von der Abstinenz und von der Art und Weise, wie ich mein Versprechen halten wollte, eine ganz andere Vorstellung. Aber der Allmächtige folgte mir auf Schritt und Tritt, und es war, wie Sie mir so gut erklärt hatten: wenn man um Seine Hilfe bittet und sie annimmt, um die Lasten zu tragen, gibt Er einem eine wunderbare Selbstbeherrschung und das rechte Selbstvertrauen.

Den Schutzengel, den Sie mir beschrieben haben, fühle ich stets ganz nahe bei mir, und dank ihm bin ich in den schwersten Versuchungen nie schwach geworden. Ich bin ein neuer Mensch geworden. Das Vertrauen in die Zukunft und die Hoffnung, ein bestimmtes Ziel im Leben zu erreichen, öffnen mir nun die Augen für die schönen Jugendjahre, die ich des Alkohols wegen so sinnlos vergeudet habe, und das damit verschleuderte Geld. Jeden Abend danke ich Gott auf den Knien, denn jeder Tag bedeutet für mich einen Sieg über mich selbst. Ich bitte Ihn innig um Kraft und den festen Willen, diesen guten Weg weiterzugehen. Man muss es erlebt haben, um ermessen zu können, welche Freude es ist, vom Joch und der entwürdigenden Versklavung des Alkoholismus befreit zu sein. Ich habe Herrn X kennengelernt, der sein ganzes Leben dem Kampf gegen den Alkohol widmet. Er ist für mich eine gute Hilfe und eine grosse Stärkung, denn das Geschäft, in dem ich arbeite, ist ein Tempel der Ausschweifung und des Trinkens. Ausserdem bin ich ständig dem Spott des Personals und der Kunden ausgesetzt wegen meiner Abstinenz, aber je mehr man mich verfolgt, desto stärker und entschlossener fühle ich mich.

Gott hat mich die verhängnisvolle abschüssige Bahn wieder hinaufsteigen lassen und hat mir etwas gegeben, das ich auf immer verloren wähnte: den Glauben an die Zukunft.

*

Kaum hatten Sie angefangen zu reden, da merkte ich, dass ich allerhand zu hören bekommen würde! Sie sehen, mein Gewissen war sofort erwacht. Es schien mir, als ob Ihre Worte sich einzig an mich richteten. Als Sie dann den Brief jener Frau vorlasen, die Ihnen geschrieben hatte, glaubte ich, er käme von meiner Frau, obwohl ich ganz bestimmt wusste, das das nicht möglich war. Mit andern Worten, dieser Brief ging mich höchst persönlich an, und ich sah mich sofort darin.

Auch ich habe meiner Frau versprochen, was man sich am Hochzeitstag verspricht. Auch ich habe zu Beginn unserer Ehe die schöne grosse Bibel geöffnet (um sie kurze Zeit darauf wieder zu schliessen, weil ich nichts verstand). Auch ich (entschuldigen Sie die Wiederholung dieses schrecklichen Ichs) habe meine Frau schlecht behandelt. Auch ich habe geflirtet, bis ich vom Dämon besessen war und an nichts anderes mehr denken konnte. So missbrauchte ich schmählich das Vertrauen, das meine Frau in mich gesetzt hatte. Ich will Ihnen die Einzelheiten dieses höllischen Zustands ersparen, dem mein Herz — und das meiner Frau — ausgeliefert war.

Je mehr sich Ihr Vortrag dem Ende näherte, desto heisser brannten meine Ohren und desto unbehaglicher wurde mir zu Mute. Da verstand ich, dass Gott selbst zu mir sprach und mir sagte: «So steht die Sache mit dir, wähle nun: entweder mich oder den Teufel!» Ich habe Gott gewählt. Ihm sei Dank für Seine Geduld und Liebe, die Er uns, meiner Frau und mir, nach zehnjähriger Ehe erwiesen hat! Wie konnten wir nur in solcher Gottesferne leben? Ich konnte nicht mehr anders, ich musste meine Frau um Verzeihung bitten ...

Ich muss Ihnen aber gestehen, dass diese Woche nicht eitel Wonne war, im Gegenteil. Ich hatte ja meine Frau um Vergebung gebeten und ihr alles Böse, das ich getan hatte, bekannt. Und nun sollte sie mir verzeihen. Sie können sich denken, dass das nicht schon am ersten Tag geschah. Und doch hat meine Frau mir vergeben, Gott sei Dank! Nun wandern wir zusammen Hand in Hand unter der Führung unseres Meisters, Jesus Christus, dem einzigen, der fortan für uns zählt. Nun wissen wir, was die Worte «Bekehrung» und «Wiedergeburt» bedeuten ...

*

Auch ich hatte als junge Frau furchtbare Schwierigkeiten. Ich musste sehr peinliche Szenen über mich ergehen lassen. Als Folge einer solchen brach ich zusammen und hatte einen Herzkollaps; denn ich war am Ende meiner Kräfte.

Um mein Gleichgewicht wiederzufinden, verschrieb mir der Arzt einige Wochen Erholung. Bei meiner Rückkehr sagte mir mein Mann, es sei schade, dass ich nicht gestorben sei. Es wäre falsch zu behaupten, dass ich nicht versucht war, wieder fortzulaufen. Aber ich hatte drei Kinder, ein Elternhaus und eine «Schwiegerfamilie», die mir alle sehr lieb waren und denen es viel Kummer bereitet hätte, wenn ich meine Aufgabe im Stich gelassen hätte. Und vor allem hatte ich Gott versprochen, seinen Auftrag anzunehmen und so gut als möglich auszuführen, was immer auch geschehen möge. Und ich bin geblieben. Oft habe ich zwar die Rolle einer glücklichen Frau spielen müssen, denn nur wenige Leute wussten um meine Nöte.

Wenn ich heute diese weit zurückliegende Vergangenheit überblicke, bin ich Gott unendlich dankbar, denn Er vermag die Herzen umzuwandeln und täglich die nötige Kraft zu schenken, um den Geschehnissen zu begegnen. Mein Mann hat sich völlig geändert und ist der beste aller Ehegatten geworden. Meine drei Kinder sind verheiratet und haben alle ein glückliches Heim. Das ist jeden Tag Grund zum Danken.

Ohne Glaube, ohne Geduld, ohne Ausdauer, ohne Vertrauen kann man wenig erreichen.

*

«Ohne Glauben, ohne Geduld, ohne Ausdauer, ohne Vertrauen kann man wenig erreichen ... !»

Christus sagt noch mehr, und mit welchem Nachdruck: «*Ohne mich könnt ihr nichts tun!*»

Auch dieses Buch ist, auf seine Weise, ein Kommentar zu diesem Wort.

Selig, wer es erfassen kann!

Schon vor Jahrhunderten hat einer gesagt:

«*Viele sagen: Wer erzeigt uns Gutes?*
Erhebe über uns das Licht deines Angesichts, o Herr!»

(Psalm 4, 7)

Die Antwort auf diese Bitte ist eingetroffen — klar, entscheidend, unvergleichlich. «*Das wahre Licht, Christus, das jeden Menschen erleuchtet, kam in die Welt.*» — «*Es hat uns besucht der Aufgang aus der Höhe.*» Seither vermag nichts von den Menschen Entdecktes und Errungenes den Glanz dieses Lichtes zu trüben, im Gegenteil, es muss sein Strahlen nur noch erhöhen. Selbst dann, wenn sie hassen! Wieviel mehr noch, wenn sie lieben! Denn dies ist der Menschen wahre Bestimmung:

Dass wir Ihn lieben, und dass um der Liebe willen, die Er zu uns hat, Gatten, Gattinnen, Ledige, Eltern, Kinder *einander lieben!*

Denn Gott ist Liebe.

Der Bibellesebund ist eine internationale und kirchlich neutrale Bewegung. Sein Ziel ist, das tägliche, fortlaufende Lesen der Bibel zu fördern und durch seine Literatur und Veranstaltungen Menschen mit Jesus Christus in Verbindung zu bringen.

Als Hilfe für die tägliche stille Zeit gibt der Bibellesebund drei verschiedene vierteljährlich erscheinende Hefte heraus, in denen für jeden Tag ein Bibelabschnitt angegeben und erklärt ist:

1. **Guter Start**
Bibellesehilfe mit Erklärungen für Kinder
ab 8 Jahren

2. **Geradeaus**
Bibellesehilfe mit Erklärungen für junge Leute
ab 13 Jahren

3. **Begegnung mit Gott** (Schweiz/Österreich)
Orientierung (Deutschland)
Bibellesehilfe mit Erklärungen für Erwachsene

Zur Einführung ins Bibellesen für junge Leute und Erwachsene ist erschienen:

Auf Gott hören
Erklärungen zu einer Auswahl von Texten aus dem Neuen Testament, für etwa 6 Monate

Zentralstellen des Bibellesebundes:

Schweiz:	Römerstrasse 151, 8404 Winterthur
Deutschland:	In der Fleute 33, 56 Wuppertal 22
Österreich:	A. Pfeifer, Postfach 237, 5021 Salzburg